U0909570

谜　语

王其如　主编

吉林文史出版社

图书在版编目(CIP)数据

谜语 / 王其如主编. -- 长春 : 吉林文史出版社,
2018.10

ISBN 978-7-5472-5510-0

Ⅰ. ①谜… Ⅱ. ①王… Ⅲ. ①谜语-汇编-中国
Ⅳ. ①I277.8

中国版本图书馆 CIP 数据核字(2018)第 233724 号

谜语

主　　编　王其如
责任编辑　李相梅
版面设计　文贤阁
出版发行　吉林文史出版社有限责任公司
地　　址　长春市人民大街 4646 号
网　　址　http://www.jlws.com.cn
印　　刷　北京市松源印刷有限公司
开　　本　880mm×1230mm　1/32
印　　张　16
字　　数　445 千字
版　　次　2019 年 5 月第 1 版　2019 年 5 月第 1 次印刷
书　　号　978-7-5472-5510-0
定　　价　48.00 元

前言

谜语主要是指暗射文字或是事物让人来猜测的隐语，通常由谜面、谜目、谜底构成。谜语可以分为事物谜和字义谜两种，表现形式多样，有着固定的规则，但是往往民间谜语没有规则，只要谜面和谜底相应即可。谜语最早源于中国古代民间，最早出现在黄帝的《弹歌》诗中，“断竹，续竹，飞土，逐肉”，表示当时人们制作弹弓、猎杀野兽的情形。宋朝时期出现了灯谜，人们将谜条系在五彩的花灯上，供人猜射，到了明清时代，猜灯谜逐渐在民间流行起来。随着长期的演变与发展，谜语被不断地创新内容和形式，逐步走向群众。

谜语文化博大精深，趣味无穷，容易让人深陷其中。如猜字谜，“需要一半，留下一半”，谜底则是“雷”。还有小孩子比较感兴趣的动物谜语，如“船板硬，船面高。四把桨，慢慢摇”，谜底则是“乌龟”。数字谜语在谜语中占有着较小的比例，很多谜语需要解谜者拥有较丰富的文化知识，如“豆蔻之年已渐逝，始终不及及笄年”，解答这一个谜语则需要了解女孩的豆蔻年华为 13 岁，15 岁称及笄之年，因此谜底为“14”。最后还有一些搞笑的谜语，如“什么动物能贴在墙上”，而谜底为“海豹”，因为“海豹”与“海报”同音。谜语故事则以故事为载体，将谜语的精妙之处完美的蕴含到故事之中，深受大众的喜爱。

很多谜语都蕴含着丰富的典故，如谜语“纣王宠妲己，幽王戏诸侯”，猜一成语，谜底为“幸灾乐祸”。这一谜面主要是在阐述，商纣王宠幸妲己导致了商朝灭亡的灾难，而周幽王为了讨褒姒一乐，而引发了西周亡朝的祸患。解答这则谜语则需要解答者熟知历史，熟知历史典故。

在猜字谜的过程中也能够感受到中国传统文化的魅力。如在元宵节的时候，很多地方流行举办“闹元宵、猜字谜”活动。男女老少在猜字谜的同时体会着汉字的独特。在很多地方，流行猜灯谜活动，人们将广场上挂满各色的彩带，将各种各样的灯谜系在彩带上，猜完灯谜后，再去吃汤圆。在浓浓的节日氛围里，人们不仅吃到了美味的汤圆，更在猜灯谜中了解了元宵节相关的历史文化。优秀的谜语往往让人百读不厌，让人在解答谜底的过程中增长见识，发散思维，并从中体会到无穷的乐趣。

字 谜

灰 打一字 尘

嘴 打一字 唧

冰 打一字 涸

众 打一字 侈

晒 打一字 夕

喙 打一字 鸣

爿 打一字 版

屄 打一字 驴

饿 打一字 饮

帝 打一字 全

稻 打一字 类

插话 打一字 谤

诞辰 打一字 星

九号 打一字 旭

接吻 打一字 吕

天天 打一字 晦

干涉　打一字　步

丰收　打一字　移

老友　打一字　做

自己　打一字　体

水落　打一字　础

鸡汤　打一字　酒

早退　打一字　选

五双　打一字　支

默读　打一字　卖

凶横　打一字　区

歪头　打一字　不

海枯　打一字　每

都说　打一字　谐

斜阳　打一字　晒

虚心　打一字　七

几点　打一字　凡

作揖　打一字　拿

早上　打一字　日

留下　打一字　田

蜀语　打一字　训

零头　打一字　雨

弯腰　打一字　躬

哑谜
打一字 迷

点心
打一字 口

天旱
打一字 沙

凤冠
打一字 几

木偶
打一字 林

寿诞
打一字 星

姑娘
打一字 好

鱼肚
打一字 田

重逢
打一字 观

复习
打一字 羽

次子
打一字 元

斧头
打一字 父

狗洞
打一字 突

毛竹
打一字 笔

三十
打一字 卉

元首
打一字 一

机动
打一字 朵

田间
打一字 十

退潮
打一字 法

默算
打一字 懈

青梅
打一字 笃

塌方
打一字 凹

面红 打一字 郝

竖杆 打一字 亲

领先 打一字 令

葵花 打一字 晌

空座 打一字 广

西施 打一字 俪

和局 打一字 抨

真心 打一字 三

岳父 打一字 仗

鼓掌 打一字 拿

九点 打一字 丸

专车 打一字 转

书签 打一字 颊

一日 打一字 旧

一撇 打一字 厂

七人 打一字 化

干燥剂 打一字 法

泼水节 打一字 发

欧洲人 打一字 伯

你我他 打一字 仨

啄木鸟 打一字 蚀

集合号 打一字 韶

踩高跷
打一字 介

逃走了
打一字 兆

灯笼罩
打一字 炮

未缺席
打一字 倒

心有余
打一字 劣

我的心
打一字 悟

开门红
打一字 间

独生子
打一字 兀

第一张
打一字 顽

矮冬瓜
打一字 射

不出头
打一字 木

他也去
打一字 人

娘儿俩
打一字 姆

驱蛔虫
打一字 回

一尺一
打一字 寺

一月大
打一字 肤

一头牛
打一字 生

一夜红
打一字 殊

一张弓
打一字 弹

二尺二
打一字 封

二人行
打一字 徒

二月平
打一字 朋

三市尺　打一字　来

三张纸　打一字　顺

六十天　打一字　朋

十日谈　打一字　询

十五日　打一字　胖

十八人　打一字　休

十三点　打一字　汁

平衡木　打一字　林

老头子　打一字　孝

共二斤　打一字　斯

再赊账　打一字　欢

两角钱　打一字　芬

两点水　打一字　冰

苦心人　打一字　什

高尔基　打一字　尚

将相和　打一字　斌

高个子　打一字　伥

谈妥了　打一字　诚

羊离群　打一字　君

有点狠　打一字　狼

多一半　打一字　夕

男的多　打一字　妙

陕西省
打一字　夹

千年树
打一字　枯

千古恨
打一字　跌

小姑娘
打一字　妙

牛角刀
打一字　解

西柏坡
打一字　杜

我的家
打一字　舒

忽必烈
打一字　玩

马三立
打一字　驯

驯狗者
打一字　狮

肥胖症
打一字　瘸

长明灯
打一字　灸

看家狗
打一字　戾

太平门
打一字　咄

没心思
打一字　田

热水袋
打一字　泡

牛打架
打一字　斛

文言文
打一字　故

领奖台
打一字　凸

寸见方
打一字　时

又进村来
打一字　树

妇人戴帽
打一字　安

北京土话
打一字　谅

解闷散心
打一字　门

并无两点
打一字　开

丢掉一撇
打一字　去

人面桃花
打一字　赫

半价出售
打一字　催

巧夺天工
打一字　人

半吞半吐
打一字　吕

南腔北调
打一字　访

都不出头
打一字　楷

玉兔迎春
打一字　柳

人要虚心
打一字　化

同一行动
打一字　回

倚山而立
打一字　端

一有就要
打一字　要

杨柳临风
打一字　彬

嗷嗷待哺
打一字　饕

炉火纯青
打一字　烂

村东下雪
打一字　寻

两点待命
打一字　冷

格外大方
打一字　回

自身改革
打一字　百

纵论横生
打一字 计

晚归林下
打一字 梦

第二国际
打一字 间

分件整理
打一字 朱

十分佩服
打一字 衬

断桥残雪
打一字 柏

春雨如油
打一字 溃

落花流水
打一字 各

恻隐之心
打一字 则

精简机构
打一字 林

自行联合
打一字 起

旭日东升
打一字 九

披星戴月
打一字 腥

上海点心
打一字 呻

可上可下
打一字 哥

似娘非娘
打一字 毋

岚山风光
打一字 出

判决无罪
打一字 皓

王不出头
打一字 枉

六一诗会
打一字 飒

置于案头
打一字 宇

转化形态
打一字 仑

独立人格
打一字　倍

劳务出口
打一字　唠

收集火花
打一字　烨

三厂产品
打一字　磊

乌合之众
打一字　黟

姑苏新娘
打一字　娱

月伴行人
打一字　胖

话说长江
打一字　训

动力消耗
打一字　云

人到七十
打一字　华

接连降雨
打一字　涟

任人宰割
打一字　壬

三七合成
打一字　舍

一无是处
打一字　足

降龙伏虎
打一字　靥

一流水平
打一字　州

半新半旧
打一字　昕

苗头不对
打一字　菲

悬孤于门
打一字　甥

南南会议
打一字　谈

横竖要买
打一字　卖

国外进口
打一字　回

盲文书报
打一字 捻

千古一绝
打一字 估

日进一尺
打一字 昼

自求进步
打一字 衙

古田会议
打一字 讲

大小相等
打一字 奈

千金一笑
打一字 嬉

此行不对
打一字 赵

三个星期
打一字 昔

戴帽猴子
打一字 审

直达三明
打一字 晴

即日奉上
打一字 春

早日腾飞
打一字 十

平反归来
打一字 啬

午后复习
打一字 翔

一对苦瓜
打一字 瓣

斗转星移
打一字 卡

琴心三叠
打一字 众

清浊分流
打一字 蜻

半阳半阴
打一字 明

先人后己
打一字 俄

自我介绍
打一字 记

两人进庄
打一字　座

有权有势
打一字　劝

各奔前程
打一字　扮

汗水流尽
打一字　干

天方夜谭
打一字　歼

稼轩自传
打一字　辩

改变血型
打一字　而

明日少云
打一字　育

合纵连横
打一字　舍

周末前夕
打一字　名

水上码头
打一字　泵

起草合同
打一字　药

真心相处
打一字　慎

黄昏前后
打一字　昔

天下太平
打一字　晏

火山移动
打一字　灵

浪遏飞舟
打一字　心

雄心长在
打一字　伥

一一补足
打一字　是

一字为师
打一字　帅

长篇大论
打一字　够

丰衣足食
打一字　裕

千里相逢
打一字　重

摄影入门
打一字　闪

守株待兔
打一字　柳

未必多言
打一字　详

澜沧江畔
打一字　淼

出口服装
打一字　哀

江西电大
打一字　淹

心血凝成
打一字　恤

江西南昌
打一字　汩

不毛之地
打一字　芜

只差两点
打一字　口

用眼过度
打一字　眨

上下相连
打一字　卡

一知半晓
打一字　智

十月十日
打一字　朝

万紫千红
打一字　艳

大有可为
打一字　奇

个个相连
打一字　箱

凤头虎尾
打一字　几

兄弟之情
打一字　捉

有粗有细
打一字　组

先先后后
打一字　告

众口纷纭

打一字　谐

旭日升空

打一字　九

有目共睹

打一字　者

有口难言

打一字　亚

多出一半

打一字　岁

闭门不见

打一字　才

先声夺人

打一字　仕

我在山东

打一字　峨

花草凋零

打一字　化

涓涓细流

打一字　溺

不得偏心

打一字　怀

春阴秋寒

打一字　秦

拨款救济

打一字　锄

束手就擒

打一字　禽

三国献璧

打一字　品

挖空心思

打一字　田

走我的路

打一字　途

两袖清风

打一字　控

牺牲小我

打一字　舒

春末夏初

打一字　旦

推心置腹

打一字　什

偏旁部首

打一字　位

晴天霹雳

打一字 田

黯然失色

打一字 音

路边植树

打一字 格

滴水成海

打一字 每

只说一句

打一字 询

无一成句

打一字 旬

区区之心

打一字 爻

自动变化

打一字 百

三十出头

打一字 端

两个东西

打一字 竹

下午六时

打一字 术

大小方圆

打一字 回

育才有方

打一字 团

久雷不雨

打一字 田

孔子登山

打一字 岳

见人就笑

打一字 竺

骇人听闻

打一字 诡

飞蛾扑火

打一字 烛

满汉全席

打一字 妧

步调一致

打一字 跻

勿挂心上

打一字 忽

喜鹊登梅

打一字 枭

一屋生春
打一字　闲

弄璋之喜
打一字　甥

八戒大怒
打一字　氦

半耕半读
打一字　讲

大乔小乔
打一字　娱

光天化日
打一字　晃

连声应诺
打一字　哥

讳疾忌医
打一字　瘾

眼花缭乱
打一字　眯

一叶孤帆
打一字　卫

擦去汗水
打一字　干

一心向上
打一字　忐

胃口不佳
打一字　餍

能说善讲
打一字　团

上下机动
打一字　朵

星星之火
打一字　人

林木森森
打一字　杂

此路不通
打一字　趾

一口咬定
打一字　交

人人离座
打一字　庄

民间疗法
打一字　坊

有功有赏
打一字　勋

谢绝参观

打一字 企

定责到人

打一字 债

心被刀切

打一字 必

八人一口

打一字 谷

单人拦网

打一字 内

见脚就踢

打一字 易

劲头不足

打一字 劣

文章重复

打一字 够

拂晓有雨

打一字 震

双杠登山

打一字 击

金木水火

打一字 坎

直追前人

打一字 个

七百除一

打一字 皂

火后凝思

打一字 烤

表里如一

打一字 回

到达陕西

打一字 臻

斩草除根

打一字 日

充耳不闻

打一字 龙

厂房摄影

打一字 厢

错上加错

打一字 爻

刀枪并列

打一字 划

来日芬芳

打一字 禾

猴王降世

打一字　础

如箭在弦

打一字　引

赛跑冠军

打一字　道

伊丽莎白

打一字　瑛

拆去屋顶

打一字　至

部位相反

打一字　陪

不学无术

打一字　苞

边走边干

打一字　赶

白玉无瑕

打一字　皇

一丈见方

打一字　更

先羞后喜

打一字　善

一无所获

打一字　控

十八乘六

打一字　校

远销海外

打一字　咄

半硬半软

打一字　砍

颠三倒四

打一字　泪

猜错一半

打一字　猎

消灭蚜虫

打一字　牙

水落石出

打一字　泵

瓜熟蒂落

打一字　爪

喜上眉梢

打一字　声

山水相连

打一字　汕

十字街头

打一字　千

开源节流

打一字　原

六庭若市

打一字　闹

追根寻底

打一字　过

挥手告别

打一字　军

说得不对

打一字　诽

说得高兴

打一字　誉

独具匠心

打一字　斤

吃穿俱全

打一字　裕

座间无人

打一字　庄

斩草不除根

打一字　早

女儿出了嫁

打一字　家

主见差一点

打一字　现

桂花重开放

打一字　馥

个个见了笑

打一字　夭

报喜不报忧

打一字　诘

不落的太阳

打一字　昶

草下可藏人

打一字　荷

人行明镜中

打一字　入

星悬八拱桥

打一字　穴

好酒不掺水

打一字　酿

前朝隐讳言

打一字　韩

非正式协定
打一字　药

登上南天门
打一字　阕

日月各西东
打一字　明

有一点不准
打一字　淮

人在草木中
打一字　茶

太少了一点
打一字　大

一二三五六
打一字　罢

一来就不好
打一字　夕

骨肉兄弟情
打一字　捉

微躯敢一言
打一字　谢

个个到延安
打一字　筵

分明有大小
打一字　奈

天天大扫除
打一字　二

四化记心上
打一字　总

语言不生动
打一字　评

手提抽水泵
打一字　拓

四点二十分
打一字　注

不甘心落后
打一字　丕

翻身得自由
打一字　甲

树人要树心
打一字　惆

纵横一条心
打一字　志

在家中复习
打一字　扇

祖国要统一
打一字 申

留下一片心
打一字 思

纵横一川水
打一字 洲

重放的鲜花
打一字 馥

寄予陇头人
打一字 队

迷信害死人
打一字 谜

一生当园丁
打一字 帅

男人的世界
打一字 妙

四方归客心
打一字 备

树间隐鸟鸣
打一字 叹

星临万户掩
打一字 房

国外自动化
打一字 玉

隐格呢女装
打一字 妮

人人要虚心
打一字 伦

兄妹无儿女
打一字 味

向前一直去
打一字 句

后来者居上
打一字 屠

行到水穷处
打一字 赶

床前明月光
打一字 旷

十日画一水
打一字 洵

日迈长安远
打一字 宴

一一入史册
打一字 更

千古共一书
打一字　敌

枕前双泪流
打一字　淋

月月把树栽
打一字　棚

长安一片月
打一字　胀

不走就回来
打一字　还

功过各一半
打一字　边

乃后起之秀
打一字　禾

三两五加白
打一字　汁

海枯流水断
打一字　毓

破格选人才
打一字　财

莫愁走湖边
打一字　姑

双方不认账
打一字　籁

四方一条心
打一字　愣

驿外断桥边
打一字　骄

离别又重逢
打一字　劭

整天不出门
打一字　间

一千零一夜
打一字　歼

十天零一夜
打一字　殉

寸草沐春晖
打一字　莳

山边和尚庙
打一字　峙

木字多一撇
打一字　移

拉犁不用牛
打一字　利

明月落阶前

打一字 阳

雨后月当头

打一字 霄

从前有个人

打一字 众

身残心不残

打一字 息

夏后无雷雨

打一字 备

月照古渡头

打一字 湖

破竹篮打水

打一字 滥

幸福的开端

打一字 社

江畔吹竹笛

打一字 油

昂首望东北

打一字 明

太阳的儿子

打一字 星

老牛过板桥

打一字 生

放手广植林

打一字 摩

出工不出力

打一字 切

积水而为海

打一字 每

见点滴就学

打一字 字

帘钩挂新月

打一字 匕

半口吃一斤

打一字 匠

贵贱都有份

打一字 贝

一添一个样

打一字 栏

思想不集中

打一字 忿

春雨送人行

打一字 三

春天一日游

打一字　奏

珠穆朗玛峰

打一字　嵩

湖中显倒影

打一字　潮

窗前巧相逢

打一字　窃

眼前无愁心

打一字　瞅

十两多一点

打一字　斥

占座而不坐

打一字　店

夫人何处去

打一字　二

包龙图上场

打一字　黜

四十八小时

打一字　亘

文言二十句

打一字　警

星出太阳落

打一字　生

日落半林中

打一字　杳

一抹夕阳红

打一字　殊

没事的姑娘

打一字　娴

五十对耳朵

打一字　陌

一一皆人史

打一字　更

差一点六斤

打一字　兵

阿里山小吃

打一字　饴

阁中春长驻

打一字　格

信无人不立

打一字　言

卷叶虫吃叶

打一字　蜷

雄心向未来

打一字 佯

别后又经年

打一字 刿

我住江之头

打一字 涂

双方又重逢

打一字 啜

合十见如来

打一字 姑

秋末垄上行

打一字 灶

家中添一口

打一字 豪

不是普通话

打一字 访

不是男同学

打一字 姘

孔雀东南飞

打一字 孙

日月一齐来

打一字 胆

良心少一点

打一字 恳

李时珍巨著

打一字 苯

良好的开端

打一字 娘

旧貌为新颜

打一字 旦

林木莫来吹

打一字 模

节约一粒米

打一字 立

马王堆汉墓

打一字 居

一年一熟稻

打一字 秽

不落的月亮

打一字 脉

一人坐田上

打一字 奋

一来就是十天

打一字 句

手持单刀一口

打一字　招

点点是离人泪

打一字　炎

夺冠军运匠心

打一字　斩

产品实行三包

打一字　晶

掌握裁衣技巧

打一字　亵

最后踢进一球

打一字　叉

一点一点得知

打一字　短

丢开个人得失

打一字　佚

弹指一挥即逝

打一字　近

一口吃个李子

打一字　杏

一人削了平头

打一字　伞

一点一滴普及

打一字　晋

一加一不是二

打一字　王

一减一不是零

打一字　三

真的多假的少

打一字　值

花草枯无人问

打一字　七

何必出口伤人

打一字　丁

一高兴就来劲

打一字　嘉

人须奋字当头

打一字　伏

消灭森林火灾

打一字　宋

在厂里的日子

打一字　厚

不要左顾右盼

打一字　颁

春节放假三天
打一字 人

挖西边补东边
打一字 扑

全国统一高考
打一字 庇

山东省阴有雨
打一字 霁

动手术的部位
打一字 召

连日开展竞赛
打一字 毗

一走就带千军
打一字 师

挂羊头卖狗肉
打一字 状

共同留下复习
打一字 翼

又加一横一竖
打一字 支

陕西省西安人
打一字 侠

神女峰的传说
打一字 诬

一一到此集合
打一字 些

存其心得其志
打一字 士

一头牛两条腿
打一字 朱

调拨进口设备
打一字 略

提前改变旧貌
打一字 担

日日早上聚会
打一字 晶

人人同心改革
打一字 徊

调整干部结构
打一字 障

一撇一直一点
打一字 压

两人隔江望断水
打一字 巫

一口咬掉牛尾巴

打一字　告

丹心献给大东北

打一字　犬

天上明月正西移

打一字　胆

歪尾巴羊长得丑

打一字　羞

云破月来花弄影

打一字　能

一人腰上挂把弓

打一字　夷

大丈夫不得出头

打一字　天

俺家大人不在家

打一字　电

流眼泪对流眼泪

打一字　器

画中佳人寻不见

打一字　畦

点点萤火照江边

打一字　淡

霜禽欲下先偷眼

打一字　乌

西汉衰落东汉兴

打一字　双

含蓄之中寻奥秘

打一字　玄

安敢裙衩易男装

打一字　宁

守得云开见月明

打一字　昙

蛇年定把弊端除

打一字　异

审讯后迫出供词

打一字　迅

破帽遮颜过闹市

打一字　买

春游一日赏花前

打一字　芙

五湖四海皆春色

打一字　染

躬身自省长此生

打一字　张

人面相逢皆笑脸
打一字 筷

二人约在窗前见
打一字 窥

双方一直有联系
打一字 串

吃了面包就不饿
打一字 饱

春色随心入眼来
打一字 想

爱友别离又相聚
打一字 受

人言不作信字猜
打一字 认

是儿是女全都行
打一字 好

乡下改革有后劲
打一字 幼

人要一直求上进
打一字 企

一点到厂下车间
打一字 库

一钩残月伴三星
打一字 心

一弯新月临窗前
打一字 穹

野径无人草自生
打一字 茎

松柏后凋知岁末
打一字 梦

低头不见抬头见
打一字 抵

孤帆半隐江水流
打一字 巩

花草掩映独木桥
打一字 荣

苹果园里无杂草
打一字 平

对人要真心不二
打一字 从

鸳鸯枕上听春雨
打一字 霖

玉盘珍馐值万钱
打一字 馈

碧筠深处有禅宫

打一字　等

双方相会在草桥

打一字　营

一旦结合就长久

打一字　亘

眼前又逢十二月

打一字　睛

杯中蛇影是什么

打一字　弛

孤舟平水雁双飞

打一字　怂

雄心不改龙钟态

打一字　佬

一夜楼前两依依

打一字　梦

梅雨来时春已去

打一字　霉

善始善终一片心

打一字　总

称为摄政意如何

打一字　玳

东南西北共一心

打一字　愣

口鼻之间有穴位

打一字　仲

群雁飞近水田旁

打一字　淄

有人无人都是你

打一字　尔

屋顶微露三山间

打一字　崛

靠边一点一直走

打一字　赴

一对恋侣同心结

打一字　怂

秋波含情心飘然

打一字　睛

文武双全不猜斌

打一字　刘

空山之中一亩田

打一字　画

一十一比一十一

打一字　琵

前前后后一条心

打一字 总

池边枝头引蝶来

打一字 滦

晨曦玉兔已西斜

打一字 胆

刀下要留心一点

打一字 忍

困倦之时两相依

打一字 休

恻隐之心人有之

打一字 侧

枯树枝头叶飘零

打一字 术

半对半凑成一对

打一字 双

竭泽而渔双方亏

打一字 鳄

诺亚全家避洪水

打一字 船

安肯弃冠为尽仁

打一字 佞

太阳普照亮堂堂

打一字 晃

三人两口一匹马

打一字 验

太阳挂在树顶上

打一字 果

澄澈镜湖可照人

打一字 汆

春节后干劲冲天

打一字 奉

此恨绵绵无绝期

打一字 跌

齿底一言使人惊

打一字 讶

宝玉不在姑娘在

打一字 安

半江春景雾中看

打一字 涤

边防战士的职责

打一字 堡

远信入门先有泪

打一字 澜

论长论短莫多言
打一字　仑

业务一定放心上
打一字　恶

行开，让我进来
打一字　衔

花半飘零清水流
打一字　菁

对人要真心不二
打一字　从

和云伴月不分明
打一字　县

普遍推行责任制
打一字　庖

骏马奔驰迎未年
打一字　羚

二人分庭坐江东
打一字　巫

苹果园里无杂草
打一字　平

倾盆大雨冲倒山
打一字　雪

出丑皆因强出头
打一字　牛

纵横天下二十载
打一字　奔

画桥流水寻几度
打一字　沉

村前寨后伴垂柳
打一字　彬

闺女出门年尚幼
打一字　娃

双增双节全靠人
打一字　佳

载车而行到一方
打一字　哉

宇下籁篁似雨声
打一字　竽

阁中四面尽观山
打一字　略

梧桐半死清霜后
打一字　霖

古城楼上雁成行
打一字　邕

东边日出西边雨
打一字 泪

首先和党心连心
打一字 总

溪旁桥畔柳初生
打一字 淋

一棒子打弯狗腿
打一字 龙

一心改变旧面貌
打一字 恒

人说乡下变了样
打一字 绘

玉盘珍馐值万钱
打一字 馈

鸳鸯枕上听春雨
打一字 霖

早有蜻蜓立上头
打一字 蟑

家中卖猪有余粮
打一字 容

机床出厂重组装
打一字 梵

设酒杀鸡请先生
打一字 洗

挖去苦根翻了身
打一字 卉

行云随马到江边
打一字 浒

雄心白首志犹存
打一字 恁

纱帽底下罩婵娟
打一字 安

宝玉出走有由来
打一字 宙

公牛触断两只角
打一字 牟

春日一过禾苗壮
打一字 秦

远树倾斜十分低
打一字 寿

东西南北一般春
打一字 楞

实现四化心底安
打一字 总

巧把山田重安排
打一字　画

双增双节挂心上
打一字　恚

种田也有出头日
打一字　由

昨日别后心牵挂
打一字　怎

海峡两岸总相连
打一字　浃

私字出头终出丑
打一字　牟

甩掉尾巴争先进
打一字　角

天下四方成一统
打一字　奋

山区乡乡变了样
打一字　幽

大河没水小河干
打一字　哥

当头明月溶疏林
打一字　梢

日落池边映小扉
打一字　涧

桃李梅杏样样有
打一字　木

独到江边垂钓钩
打一字　汀

十分用心细细想
打一字　忖

片云残月带三星
打一字　泓

人人树立四化志
打一字　德

松林错落一线天
打一字　楂

班前班后比高低
打一字　琵

二十出头走天下
打一字　岍

池畔花前两相依
打一字　满

美女鳞次少一人
打一字　姜

两人隔江望断水
打一字　巫

放眼红梅已半开
打一字　缃

杏花前头人依恋
打一字　茶

雨水渗进必然漏
打一字　尸

一下变成两粒丹
打一字　丽

双方相会在草桥
打一字　营

两个半月未见面
打一字　翔

一鸟飞落大江东
打一字　鸿

杨柳千条尽向东
打一字　飘

一边有水一边干
打一字　汗

一日之计在于晨
打一字　旦

二人横目志难合
打一字　德

千里姻缘一线牵
打一字　重

山影横斜日落时
打一字　寻

千里南天展燕翼
打一字　乘

心有余而力不足
打一字　忍

心怀天下献丹心
打一字　态

日上竿头竹影移
打一字　早

王家门外水长流
打一字　润

天天伸头看日落
打一字　替

水洒街心尘土消
打一字　衍

白头蓝底全身红
打一字　血

四方团结共一心

打一字　恩

目前种树多浇水

打一字　湘

开源节流记心上

打一字　愿

闯王飞马去河东

打一字　润

全力以赴方成功

打一字　工

杨柳依依垂江边

打一字　淋

层云散尽见重山

打一字　屈

空山之中一块田

打一字　画

残寺破庙映清辉

打一字　脏

前前后后一颗心

打一字　总

削去朽木再加工

打一字　巧

田边除去狗尾草

打一字　猫

遇难之前下凡心

打一字　凤

伟人虽逝言犹在

打一字　讳

地头杨树已伐光

打一字　场

虫生树上化为蝶

打一字　世

就业于江西南昌

打一字　湿

毁掉森林要后悔

打一字　梅

明月当头人影斜

打一字　俏

真心相会意中人

打一字　春

本来一去不复返

打一字　杯

湖畔花前客弹冠

打一字　落

离开汕头去陕西
打一字　峡

刀光剑影入眼来
打一字　睑

环山临水映清辉
打一字　渭

山上必有宝玉藏
打一字　密

西湖楼前来相会
打一字　沐

明月当空八千里
打一字　香

层云散尽见孤星
打一字　尸

白帝城头月偏西
打一字　脏

四面环山前无路
打一字　略

桃花开后人归来
打一字　茶

秋后相会意中人
打一字　烟

离别西安无人伴
打一字　判

费尽心思为夺冠
打一字　奋

围墙之内草出头
打一字　曲

画堂深处杜鹃鸣
打一字　胡

窗前疏草已抽芽
打一字　穿

誉毁一言须用心
打一字　举

自始至终要虚心
打一字　老

明月当空照陇西
打一字　阳

吃尽苦头登榜首
打一字　枯

翻开日记写心得
打一字　惜

只因变心才生恨
打一字　恳

绛珠仙子下凡来
打一字　梵

秋后重逢在西湖
打一字　淡

戒赌之后弃前嫌
打一字　赚

若要分红须出工
打一字　纷

黄昏前后心牵挂
打一字　惜

两弓相距整三尺
打一字　粥

悲观失望心无依
打一字　非

假日空暇去骑马
打一字　倚

辞职之后又相逢
打一字　取

丹心爱心献中国
打一字　宝

尘土飞扬吊桥前
打一字　常

前线山变水也变
打一字　绿

恨心泯灭人白头
打一字　很

黄昏前后日落时
打一字　醋

断桥残雪入眼来
打一字　霜

陌头只见除禾人
打一字　阡

日落之时又相逢
打一字　对

土地出让有人要
打一字　他

使馆东西不见了
打一字　倌

西湖处士品自高
打一字　洁

逆水行舟月边来
打一字　溯

重点支援大西北
打一字　头

门前竹遮明月光
打一字 简

醒来之后月西移
打一字 腥

秋后重逢在病中
打一字 瘀

插禾种稻要有水
打一字 滔

张骞策马去西域
打一字 塞

富后更宜礼为先
打一字 福

与君结伴下西洋
打一字 群

会说还应勤出力
打一字 谨

上班之后不分离
打一字 璃

高山压顶推不去
打一字 摧

抬头不见雨水滴
打一字 摘

莫占一点小便宜
打一字 慕

西楼人暮看落日
打一字 模

流尽汗水夺冠军
打一字 轩

下岗之后有人帮
打一字 仙

白头结识慧心人
打一字 伊

人在可惜心不在
打一字 借

其中上下有大小
打一字 奈

明日去会意中人
打一字 胭

水绕山转到村后
打一字 浔

庄前村后都有人
打一字 俯

又露一手须用心
打一字 择

突破困境永向前

打一字　米

情眼一抛恨皆消

打一字　睛

宋亡之后元继之

打一字　完

敢将一手遮嵩山

打一字　搞

两个小二戴草帽

打一字　蒜

黄昏前后鸟归来

打一字　鹊

编篮用草不用竹

打一字　蓝

暮日落处帆半隐

打一字　幕

二十载后再相逢

打一字　蓬

慨氏无心闲出门

打一字　概

一入西川水势平

打一字　酬

争先恐后忙插秧

打一字　稳

竹短草长入目来

打一字　算

槐树之下泉水流

打一字　魄

桌上又放半篇稿

打一字　敲

亭台上下共明月

打一字　膏

归类之前先分清

打一字　精

尽释前嫌又合欢

打一字　歉

点滴自在人心头

打一字　熄

江畔柳边人戏水

打一字　漆

随风飘到河东去

打一字　漂

层云化作雨水来

打一字　漏

漫游水边心牵挂

打一字　慢

耳眼心口一齐到

打一字　聪

村边有女叫贝贝

打一字　樱

花前低眉两相依

打一字　瞒

只是顾后不顾前

打一字　题

浊水流尽湖水清

打一字　蝴

想到一半喊出口

打一字　感

翠羽惊飞上碧空

打一字　碎

水落石出山横卧

打一字　碌

有月当去江边游

打一字　左

首先要用心待人

打一字　伴

一旦结合别后悔

打一字　恒

挥手一别二十载

打一字　荤

昨日穷根都不见

打一字　窄

朋友落后要团结

打一字　有

心情已碎泪夺目

打一字　清

不要心急要小心

打一字　争

江东代有人才出

打一字　式

厂里有人鸣不平

打一字　仄

半遮香扇出城东

打一字　塌

出言造谣有一手

打一字　摇

冬雪之前多出力

打一字　雾

残阳如血月东升

打一字　　盟

浊浪排空隐山峰

打一字　　蜂

辛苦半生添白头

打一字　　辞

秋后出游一周回

打一字　　稠

一曲低音送出关

打一字　　遭

清醒之后来相告

打一字　　酷

慈心失去竟如石

打一字　　磁

蔽其上而藏于下

打一字　　弊

烛光暗淡无心情

打一字　　蜻

黄昏前后萤初飞

打一字　　蜡

立秋之前安上家

打一字　　嫁

眼前已到竹林边

打一字　　箱

离位迁居到荒郊

打一字　　僻

近水楼头人赏月

打一字　　膝

心在千里草原上

打一字　　懂

有客来临频让步

打一字　　额

河畔圃中寸草生

打一字　　薄

大处落墨半点多

打一字　　默

街尺不见卖鱼人

打一字　　衡

如此周到谁不言

打一字　　雕

无疑水会结成冰

打一字　　凝

为师在前辩无言

打一字　　辨

凝目前村霞光下
打一字　霜

西望一行翠羽飞
打一字　醉

雨落海里水不涨
打一字　霉

花前重见忆从前
打一字　懂

品茶之后游东湖
打一字　澡

共同留下已半截
打一字　戴

每有联系放后面
打一字　繁

庄里来了两个人
打一字　座

雨来不见度假人
打一字　霞

秋收之后得实惠
打一字　穗

山下路前会朋友
打一字　蹦

昔时半耕亦种竹
打一字　籍

登南岳而望北去
打一字　瑞

因有偏心常抱憾
打一字　感

石山倾倒水亦奇
打一字　碌

雪后横山隐画中
打一字　雷

心上之人难成偶
打一字　愚

撤退之后足迹留
打一字　跟

整日闭门看残篇
打一字　简

心要偷安人弃之
打一字　愈

站在前头送恩人
打一字　意

两三点水洒花前
打一字　满

祖先留下一方田
打一字　福

且献爱心又成双
打一字　叠

春天来后草木生
打一字　模

浩然对酒泪双流
打一字　酷

销出之后心不愁
打一字　锹

百无一用心有愧
打一字　魄

秋禾收尽心白安
打一字　熄

楼头人类西湖水
打一字　漆

东西放好束中间
打一字　嫩

僧人去尽寺半存
打一字　增

排除污水大加称赞
打一字　夸

底线传中方进一球
打一字　虽

国内改革人人有份
打一字　往

先进单位团结有方
打一字　倍

勤劳动他都有份儿
打一字　力

下上平横左右勾结
打一字　互

子牙垂钓苏武放牧
打一字　鲜

花前月下双方约会
打一字　萌

既要主动又要大方
打一字　国

自上而下团结一心
打一字　恤

从上至下广为团结
打一字　座

有加有减有乘无除
打一字　支

岚山风光叠嶂重峦
打一字　出

领先填补国内空白
打一字　图

三三两两齐集花前
打一字　卉

辞别旧日迎来七一
打一字　车

捐弃前嫌言归于好
打一字　谦

湘水横流一叶扁舟
打一字　想

山字必在宝盖头下
打一字　密

泼出去的水难收回
打一字　发

山下一夕等于一年
打　字　岁

失去的友爱又回来
打一字　受

人要有一点上进心
打一字　态

一叶障目，有己无人
打一字　自

有手可抓，有口可喂
打一字　甫

先写一大，再写二小
打一字　奈

又在左边，又在右边
打一字　双

过去一寸，进来一尺
打一字　迟

读时是一，用时是二
打一字　乙

莫等来日，虽晚未迟
打一字　暮

写是水少，说是水多
打一字　泛

刘邦高兴，刘备伤心
打一字　翠

灯谜有格，望而生畏
打一字　唬

聚金成塔，兴旺发达
打一字　鑫

外面四角，里面十角
打一字　园

宝玉出走，袭人无依
打一字　宠

一只黑狗，不叫不吼
打一字　默

一共两横，不是二字
打一字　其

古貌一变，绿荫一片
打一字　叶

一只小狗，守在洞口
打一字　突

学子远去，又见归来
打一字　觉

大河上下，顿失滔滔
打一字　奇

石字出头，不是右字
打一字　岩

失之东隅，收之桑榆
打一字　郴

利字当头，为之一新
打一字　析

巧夺天工，别具一格
打一字　合

夺去一半，留下一半
打一字　奋

四方协作，齐头并进
打一字　亩

存心不善，有口难言
打一字　亚

千里之行，始于足下
打一字　踵

一川横贯，双峰倒映
打一字　带

一旦用心，长期坚持
打一字　恒

一山横卧，两山倒立
打一字　帚

一贯用心，习以为常
打一字　惯

口里长禾，口外长草
打一字　菌

左量三尺，右量十升
打一字　料

左右开弓，百发百中

打一字　　弼

有章可循，从我做起

打一字　　彰

有人是她，有口是你

打一字　　尹

过去一寸，进来一尺

打一字　　迟

朽木不朽，无心不恨

打一字　　根

如苗得雨，似花初开

打一字　　蕾

竹签没有，全凭刀削

打一字　　剑

伊人何去，问之无门

打一字　　君

我为人人，人人为我

打一字　　徐

视而不见，掩口而听

打一字　　祈

走在上面，坐在下面

打一字　　圭

言传身教，寸步不离

打一字　　谢

枫林风光，林木茂盛

打一字　　森

视而不见，逼而不走

打一字　　福

明有一个，暗有两个

打一字　　日

保留一半，放弃一半

打一字　　仿

洪泽湖畔，碧波千顷

打一字　　淼

栽花种卉，除尽草类

打一字　　华

一言既出，有待兑现

打一字　　说

说不叫说，拿不叫拿

打一字　　最

海峡两边，山水相连

打一字　　汕

善始善终，一心到底

打一字　　总

新春伊始，大有可为

打一字　庆

甜咸苦辣，各味俱全

打一字　口

迎风飞扬，随波逐流

打一字　票

用去一半，再添一半

打一字　胖

植树节后，绿树成荫

打一字　林

门前握手，客来脱帽

打一字　搁

一错再错，铸成大错

打一字　爽

禁止烟火，闲人勿进

打一字　日

除去一半，还留一半

打一字　途

上不着天，下不着地

打一字　一

寨后伐木，坝前挖土

打一字　赛

倘若无人，挺身而出

打一字　躺

熨了后头，忘了前头

打一字　慰

言而无信，一文不值

打一字　仪

千载一时，人心所向

打一字　恁

桥南植树，桥北种草

打一字　荣

大有头，中无心，小全身

打一字　京

一字十八口，口里含木头

打一字　困

一物有千口，你有我也有

打一字　舌

一别清江水，扬帆又挥巾

打一字　巩

为转移重点，须分开安排

打一字　办

田上长了草，其实不是草

打一字　苗

四方来合作，贡献大一点
打一字　　器

瓜熟蒂已落，想抓手又缩
打一字　　爪

新月三星伴，柳丝戏春来
打一字　　彩

湖区古迹少，造林重安排
打一字　　潸

香字少一撇，不作杳字猜
打一字　　杏

竹落方三叶，月斜恰半林
打一字　　彩

金钱在旁边，滴水不沾边
打一字　　镝

机构精简后，矿貌变新颜
打一字　　磨

三行横飞雁，一叶小扁舟
打一字　　巡

左看不对头，右看好得很
打一字　　粮

昔日送别去，由此人影稀
打一字　　黄

二人手拉手，钢丝绳上走
打一字　　丛

你没有他有，天没有地有
打一字　　也

池中没有水，地上没有泥
打一字　　也

是土不念土，用它把水堵
打一字　　堤

一鸟落江边，原来是大雁
打一字　　鸿

百花盛开日，蜂蝶并舞时
打一字　　蠢

林远山横顶，江平月似钩
打一字　　慧

毁坏森林，后患就在眼前
打一字　　想

数字虽小，却在百万之上
打一字　　一

窗前星隐去，湖畔树犹存
打一字　　深

心上有自己，却无同伙人
打一字　　熄

一心推倒山，夺取双丰收
打一字　慧

赶前不赶后，还是在最后
打一字　趣

清晨日已出，忽然又来雨
打一字　震

西湖明月下，二人成双对
打一字　潜

借光来复习，谁都不多言
打一字　耀

一人来庙前，一人在寺下
打一字　俯

一鸟落江边，原来是大雁
打一字　鸿

一口吞十口，藏在山下头
打一字　崮

像手不是手，胳膊往外扭
打一字　毛

月与星相依，日和月共存
打一字　腥

一人生得丑，一耳八张口
打一字　职

看看一个人，数数万万千
打一字　亿

多一点能吃，少一点有用
打一字　术

有心记不住，有眼看不见
打一字　亡

向前再向前，一起莫分开
打一字　形

不是楚霸王，不是关云长
打一字　翡

宁可抛头颅，何能失人格
打一字　丁

残秋风中去，几度暗香来
打一字　秃

恳请莫偏心，偏心实可憎
打一字　恨

带头捐一笔，爱心系中国
打一字　莹

台上看不见，背后在牵线
打一字　绢

西湖相遇处，挥泪在柳前
打一字　湘

十字对十字，太阳对月亮
打一字　朝

人在河边站，就是不沾水
打一字　何

三横又三竖，三撇又三捺
打一字　森

大河没有水，有人岸边站
打一字　倚

口里穿一线，不会有偏见
打一字　中

牛无它不生，人无它不大
打一字　一

左边是硬的，右边是软的
打一字　砍

左边加一半，右边减一半
打一字　喊

市上有条鱼，无头又无尾
打一字　亩

立在两日旁，反而没有光
打一字　暗

是船不叫船，只因缺半边
打一字　舟

分开是三人，合起来无数
打一字　众

有心记不住，有眼看不见
打一字　亡

里面是尖的，外面是圆的
打一字　因

虽言寸草心，人人须珍惜
打一字　时

林字多一半，猜森不能算
打一字　梦

首都沐阳光，风光无限好
打一字　景

俺家人不在，随手把门关
打一字　掩

借走一个人，送来半只鸭
打一字　鹊

樽前明月下，顾影共三人
打一字　椿

断一半接一半，接起来还是断
打一字　折

注意节水，人人当先
打一字　往

炒一半，熘一半，烧一半

打一字　　焱

一点一滴支援大西北

打一字　　头

站在一边请不要说话

打一字　　靖

从小要为四化献爱心

打一字　　党

添个小数点，加减乘除全

打一字　　坟

两人顶三人，事情就办成

打一字　　奏

先写上半截，后写下半截

打一字　　告

若要正方形，除非加直线

打一字　　匪

二十六不足，二十八有余

打一字　　共

瞪着眼睛瞧，个个都不少

打一字　　目

手持一把刀，对准口来开

打一字　　招

先是千里挑一，再是百里挑一

打一字　　伯

免得前功尽弃，还宜多加鼓励

打一字　　勉

家虽分居南北，同心合作不变

打一字　　豪

有人问我是谁，孔子和我同乡

打一字　　鲁

户外掩映翠竹，室内一片阳光

打一字　　简

号称永久不变，其实一日一心

打一字　　恒

去掉偏见二字，人才脱颖而出

打一字　　规

左边一千少一，右边一千多一

打一字　　任

看似多子为好，其实少生为妙

打一字　　女

田里跑到田外，不能当作古猜

打一字　　叶

因为自大一点，惹来人人讨厌

打一字　　臭

看似我在山东，其实且居蜀中

打一字　峨

多一笔，带学生，少一笔，带士兵

打一字　帅

一边软，一边硬，软做衣，硬砌墙

打一字　破

牛之头，虎之尾，猜不着，别多嘴

打一字　先

合起来，一个字，分开来，四个不

打一字　米

一只狗，两个口，谁遇它，谁发愁

打一字　哭

左一洞，右一洞，发出声响让人愣

打一字　吼

年轻人，志气高，提手就把山搬倒

打一字　扫

出丝店，进米店，因为有墙转个弯

打一字　继

字面看来都是口，产粮没它就发愁

打一字　田

添一笔，找不到，少一笔，天上飘

打一字　去

不是木，仔细瞅，能喝水，能漱口

打一字　杯

大门开，有客来，先脱帽，后进来

打一字　阁

一只羊，四条腿，只有脚，没有尾

打一字　羔

画时圆，写时方，寒时短，热时长

打一字　日

你一半，我一半，合起来，把树砍

打一字　伐

两棵树，并排栽，着了火，烧起来

打一字　焚

一条狗，四个口，不稀罕，家家有

打一字　器

断一半，续一半，接起来，就不断

打一字　继

左边三，右边三，十一立在正中间

打一字　非

王大娘和白大娘，挨肩坐在石头上

打一字　碧

如见月儿东南来，却是秀美女儿态

打一字　娟

一只羊儿不像样，眼睛长在屁股上

打一字　着

一轮明月藏云脚，两片残花落马蹄

打一字　熊

一个字，千张嘴，要想活，给它水

打一字　舌

一字身长一尺八，不在城市在乡下

打一字　村

级级梯阶直顶点，此间知识待人开

打一字　书

既有头来又有尾，中间生了四张嘴

打一字　申

有位叔叔一只眼，大事小事都爱管

打一字　督

只要三个女皮匠，合成一个老大娘

打一字　婆

一只小虫生得怪，嘴巴长在天灵盖

打一字　虽

一字四十八个头，内中有水不外流

打一字　井

看上面正差一横，看下面少去一点

打一字　　步

左边一千少一些，右边一万多一点

打一字　　仿

唐虞都有，尧舜却无，
商周也有，汤武更无。

打一字　　口

左边管听，右边管说，
左右相逢，吵闹不停。

打一字　　聒

减去一个，孤单一个，
加上一个，成伙成群。

打一字　　从

十个哥哥，体重真轻，
重一千倍，才一公斤。

打一字　　克

一字真怪，写是儿点，
看是三笔，形似圆珠。

打一字　　丸

一边入水，一边上山，
同时出现，实在少见。

打一字　　鲜

拒一半儿，服一半儿，
合二而一，增加知识面儿。

打一字　　报

四山纵横，两日绸缪，
富由他起脚，累是他领头。

打一字　　田

日常生活两件宝，
穿得暖来吃得饱，
若将它俩放一起，
只觉多来不觉少。

打一字　　裕

一个字儿有四笔，
又无横来又无直，
将军见他要下马，
皇帝见他要作揖。

打一字　　父

四四方方一座城，
里边住有十万兵，
还有八万住城外，
两杆大炮守着城。

打一字　　界

田上有草不是草，
农民汗水把它浇，
能结瓜果能打粮，
细心培育莫荒了。

打一字　　苗

没有鼻子没有眼，
牙齿长在耳朵边，
一看就知不正派，
及时改正还不晚。

打一字　　邪

朝东像座四合院，
朝西也像四合院，
大院里面套小院，
如此规模莫小看。

打一字　　巨

一个小孩本姓王，
总把狗儿带身旁，
闲着没事坐船游，
虚度多少好时光。

打一字　　逛

田下有木不是木，
不用煮烤也能熟，
春来花开不见它，
秋临花落挂满树。

打一字　　果

田下土来土上田，
还有一土在旁边，
上下左右都是土，
藏在土里看不见。

打一字　　埋

两个幼童去爬山，
没有力气上山巅，
回家又怕人笑话，
躲在山中不回还。

打一字　　幽

一豆生来真稀奇，
加做头来加做底，
头尾读音虽一样，
写出头尾两相异。

打一字　　嘉

宝盖下面必有虫，
原料采自百花丛，
香甜可口赛白糖，
滋补身体谢工蜂。

打一字　　蜜

三人相叠分不开，
二人在下将它抬，
五人合作在一起，
一支曲子弹出来。

打一字　　奏

一人长得瘦又长，
一把弯弓腰里藏，
一位妇女旁边站，
模样长得像亲娘。

打一字　　姨

奇怪奇怪真奇怪，
出个谜语女生猜，

一家至少有一个，
全国一共才几百。

打一字　　姓

一大一小被分开，
老二撮合摞起来，
此字猜中并不难，
只是别把尖字猜。

打一字　　奈

左有水来右有刀，
中间藏着一个宝，
究竟这是什么字，
我把你们考一考。

打一字　　测

一月又一月，两月共半边，
上有可耕田，下有长流川，
一家有六口，两口不团圆。

打一字　　用

草字头下一小笔，
口字挤在北字里，
下面还有四个点，
春天一到返故里。

打一字　　燕

海口夸得高过天，
不知身旁有人言，
难怪别人批评你，
总是跟在错后边。

打一字　　误

一头小羊摆摆尾，
长了羽毛自由飞，
生活当中不可能，
只当字谜猜一回。

打一字　　翔

上面正缺一横梁，
三堵院墙建下方，
里边住了一个人，
一到吃饭忙呀忙。

打一字　　齿

右边减一是一千，
左边加一是一千，
多的加在少的上，
不多不少是两千。

打一字　　任

一个口袋真奇怪，
装个大字出不来，
压在心上甩不掉，
得到好处莫忘怀。

打一字　　恩

两个不字手拉手，
一个不字出了头，
有人用它来沏茶，
有人用它来盛酒。

打一字　　杯

一而再，再而三，
中间一笔连成串，
笔画虽少分量重，
国家粮棉堆成山。

打一字　　丰

一只牛，没有头，
天天来，天天走，
要想见它也容易，
等到太阳挂头顶。

打一字　　午

词语谜

氛

打一三字口语　　　　别发火

吹

打一三字口语　　　　不够格

大同

打一三字口语　　　　差不多

卧射

打一三字口语　　　　打埋伏

本领

打一三字口语　　　　没出息

三言

打一三字口语　　　　真心话

巧遇

打一三字口语　　　　没意见

看待

打一三字口语　　　　等着瞧

空间
　　打一三字口语　　闲不住

海望
　　打一三字口语　　出洋相

广西
　　打一三字口语　　座上宾

隐语
　　打一三字口语　　不明白

客观
　　打一三字口语　　没主张

分解
　　打一三字口语　　不合算

夏时制
　　打一三字口语　　早一点

怒发冲冠
　　打一三字口语　　气头上

起棹无支
　　打一三字口语　　划不来

盲目调拨
　　打一三字口语　　瞎指挥

保护视力
　　打一三字口语　　小心眼

略有降价

打一三字口语　　　　小便宜

原始思维

打一三字口语　　　　想当初

爱莫能助

打一三字口语　　　　难为情

第一流

打一三字口语　　　　舍不得

沉鱼落雁

打一三字口语　　　　信不过

一目了然

打一三字口语　　　　不重视

知了知了

打一三字口语　　　　应声虫

破除迷信

打一三字口语　　　　不留神

忍无可忍

打一三字口语　　　　没能耐

改头换面

打一三字口语　　　　顶容易

午后照相

打一三字口语　　　　拍马屁

一无所有

打一三字口语　　舍不得

捕获归案

打一三字口语　　得罪人

守口如瓶

打一三字口语　　说不定

温泉疗养

打一三字口语　　泡病号

东西大道

打一三字口语　　一路货

集体表决

打一三字口语　　不一定

家徒四壁

打一三字口语　　没门儿

一路辛苦

打一三字口语　　有味道

郑人买履

打一三字口语　　不知足

一看便知

打一三字口语　　不重视

屈打成招

打一三字口语　　不舒服

何处是归程

打一三字口语　　不知道

样品登记簿

打一三字口语　　不卖账

春风吹又生

打一三字口语　　不尽然

战胜自然灾害

打一三字口语　　破天荒

一向奉公守法

打一三字口语　　老规矩

六宫粉黛无颜色

打一三字口语　　真漂亮

溜冰总是得第一

打一三字口语　　老滑头

问渠哪得清如许

打一三字口语　　有派头

纸船明烛照天烧

打一三字口语　　不留神

任尔东西南北风

打一三字口语　　通通气

位卑未敢忘忧国

打一三字口语　　不小心

临去秋波那一转

打两个三字口语　　爱翻脸、走着瞧

忐

打一四字口语　　放心不下

磨床

打一四字口语　　想不起来

发怒

打一四字口语　　财大气粗

天火

打一四字口语　　自然而然

忏悔

打一四字口语　　说得过去

孩儿面

打一四字口语　　小人之见

健康检查

打一四字口语　　没病找病

卧床静思

打一四字口语　　想不起来

漫天皆白

打一四字口语　　全是空话

相对无言

打一四字口语　　二话不说

自谋职业

打一四字口语　　没事找事

黑夜返归途

打一四字口语　　来路不明

慢工出巧匠

打一四字口语　　好不快活

子胥因何愁白头

打一四字口语　　过不了关

新官上任三把火

打一四字口语　　头脑发热

养在深闺人未识

打一四字口语　　真不露脸

但使龙城飞将在

打一四字口语　　不许胡来

穷人的孩子早当家

打一四字口语　　大不可能

射击要领略知一二

打一四字口语　　放明白点

罕见

打一五字口语　　顾不得许多

倒叙

打一五字口语　　把话说回来

散装
打一五字口语　　别来这一套

长影
打一五字口语　　跟你没个完

对白
打一五字口语　　一报还一报

再见
打一五字口语　　别来这一套

童装
打一五字口语　　少来这一套

座谈
打一五字口语　　说话不在行

假货
打一五字口语　　真不是东西

少小离家
打一五字口语　　还是老样子

降低消耗
打一五字口语　　这下子完了

快乐的单身汉
打一五字口语　　不讨人喜欢

一骑红尘妃子笑
打一五字口语　　听得真开心

公子王孙把扇摇

打一五字口语　　大少爷作风

乡音无改鬓毛衰

打一五字口语　　还是老样子

出乎意料得百分

打一五字口语　　想不到一块

出门要查交通图

打一五字口语　　不看不知道

盖曰：“某死亦无怨”

打一五字口语　　打心里愿意

睡梦中露出甜美的微笑

打一五字口语　　高兴不起来

抵

打一七字口语　　低头不见抬头见

乔迁

打一七字口语　　有所得必有所失

引壶斟以自酌

打一七字口语　　与任何人不相干

田径

打一三字俗语　　留后路

落地灯

打一三字俗语　　不高明

稚儿灵

打一三字俗语　　小聪明

一倒数

打一三字俗语　　不上算

龙舟金牌

打一三字俗语　　划得来

高速作业

打一三字俗语　　空快活

不怀好意

打一三字俗语　　没良心

画蛇添足

打一三字俗语　　糊涂虫

享乐在后

打一三字俗语　　吃苦头

章节虚构

打一三字俗语　　假斯文

思路中断

打一三字俗语　　想不通

临别赠言

打一三字俗语　　外行话

有错必纠

打一三字俗语　　过得去

终无所取

打一三字俗语　　　了不得

出售鼠笼

打一三字俗语　　　卖关子

醋拌冷面

打一三字俗语　　　寒酸相

举棋不定

打一三字俗语　　　没着落

凌空一脚

打一三字俗语　　　不踏实

弯弯的小河

打一三字俗语　　　不正派

儿童优惠价

打一三字俗语　　　小便宜

起义者之歌

打一三字俗语　　　唱反调

擀面杖吹火

打一三字俗语　　　气不过

辞家久未归

打一三字俗语　　　老外行

夜色多美好

打一三字俗语　　　黑里俏

着我旧时装

打一三字俗语　　老一套

天堂里的笑声

打一三字俗语　　空欢喜

一个死者对生者的访问

打一三字俗语　　活见鬼

宁

打两个三字俗语　　打下手、扣帽子

芳心暗相许

打两个三字俗语　　意中人、不明白

元

打一四字俗语　　有两下子

斜视

打一四字俗语　　看不顺眼

好书

打一四字俗语　　本质不坏

独酌

打一六字俗语　　与别人不相干

吞云

打一六字俗语　　有话往肚里咽

踏雪

打一六字俗语　　一步一个脚印

亮相

打一四字俗语　　脸上有光

发言

打一四字俗语　　生财有道

星星

打一四字俗语　　天生一对

地中海

打一四字俗语　　土洋结合

善恶之道

打一四字俗语　　好说歹说

电扇做广告

打一四字俗语　　说风凉话

谈谈消费结构

打一四字俗语　　摆花架子

十叩柴扉九不开

打一四字俗语　　老关系户

黄泉有路好还乡

打一四字俗语　　鬼才知道

空间站

打两个四字俗语　　上不着天、下不着地

玄德过檀溪

打一四字俗语　　溜须拍马

南北对局

打两个四字俗语　　不是东西、有两下子

乙

打一五字俗语　　有点飘飘然

对表

打一五字俗语　　一报还一报

灌药

打一五字俗语　　不服也得服

中青

打一五字俗语　　高低不答应

桑拿浴

打一五字俗语　　花钱买气受

循环论

打一五字俗语　　说话兜圈子

想得开

打一五字俗语　　面和心不和

螳螂捕蝉

打一五字俗语　　顾前不顾后

秘密飞行

打一五字俗语　　天机不可泄

小鬼推磨

打一五字俗语　　没命地干活

闺中只独看

打一五字俗语　　　　女人家见识

含笑卧沙场

打一五字俗语　　　　高兴不起来

寂寞夜更长

打一五字俗语　　　　话不说不明

备齐酒菜饯行

打一五字俗语　　　　别来这一套

嫦娥应悔偷灵药

打一五字俗语　　　　能上不能下

讲的是金木水土

打一五字俗语　　　　说话走了火

桃花依旧笑春风

打一五字俗语　　　　人不可貌相

满天风云雨降斜

打一五字俗语　　　　全是歪点子

老人的饮食爱好

打一五字俗语　　　　吃软不吃硬

晴空霹雳

打一六字俗语　　　　光打雷不下雨

狼烟四起

打一六字俗语　　　　火不打一处来

大风警报

打一六字俗语　　有告吹的危险

终身当会计

打一六字俗语　　过一天算一天

《唐伯虎》梗概

打一六字俗语　　明人不必细说

“喝了咱的酒”

打一六字俗语　　气不打一处来

杂

打一七字俗语　　猜个八九不离十

息

打一七字俗语　　心有余而力不足

出示

打一七字俗语　　这山望着那山高

自作自受

打一七字俗语　　一人做事一人当

一再说要走

打一七字俗语　　三句话不离本行

个体劳动者代表

打一七字俗语　　一人做事一人当

人之将死，其言也善

打一七字俗语　　生意不成仁义在

畦

打一八字俗语　　天生一对，地造一双

八大山人签名

打一八字俗语　　哭也不得，笑也不是

中

打一二字常用语　　方针

果园失火

打一二字常用语　　着实

无鬼论二则

打一二字常用语　　魂魄

海上生明月

打一二字常用语　　漂亮

己巳

打一三字常用语　　不得已

隐语

打一三字常用语　　不公道

巳时寿终

打一三字常用语　　马前卒

破除迷信

打一三字常用语　　不留神

要看全国一盘棋

打一三字常用语　　顾大局

对弈分男女

打一三字常用语　　局限性

何处不风流

打一三字常用语　　通通气

在外不多言

打一三字常用语　　家常话

闩

打一四字常用语　　中间环节

夫

打一四字常用语　　出头之日

火把

打一四字常用语　　掌握要点

空函

打一四字常用语　　信心不足

知返

打一四字常用语　　认识过程

若虚

打一四字常用语　　印象模糊

赤子

打一四字常用语　　红极一时

欺君

打一四字常用语　　上当受骗

发现

打一四字常用语　　毫不相瞒

姑娘

打一四字常用语　　婆婆妈妈

牙医

打一四字常用语　　专业对口

准时

打一四字常用语　　表现不错

硬笔

打一四字常用语　　毫不示弱

深坑

打一四字常用语　　害人不浅

电扇

打一四字常用语　　转变作风

小聪明

打一四字常用语　　不大可能

枇杷露

打一四字常用语　　实不相瞒

白兰花

打一四字常用语　　君子一言

娃娃亲

打一四字常用语　　不大合适

战高温

打一四字常用语　　打得火热

红孩子

打一四字常用语　　小有名气

必需品

打一四字常用语　　未尝不可

剃光头

打一四字常用语　　毫不保留

阴暗面

打一四字常用语　　脸上无光

子夜蛙鸣

打一四字常用语　　鼓噪一时

张冠李戴

打一四字常用语　　乱扣帽子

味精广告

打一四字常用语　　鲜为人知

望峰息心

打一四字常用语　　不敢高攀

管中窥豹

打一四字常用语　　洞察观点

摩拳擦掌

打一四字常用语　　两手准备

单人沙发

打一四字常用语　　绝对可靠

盲目结合

打一四字常用语　　不见不散

以羊为伴

打一四字常用语　　未必可靠

缴枪不杀

打一四字常用语　　在此一举

定量用药

打一四字常用语　　服从分配

潜水莫呼吸

打一四字常用语　　沉得住气

桃李满天下

打一四字常用语　　全面落实

夜来风雨声

打一四字常用语　　下落不明

摔跤定胜负

打一四字常用语　　打抱不平

普通水平仪

打一四字常用语　　长相一般

知足者常乐

打一四字常用语　　蛮有兴趣

千里共婵娟

打一四字常用语　　重归于好

白云无尽时

打一四字常用语　　说来话长

报喜不报忧

打一四字常用语　　扬长避短

小九九不离口

打一四字常用语　　说话算数

互谈罗马观感

打一四字常用语　　交换意见

头悬梁，锥刺股

打一四字常用语　　摆脱困境

为何设置举报箱

打一四字常用语　　取信于民

孤灯挑尽未成眠

打一四字常用语　　有点困难

千里江陵一日还

打一四字常用语　　反应迅速

主人上马客开船

打一四字常用语　　各奔东西

三人行必有我师

打一四字常用语　　才能出众

窗口杨柳悬春色

打一四字常用语　　格外垂青

洒上胡椒味更美

打一四字常用语　　泼辣吃香

朝如青丝暮成雪

打一四字常用语　　发生变化

养在深闺人未识

打一四字常用语　　不明真相

短斤缺两已查实

打一四字常用语　　经验不足

少小离家老大还

打一四字常用语　　早出晚归

一夫当关万夫莫开

打一四字常用语　　非常难过

马丁

打两个四字常用语　　骂不还口，打不还手

戴口罩，披斗篷

打两个四字常用语　　当面一套，背后一套

购烟

打一五字常用语　　花钱买气受

钢盔

打一五字常用语　　硬着头皮上

染色体
打一五字常用语　　决定性作用

卡拉 OK
打一五字常用语　　不说外行话

统一价格
打一五字常用语　　无贵贱之分

足不出户
打一五字常用语　　以内行自居

下笔如神
打一五字常用语　　书生气十足

生旦丑末
打一五字常用语　　眼不见为净

满堂喝彩
打一五字常用语　　净说好听的

杜十娘沉宝，林黛玉焚稿
打一五字常用语　　水火不留情

大漠孤烟直，长河落日圆
打一五字常用语　　无风不起浪

凤凰台上凤凰游
打一五字常用语　　就剩一张嘴

东张西望无身影
打一五字常用语　　见物不见人

挟天子以令诸侯

打一五字常用语　　　　掌握主动权

汉皇重色思倾国

打一五字常用语　　　　主意想得美

盲目乐观

打一六字常用语　　　　眼不见心不烦

白雪纷飞

打一六字常用语　　　　说得天花乱坠

早穿皮袄晚穿纱

打一六字常用语　　　　明一套，暗一套

赤道

打一国际词语　　　　热线

回利

打一国际词语　　　　双方会谈

帮腔

打一国际词语　　　　人道援助

白光

打一国际词语　　　　联合声明

口语

打一国际词语　　　　四方会谈

齐唱

打一国际词语　　　　共同声明

商品

打一国际词语　　　　三方会谈

广告人

打一国际词语　　　　公投

水电费

打一国际词语　　　　文化交流

精工表

打一国际词语　　　　特别会谈

家天下

打一国际词语　　　　第一世界

必请之客

打一国际词语　　　　应邀

合议量刑

打一国际词语　　　　谈判

口齿清楚

打一国际词语　　　　声明

知无不言

打一国际词语　　　　会谈

音乐知识

打一国际词语　　　　调解

善于辞令

打一国际词语　　　　会谈

二马抢槽

打一国际词语　　　　共进午餐

巧舌如簧

打一国际词语　　　　特别会谈

窃窃私语

打一国际词语　　　　秘密会谈

喁喁而语

打一国际词语　　　　秘密会谈

孤掌难鸣

打一国际词语　　　　联合声明

四面出击

打一国际词语　　　　全方位外交

欲穷千里目

打一国际词语　　　　高层会晤

跨鞍今永诀

打一国际词语　　　　分别会见

金鸡齐啼晓

打一国际词语　　　　联合声明

往来无白丁

打一国际词语　　　　官方接触

座上客常满

打一国际词语　　　　友好往来

烽火连三月

打一国际词语　　有限战争

御人以口给

打一国际词语　　特别会谈

相识在中途

打一国际词语　　等距离外交

净洗兵甲长不用

打一国际词语　　全面裁军

环球旅游缺资金

打一国际词语　　世界银行

苍松翠竹掩柴扉

打一国际词语　　绿色护照

尚余孤瘦雪霜姿

打一国际词语　　冷战结束

始皇江山摇欲坠

打一国际词语　　政治危机

携手守边防

打一国际词语　　国防共管

医生开方各不同

打一国际词语　　分而治之

任尔东西南北风

打一国际词语　　保持中立

巡逻在边防线上
打一国际词语　　国际往来

武皇开边意未已
打一国际词语　　扩张主义

两个疗程不相连
打一国际词语　　分而治之

远渡重洋遇海啸
打一国际词语　　经济危机

这棵大树有阴凉
打一国际词语　　绿色护照

君王执政自决断
打一国际词语　　主权独立

与双枪将是同事
打一国际词语　　和平共处

桃源无处逃秦暴
打一国际词语　　政治避难

津史停舟渡不得
打一国际词语　　经济封锁

降诸吕周勃结党
打一国际词语　　和平共处

铁马冰河入梦来
打一国际词语　　冷战思维

坑灰未冷山东乱
打一国际词语　　政治危机

时闻边塞箫笛和
打一国际词语　　国际共管

家徒四壁寄余年
打一国际词语　　生存空间

铜雀春深锁二乔
打一国际词语　　两伊关系

驱散硝烟坐纹抨
打一国际词语　　战后格局

寒衣处处催刀尺
打一国际词语　　紧急制裁

疆界两边成贾聚
打一国际词语　　国际商会

翳日梠荫遮翠幄
打一国际词语　　绿色护照

缘何是居桃花源
打一国际词语　　政治避难

千村万落如寒食
打一国际词语　　世界无烟日

五湖四海沐朝阳
打一国际词语　　世界环境日

缝纫便宜用布省

打一国际词语　　经济制裁

禁止使用核武器

打一国际词语　　有限战争

玄德派谁令耒阳

打一国际词语　　委任统治

张勋复辟为哪般

打一国际词语　　帝国主义

泥牛入海无消息

打一国际词语　　经济一体化

欲渡黄河冰塞川

打一国际词语　　断绝经济往来

王戎钻李欲何为

打一国际词语　　防止核扩散

天上的星星参北斗

打一国际词语　　照会

授以安邦久治之策

打一国际词语　　教长国

田单巧布火牛阵

打一国际词语　　代理人战争

边防四季息烽烟

打一国际词语　　国际和平年

武侯用计退仲达

打一国际词语　　不设防城市

边塞柳色岁岁春

打一国际词语　　国际青年节

芦中人得遇渔丈人

打一国际词语　　要求引渡

鲁子敬巧言排众议

打一国际词语　　主权独立

安得猛士兮守四方

打一国际词语　　保护国

春秋已末期，七雄初峥嵘

打一国际词语　　交战国

远山入空中，湖畔梅先开

打一国际词语　　公海

个人得零头，集体得小头

打一国际词语　　最惠国

包胥曰：子能灭，我必复楚

打一国际词语　　申请出国护照

何日祝尔一帆风顺

打一国际词语　　过渡时期

锥处囊中，其末乃见

打一国际词语　　对外方针

解衣推食，韩侯知恩
打一国际词语　　信守部交

如姬盗符，信陵救赵
打一国际词语　　授外法

春泰夏安，秋吉冬祥
打一国际词语　　和平年

头痛医头，脚痛医脚
打一国际词语　　分而治之

鹰击长空，鱼翔浅底
打一国际词语　　自由浮动

来此绝境，不复出也
打一国际词语　　要求政治避难

与三间大夫同理朝纲
打一国际词语　　和平共处

一语震八方
打一国际词语　　特别会谈

千营共一呼
打一国际词语　　联合声明

白屋绿水绕
打一国际词语　　民间交流

处处闻啼鸟
打一国际词语　　联合声明

处处聚兵戈

打一国际词语　　战争状态

投资修水利

打一国际词语　　文化交流

残月一城鸡

打一国际词语　　联合声明

空中闻天鸡

打一国际词语　　联合声明

室内乐演奏完毕

打一国际词语　　居中调停

家家扶得醉人归

打一国际词语　　告别宴会

诸葛亮舌战群儒

打一国际词语　　特别会谈

除夕同吃团圆饭

打一国际词语　　共进晚餐

正多边形内切圆

打一国际词语　　等距离外交

散作千溪追万家

打一国际词语　　民间交流

通知不必请客

打一国际词语　　告别宴会

一唱雄鸡天下白
　　　　打一国际词语　　　　声明

合议庭共同评审
　　　　打一国际词语　　　　谈判

高山流水结知音
　　　　打一国际词语　　　　调解

个巴掌拍不响
　　　　打一国际词语　　　　联合声明

一木焉能支大厦
　　　　打一国际词语　　　　联合举行

人生何处不相逢
　　　　打一国际词语　　　　分别会见

七嘴八舌不停口
　　　　打一国际词语　　　　联合声明

左右皆善辩之士
　　　　打一国际词语　　　　双边会谈

雄鸡齐报欲曙天
　　　　打一国际词语　　　　联合声明

明月始回共聚论
　　　　打一国际词语　　　　新一轮会谈

打开天窗说亮话
　　　　打一国际词语　　　　对外声明

世世代代无敌意

打一国际词语　　传统友谊

见面宜早君记取

打一国际词语　　告别晚会

未登程先问归期

打一国际词语　　预约会面

西出阳关无故人

打一国际词语　　分别会见

妙语连珠好口才

打一国际词语　　特别会谈

当面直言羞启齿

打一国际词语　　间接会谈

两个黄鹂鸣翠柳

打一国际词语　　联合声明

王

打一政治法律词语　　工会

才

打一政治法律词语　　团中央

份

打一政治法律词语　　个人成分

代任

打一政治法律词语　　托派

一站

打一政治法律词语　　独立

减速

打一政治法律词语　　缓刑

走卒

打一政治法律词语　　死刑

盼兵

打一政治法律词语　　思想武器

待业

打一政治法律词语　　思想工作

家规

打一政治法律词语　　所有制

偕老

打一政治法律词语　　长期共存

口角

打一政治法律词语　　议会斗争

绝技

打一政治法律词语　　特别法

法师

打一政治法律词语　　生效

八股

打一政治法律词语　　成文法典

病句

打一政治法律词语　　不成文法

师范

打一政治法律词语　　生效

平方

打一政治法律词语　　普通法

效果

打一政治法律词语　　实在法

步法

打一政治法律词语　　行为规则

跟我读

打一政治法律词语　　法学

马赛曲

打一政治法律词语　　法律

学音乐

打一政治法律词语　　法律

文化路

打一政治法律词语　　章程

土皇帝

打一政治法律词语　　地主

人行道

打一政治法律词语　　群众路线

写作要领

打一政治法律词语　　成文法

写作知识

打一政治法律词语　　成文法

以史为鉴

打一政治法律词语　　法典

当效之

打一政治法律词语　　法典

知无不言

打一政治法律词语　　通告

说得过去

打一政治法律词语　　通报

邀请爷爷

打一政治法律词语　　公约

爷爷点名

打一政治法律词语　　公报

为人师表

打一政治法律词语　　生效

正规教育

打一政治法律词语　　法学

集体起诉

打一政治法律词语　　公告

有点模仿

打一政治法律词语　　时效

文以载道

打一政治法律词语　　章程

音响清楚

打一政治法律词语　　声明

原籍巴黎

打一政治法律词语　　根本法

自然规律

打一政治法律词语　　习惯法

健身之道

打一政治法律词语　　实体法

少年秃头

打一政治法律词语　　从轻发落

群众是当家人

打一政治法律词语　　民主

取消苛捐杂税

打一政治法律词语　　罢课

个人参加整改

打一政治法律词语　　政策

江东有人捎话来

打一政治法律词语　　工会

我国的第一产业

打一政治法律词语　　中农

扬鞭催马回故乡

打一政治法律词语　　策反

耒阳县凤雏理事

打一政治法律词语　　统治

托钵云游任来去

打一政治法律词语　　自由化

主动进口变了样

打一政治法律词语　　国有化

我把一切献群众

打一政治法律词语　　自由民

修筑海塘为了啥

打一政治法律词语　　反潮流

长江后浪推前浪

打一政治法律词语　　促进派

两岸青山相对出

打一政治法律词语　　中间派

正是乘除加减

打一政治法律词语　　分裂主义

宝玉避父之招

打一政治法律词语　　不周政见

开展读书活动

打一政治法律词语　组织观念

个人服从集体

打一政治法律词语　各位听众

梦回吹角连营

打一政治法律词语　思想斗争

一心扑在事业上

打一政治法律词语　思想工作

但愿百年伴相随

打一政治法律词语　长期共存

群策群力办交通

打一政治法律词语　组织路线

引得君王带笑看

打一政治法律词语　乐观主义

吕后不行留侯政

打一政治法律词语　改良主义

芳心遥寄蝴蝶泉

打一政治法律词语　远大理想

君向潇湘我向秦

打一政治法律词语　不同路线

十字路口大时钟

打一政治法律词语　群众观点

五车书已留儿读

打一政治法律词语　　知识分子

乡村走上脱贫路

打一政治法律词语　　富裕中农

百万雄师过大江

打一政治法律词语　　经济斗争

一心扑在战场上

打一政治法律词语　　思想斗争

横津但愿风波定

打一政治法律词语　　过渡时期

集体年年有积累

打一政治法律词语　　长期共存

欲渡黄河冰塞川

打一政治法律词语　　经济封锁

祖龙即位主朝纲

打一政治法律词语　　政治制度

秦皇传位于二世

打一政治法律词语　　政权交接

庞士元议取西蜀

打一政治法律词语　　统战政策

有钱才替你剃头

打一政治法律词语　　资方代理人

神州户户奔小康

打一政治法律词语　　发展中国家

回首方见冰轮落

打一政治法律词语　　反对全盘西化

寻得桃源好避秦

打一政治法律词语　　脱离政治

镰刀斧头结桃园

打一政治法律词语　　工农联盟

桃源望断无觅处

打一政治法律词语　　政治避难

欲登高台方举步

打一政治法律词语　　初级阶段

千里决胜念君恩

打一政治法律词语　　马克思主义

记得当年草上飞

打一政治法律词语　　思想进步快

惟将军不可降曹操

打一政治法律词语　　主权独立

只盼着深山出太阳

打一政治法律词语　　思想解放

连年参加集体储蓄

打一政治法律词语　　长期共存

愿生生世世为夫妇

打一政治法律词语　长期共存

方程求根，不可疏忽

打一政治法律词语　解严

四海之内，莫非王土

打一政治法律词语　大地主

加减乘除，本人都懂

打一政治法律词语　集体主义

大众所向，台湾统一

打一政治法律词语　民主集中

唤起工农千万百，同心干

打一政治法律词语　统一战线

巴黎在哪儿

打一政治法律词语　自然法

此次到巴黎

打一政治法律词语　现行法

定稿于巴黎

打一政治法律词语　成文法

间谍离巴黎

打一政治法律词语　特别法

按规定生产

打一政治法律词语　法制

日月的作用

打一政治法律词语　　时效

人人懂政策

打一政治法律词语　　普通法

乡规民约

打一政治法律词语　　公法

言无不尽

打一政治法律词语　　通告

技术平平

打一政治法律词语　　普通法

千金市骨

打一政治法律词语　　罗马法

连词造句

打一政治法律词语　　成文法

语病太多

打一政治法律词语　　不成文法

写作入门

打一政治法律词语　　成文法

空口无凭

打一政治法律词语　　不成文法

家喻户晓

打一政治法律词语　　通知

金科玉律

打一政治法律词语　　成文法

杂乱无章

打一政治法律词语　　不成文法

婆婆不言语

打一政治法律词语　　公告

妈妈的主意

打一政治法律词语　　母法

我本楚狂人

打一政治法律词语　　通告

满纸荒唐言

打一政治法律词语　　不成文法

人人奉公守纪

打一政治法律词语　　普通法

手段与众不同

打一政治法律词语　　特别法

当今运动规律

打一政治法律词语　　现行法

柏林——巴黎

打一政治法律词语　　普通法

服装缝纫规范

打一政治法律词语　　法律制教

请指正

打一政治法律词语　　劳教

秦律令

打一政治法律词语　　行政法规

恭请指导

打一政治法律词语　　劳教

处处志之

打一政治法律词语　　记过

两地生活

打一政治法律词语　　处分

老马识途

打一政治法律词语　　记过

汉承秦制

打一政治法律词语　　行政法

多须修指点

打一政治法律词语　　劳教

往事总难忘

打一政治法律词语　　记过

此地一为别

打一政治法律词语　　处分

育儿知识讲座

打一政治法律词语　　教养

不忘历史教训

打一政治法律词语　　记过

贾宝玉受笞

打一政治法律词语　　行政处分

犹忆临行执手看

打一政治法律词语　　记过处分

莫忘曾经此地别

打一政治法律词语　　记过处分

一举一动效始皇

打一政治法律词语　　行政行为

自我批评

打一政治法律词语　　记过

一个这壁，一个那壁

打一政治法律词语　　处分

做

打一政治法律词语　　故意杀人

上饶

打一政治法律词语　　大赦

十七

打一政治法律词语　　车裂

罪魁

打一政治法律词语　　首恶

悔改

打一政治法律词语　　过失犯

水葬

打一政治法律词语　　终身流放

贼眼

打一政治法律词语　　犯罪目的

拄棍

打一政治法律词语　　立即执行

偷渡

打一政治法律词语　　经济犯罪

宣判

打一政治法律词语　　数罪并罚

反攻

打一政治法律词语　　正当防卫

老秀才

打一政治法律词语　　前科

摄影赛

打一政治法律词语　　比照

老思想

打一政治法律词语　　故意

拖拉机

打一政治法律词语　　缓期

护心镜

打一政治法律词语　　正当防卫

不了了之

打一政治法律词语　　终止

不善经营

打一政治法律词语　　弃市

不辞而别

打一政治法律词语　　走私

积劳成疾

打一政治法律词语　　累犯

贾政为弟

打一政治法律词语　　大戴

敬请斧正

打一政治法律词语　　劳改

屡教不改

打一政治法律词语　　惯犯

目的达到

打一政治法律词语　　既遂

旧病复发

打一政治法律词语　　重犯

居心不良

打一政治法律词语　　十恶

令人费解

打一政治法律词语　　罚款

声东击西

打一政治法律词语　　敲诈

为人正道

打一政治法律词语　　伪证

区区之心

打一政治法律词语　　过错

日月争辉

打一政治法律词语　　比照

一生急躁

打一政治法律词语　　死缓

欲擒故纵

打一政治法律词语　　假释

少林武僧

打一政治法律词语　　保释

心灰意冷

打一政治法律词语　　无期

行为不公

打一政治法律词语　　走私

一错再错

打一政治法律词语　　重犯

午后方成

打一政治法律词语　未遂

过河作案

打一政治法律词语　经济犯

改过自新

打一政治法律词语　遗弃罪

改邪归正

打一政治法律词语　遗弃罪

拒绝贿赂

打一政治法律词语　没收金

囚车被劫

打一政治法律词语　过失犯

有错必纠

打一政治法律词语　过失犯

浪子回头

打一政治法律词语　中止犯

图谋不轨

打一政治法律词语　预备犯

奋起还击

打一政治法律词语　正当防卫

劫持民航

打一政治法律词语　犯罪动机

成心作恶

打一政治法律词语　　故意犯罪

绝不受贿

打一政治法律词语　　没收财产

十号拦网

打一政治法律词语　　正当防卫

构巢而隐之

打一政治法律词语　　窝藏

官居大司寇

打一政治法律词语　　主刑

不结盟运动

打一政治法律词语　　走私

不是真解答

打一政治法律词语　　假释

寄书长不达

打一政治法律词语　　没收

家乡的愿望

打一政治法律词语　　故意

往事已遗忘

打一政治法律词语　　过失

辛勤批文章

打一政治法律词语　　劳改

张果老骑驴

打一政治法律词语　　反坐

空中劫持者

打一政治法律词语　　犯罪动机

拄杖慢步时

打一政治法律词语　　缓期执行

打击侵略者

打一政治法律词语　　正当防卫

一只手把关

打一政治法律词语　　正当防卫

算不上大夫

打一政治法律词语　　非法行医

义务接生员

打一政治法律词语　　没收财产

擒贼先擒王

打一政治法律词语　　首恶必办

观众面背舞台

打一政治法律词语　　反坐

渡河界以偷袭

打一政治法律词语　　经济犯

说话不着边际

打一政治法律词语　　诽谤

文君夜奔相如

打一政治法律词语　　走私

有加有减有乘

打一政治法律词语　　免除

歹徒劫持707

打一政治法律词语　　犯罪动机

竹篮打水一场空

打一政治法律词语　　没收

黄眉老怪扮佛祖

打一政治法律词语　　假释

落后者就要挨打

打一政治法律词语　　凌迟

尚未致富不结婚

打一政治法律词语　　发配

小小竹排江中游

打一政治法律词语　　流放

坐吃山空是何故

打一政治法律词语　　没收

长时弥留气难断

打一政治法律词语　　死缓

八年抗战得胜利

打一政治法律词语　　中止犯

不教胡马度阴山

打一政治法律词语　　中止犯

斥其过兼绳以法

打一政治法律词语　　数罪并罚

邪恶尽随流水去

打一政治法律词语　　遗弃罪

边防战士在巡逻

打一政治法律词语　　正当防卫

荒野何以变良田

打一政治法律词语　　劳动改造

居心不良当治罪

打一政治法律词语　　十恶不赦

拒腐蚀，永不沾

打一政治法律词语　　没收财物

骗子交易全在嘴

打一政治法律词语　　拐卖人口

邓艾疏于平蜀后

打一政治法律词语　　正当防卫

在边疆放哨值班

打一政治法律词语　　正当防卫

闲敲棋子落灯花

打一政治法律词语　　缓期执行

照章办事拒贿赂

打一政治法律词语　　依法没收

执法希望受教育

打一政治法律词语　　无期徒刑

吕不韦独霸朝纲

打一政治法律词语　　剥夺政治权利

缘何赐死吕不韦

打一政治法律词语　　剥夺政治权利终身

责

打一政治法律词语　　债务人

因

打一政治法律词语　　关系人

他

打一政治法律词语　　第三人

火

打一政治法律词语　　个人合伙

十二点到后就开会

打一政治法律词语　　主刑

手术堂规

打一政治法律词语　　刑法

手术而亡

打一政治法律词语　　死刑

当天手术

打一政治法律词语　　量刑

手术时间

打一政治法律词语　　刑期

手术延期

打一政治法律词语　　缓刑

启程时间

打一政治法律词语　　刑期

万方无罪，罪在联躬

打一政治法律词语　　交犯

易牙竖刁，不敢作乱

打一政治法律词语　　任制

手术会诊

打一政治法律词语　　量刑

反哺

打一政治法律词语　　养父母

焚身

打一政治法律词语　　自然人

绝句

打一政治法律词语　　过唱

客货

打一政治法律词语　　无主物

虎门

打一政治法律词语　　第三人

摄政

打一政治法律词语　　代理权

生息

打一政治法律词语　　养子女

静养

打一政治法律词语　　不动产

散货

打一政治法律词语　　可分物

听便

打一政治法律词语　　自由人

房主

打一政治法律词语　　所有权

钟情

打一政治法律词语　　意思表示

篡位

打一政治法律词语　　侵权行为

讣闻

打一政治法律词语　　死亡宣告

聚财

打一政治法律词语　　不可分物

夺印

打一政治法律词语　　侵权行为

制币厂

打一政治法律词语　　财产

更漏子

打一政治法律词语　　过继

流失生

打一政治法律词语　　遗产

抚育好

打一政治法律词语　　养子女

故事报

打一政治法律词语　　宣告死亡

结束语

打一政治法律词语　　临终遗嘱

北洋军

打一政治法律词语　　直系亲属

代东吴

打一政治法律词语　　侵权行为

练举重

打一政治法律词语　　行为能力

权票

打一政治法律词语　　不当得利

失足者

打一政治法律词语　　无行为能力

机械手

打一政治法律词语　　指不定代理人

颗粒不收

打一政治法律词语　　绝产

应运而生

打一政治法律词语　　动产

背父而出

打一政治法律词语　　遗产

越位犯规

打一政治法律词语　　过错

执迷不悟

打一政治法律词语　　过继

供奉双亲

打一政治法律词语　　养父母

毫不利己

打一政治法律词语　　行为人

坚壁清野

打一政治法律词语　　隐藏物

垂帘听政

打一政治法律词语　　代理权

弄璋弃瓦

打一政治法律词语　　养子女

如何平衡

打一政治法律词语　　使用权

身不归己

打一政治法律词语　　自由人

生态平衡

打一政治法律词语　　不动产

东掩西遮

打一政治法律词语　　埋藏物

都是次品

打一政治法律词语　　无主物

静态繁殖

打一政治法律词语　　不动产

酷似仲谋

打一政治法律词语　　肖像权

孙亮即位

打一政治法律词语　　继承权

有钱有势

打一政治法律词语　　财产权

友谊友谊

打一政治法律词语　　关系人

住宿资格

打一政治法律词语　　居留权

孙仲谋处

打一政治法律词语　　居留权

天地之间

打一政治法律词语　　自然人

为政清廉

打一政治法律词语　　权利人

魏蜀相争

打一政治法律词语　　收益权

鹬蚌相争

打一政治法律词语　　受益人

大地之子

打一政治法律词语　　自然人

暗送秋波

打一政治法律词语　　意思表达

停止招生

打一政治法律词语　　收养关系

萧规曹随

打一政治法律词语　　法定继承

悬崖勒马

打一政治法律词语　　紧急避险

东西合并

打一政治法律词语　　不可分物

东西相连

打一政治法律词语　　不可分物

只能智取

打一政治法律词语　　不可执力

无息贷款

打一政治法律词语　　不当得利

步履维艰

打一政治法律词语　　无行为能力

毛遂自荐

打一政治法律词语　　有行为能力

遗归谁

打一政治法律词语　　法定继承人

人在家中坐

打一政治法律词语　　居所

超生游击队

打一政治法律词语　　动产

孤儿院职责

打一政治法律词语　　收养

颜字变须字

打一政治法律词语　　遗产

不怕没柴烧

打一政治法律词语　　自留山

甘旨奉椿萱

打一政治法律词语　　养父母

公等凌空去

打一政治法律词语　　自留地

纯西方产品

打一政治法律词语　　无主物

从不谋私利

打一政治法律词语　　行为人

德典与仲谋

打一政治法律词语　　姓名权

为仲谋立传

打一政治法律词语　　著作权

吴太子登基

打一政治法律词语　　继承权

有钱揽朝柄

打一政治法律词语　　财产权

会稽王嗣位

打一政治法律词语　　继承权

货字做谜面

打一政治法律词语　　隐藏物

介子推拒封

打一政治法律词语　自留山

君今在罗网

打一政治法律词语　关系人

孙仲谋何称

打一政治法律词语　姓名权

云长不是神

打一政治法律词语　关系人

只生一个好

打一政治法律词语　养子女

子女的义务

打一政治法律词语　养父母

三班清障碍

打一政治法律词语　排除妨碍

受益于辞典

打一政治法律词语　不当得利

无典胜有典

打一政治法律词语　不当得利

一截还东国

打一政治法律词语　部分遗赠

兵犯东吴地

打一政治法律词语　侵权行为

豆在釜中泣

打一政治法律词语　自然血亲

故其为声也

打一政治法律词语　死亡宣告

刘备借荆州

打一政治法律词语　权益转让

一男附书至

打一政治法律词语　死亡宣告

主和派观点

打一政治法律词语　不可抗力

不管天，不管地

打一政治法律词语　关系人

不着天，不着地

打一政治法律词语　自然人

服务业的性质

打一政治法律词语　行为人

替大伙儿办事

打一政治法律词语　行为人

东西势必联合

打一政治法律词语　不可分物

吴立孙亮为帝

打一政治法律词语　无权代理

东西放在树前

打一政治法律词语　物权

皇太后不见了

打一政治法律词语　失主

六一动员集资

打一政治法律词语　赔款

只有招架之功

打一政治法律词语　不可抗力

东南西北都不见

打一政治法律词语　中止

禾生陇亩无东西

打一政治法律词语　绝产

曹操刘备连年斗

打一政治法律词语　权利

曹操率众下江南

打一政治法律词语　侵权

客舍似家家似寄

打一政治法律词语　居所

独家生产

打一政治法律词语　单一制

无罪释放

打一政治法律词语　人身自由

一己事小

打一政治法律词语　　全国人大

开科取士

打一政治法律词语　　选举人

统一生产

打一政治法律词语　　共和制

画地为牢

打一政治法律词语　　自治区

乡试题名

打一政治法律词语　　被选举人

天罗地网

打一政治法律词语　　人身自由

捐款不落款

打一政治法律词语　　无记名投票

白云无尽时

打一政治法律词语　　议长

崛起在巴黎

打一政治法律词语　　立法

鸿雁任飞翔

打一政治法律词语　　通信自由

农田刚承包

打一政治法律词语　　地方自治

唯使君与操耳
打一政治法律词语　弃权

谈论领导干部
打一政治法律词语　议长

敢问路在何方
打一政治法律词语　议程

爷爷是老百姓
打一政治法律词语　公民

高不成低不就
打一政治法律词语　一律平等

花之隐逸者
打一政治法律词语　无记名投票

生子当如孙仲谋
打一政治法律词语　产权

去粗取精赛快慢
打一政治法律词语　竞选

荷结并蒂莲
打一政治法律词语　株连

孙策指定继承人
打一政治法律词语　选举权

撤销其一切职务
打一政治法律词语　罢免权

六亿神州尽舜尧

打一政治法律词语　　全国人大

关山难阻寄书邮

打一政治法律词语　　通信自由

群众当家好处多

打一政治法律词语　　民主权利

鱼游四海无拘束

打一政治法律词语　　通信自由

三千江山归吴主

打一政治法律词语　　国家所有权

一任再任有才人

打一政治法律词语　　常务委员会

不在其位，不谋其政

打一政治法律词语　　弃权

双足并拢，挺胸收腹

打一政治法律词语　　立法

三分天下，江东谁属

打一政治法律词语　　领土权

一不要官，二不要钱

打一政治法律词语　　弃权票

各管其地，各理其事

打一政治法律词语　　区域自治

马其诺防线

打一政治法律词语　守法

一棵接一棵

打一政治法律词语　株连

不敢高声语

打一政治法律词语　控告

蒙头睡得死

打一政治法律词语　被害

缝纫师作业

打一政治法律词语　制裁

共盼月团圆

打一政治法律词语　合同期满

集体念唱票

打一政治法律词语　群众举报

先遣小姑尝

打一政治法律词语　本人不服

成衣铺学艺

打一政治法律词语　依法制裁

读诵永乐典

打一政治法律词语　法制观念

休聘虚伪者

打一政治法律词语　如实招来

一同去巴黎

打一政治法律词语　　合法行为

照葫芦画瓢

打一政治法律词语　　依法处理

自小当和尚

打一政治法律词语　　从轻发落

迎春、花自芳

打一政治法律词语　　提前释放

介绍致富经验

打一政治法律词语　　告发

天机不可泄露

打一政治法律词语　　控诉

何谓巴黎音乐

打一政治法律词语　　法律咨询

老夫料事如神

打一政治法律词语　　公判大会

冒牌巴黎时装

打一政治法律词语　　依法制裁

按操作规程做

打一政治法律词语　　遵守法制

逼出来的办法

打一政治法律词语　　强制措施

虽一毫而莫取

打一政治法律词语　　听候发落

特号服装减价

打一政治法律词语　　宽大处理

不要花拳绣腿

打一政治法律词语　　从实招来

全凭爹爹做主

打一政治法律词语　　从严处理

绒线纺织指南

打一政治法律词语　　绳之以法

一绺青丝飘地

打一政治法律词语　　从轻发落

忍能对面为盗贼

打一政治法律词语　　少年犯

按规定生产时装

打一政治法律词语　　依法制裁

罢官陶令乍归家

打一政治法律词语　　潜回原籍

此物不是巴黎产

打一政治法律词语　　非法出品

破戒被遣出空门

打一政治法律词语　　释放犯

爱惜芳心莫轻吐

打一政治法律词语　　隐情不报

东宅西家相起诉

打一政治法律词语　　两院通知

梁帝讲经同泰寺

打一政治法律词语　　普法教育

千里相随乐陶陶

打一政治法律词语　　从重从快

果品专柜顾客多

打一政治法律词语　　从实招来

好向朝廷治事来

打一政治法律词语　　从严处理

还君明珠双泪垂

打一政治法律词语　　知情不报

亲赴巴黎投考来

打一政治法律词语　　以身试法

十年一课老讲义

打一政治法律词语　　屡教不改

剃头不进小发廊

打一政治法律词语　　宽大处理

剃头要挑发廊大

打一政治法律词语　　从宽处理

违章者，不录取

打一政治法律词语　　合法收入

五指降伏美猴王

打一政治法律词语　　执法如山

推广技术学习班

打一政治法律词语　　普法教育

万般无奈别儿去

打一政治法律词语　　不法分子

王七表演过墙术

打一政治法律词语　　以身试法

八月桂花六月开

打一政治法律词语　　提前释放

中原大地普降雪

打一政治法律词语　　坦白从宽

人未中年顶已秃

打一政治法律词语　　从轻发落

出使巴黎代表团

打一政治法律词语　　合法行为

心随子陵的烟波

打一政治法律词语　　从严处理

宣传法制有原因

打一政治法律词语　　预防犯罪

照章办事拒贿赠
打一政治法律词语　　依法没收

为他人作嫁衣裳
打一政治法律词语　　本人不服

平分秋色到天涯
打一政治法律词语　　坦白从宽

握笔要领须牢记
打一政治法律词语　　执法必严

英台誓不嫁文才
打一政治法律词语　　抗拒从严

九八老人扶杖来
打一政治法律词语　　缓期两年执行

始皇修筑长城意
打一政治法律词语　　严禁非法入境

锣鼓如何敲得响
打一政治法律词语　　加大打击力度

按计而行，突然抓获
打一政治法律词语　　依法逮捕

手术操刀万无一失
打一政治法律词语　　执法必严

首犯、主犯要严惩
打一政治法律词语　　从轻处罚

君子爱财，取之有道
　　打一政治法律词语　　合法收入

千里冰封，万里雪飘
　　打一政治法律词语　　坦白从宽

李下不整冠，瓜田不纳履
　　打一政治法律词语　　嫌疑犯

孝直若在，定制主上东行也
　　打一政治法律词语　　有法必依

但有断头将军，无降将军
　　打一政治法律词语　　抗拒从严

恐非名利计，急返归闲居
　　打一政治法律词语　　畏罪潜逃

执行国家政策，搞好经营管理
　　打一政治法律词语　　依法治市

吉
　　打一宗教词语　　方士

引渡
　　打一宗教词语　　指点迷津

皇太后
　　打一宗教词语　　圣母

原形毕露
　　打一宗教词语　　真相

当日开支

打一宗教词语　　　　天使

改造自己

打一宗教词语　　　　化身

万寿无疆

打一宗教词语　　　　永生

好上加好

打一宗教词语　　　　善哉善哉

昂首向前进，千里抵少林

打一宗教词语　　　　白马寺

名词类谜语

乐母刺字
　　打一教育名词　　背书

欲擒故纵
　　打一教育名词　　放假

引经据典
　　打一教育名词　　准考证

立字为据
　　打一教育名词　　文凭

岳阳楼记
　　打一教育名词　　范文

飞机试航
　　打一教育名词　　高考

魏武挥鞭
　　打一教育名词　　操行

老师出题
　　打一教育名词　　考生

待月西厢下

打一教育名词　　定点招生

公布收税制度

打一教育名词　　课程表

并列冠军好几人

打一教育名词　　分数第一

白云生处有人家

打两个教育名词　　高中、寄宿

眉头一皱，计上心来

打一教育名词　　临时招生

说冷不冷，说热不热

打两个教育名词　　寒假、暑假

信

打一哲学名词　　唯心论

丛

打一哲学名词　　对立统一

许

打一哲学名词　　白马非马

爻

打一哲学名词　　否定之否定

面

打一哲学名词　　合二而一

好好

打一哲学名词　　两重性

主演

打一哲学名词　　客观

子曰

打一哲学名词　　一点论

想象

打一哲学名词　　意识形态

白河

打一哲学名词　　流出说

谎言

打一哲学名词　　假说

术语

打一哲学名词　　方法论

支渠

打一哲学名词　　非主流

手动

打一哲学名词　　生产力

合奏

打一哲学名词　　同一律

总评

打一哲学名词　　系统论

答辩

打一哲学名词　　相对论

明室

打一哲学名词　　阴阳家

征婚

打一哲学名词　　求异性

默记

打一哲学名词　　心理学

邂逅

打一哲学名词　　无意识

略读

打一哲学名词　　大概念

订婚

打一哲学名词　　对立关系

纳贤

打一哲学名词　　不能推出

连襟

打一哲学名词　　内在关系

五厘钱

打一哲学名词　　一分为二

客套话

打一哲学名词　　实词

果子露
打一哲学名词　　现实

望星空
打一哲学名词　　观点

十二路
打一哲学名词　　王道

两联单
打一哲学名词　　合二为一

运气功
打一哲学名词　　内在动力

瞄准星
打一哲学名词　　观点正确

学历史
打一哲学名词　　认识过程

全球通
打一哲学名词　　认识世界

单相思
打一哲学名词　　绝对观念

决一雌雄
打一哲学名词　　斗争性

促膝谈心
打一哲学名词　　相对论

站有站相
打一哲学名词　　对立面

东施效颦
打一哲学名词　　美学

互相吹捧
打一哲学名词　　对称美

总结发言
打一哲学名词　　系统论

肺腑之言
打一哲学名词　　内在论

空中楼阁
打一哲学名词　　上层建筑

放眼世界
打一哲学名词　　宏观

目不斜视
打一哲学名词　　直观

边看边念
打一哲学名词　　观念

只生一个
打一哲学名词　　单子

儿童专车
打一哲学名词　　小乘

有言在先
打一哲学名词　　前阵

优秀园丁
打一哲学名词　　名教

一见钟情
打一哲学名词　　恋爱观

太空探险
打一哲学名词　　宇宙观

拔苗助长
打一哲学名词　　大前提

仇人相见
打一哲学名词　　对立面

男男女女
打一哲学名词　　两重性

临别赠言
打一哲学名词　　分离说

游人止步
打一哲学名词　　客观限制

欢声笑语
打一哲学名词　　快乐论

记熟来路
打一哲学名词　　认识过程

等闲视之

打一哲学名词　　　时空观

两站合并

打一哲学名词　　　对立统一

金屋藏娇

打一哲学名词　　　内容美

头头是道

打一哲学名词　　　二元论

高产试验田

打一哲学名词　　　范畴

明日复明日

打一哲学名词　　　后天

摘下假面具

打一哲学名词　　　现象

出家人点菜

打一哲学名词　　　要素

宫商角徵羽

打一哲学名词　　　排中律

相见不相识

打一哲学名词　　　人生观

一览天下小

打一哲学名词　　　微观世界

全方位开放
打一哲学名词　　无限外延

打肿脸充胖子
打一哲学名词　　假象

读书不求甚解
打一哲学名词　　大概念

念天地之悠悠
打一哲学名词　　思维空间

剃头店揽生意
打一哲学名词　　间接推理

法院不予受理
打一哲学名词　　反对判断

法院宣布离婚
打一哲学名词　　关系判断

说话没精打采
打一哲学名词　　无神论

望星空雾茫茫
打一哲学名词　　模糊观点

以干柴而就烈火
打一哲学名词　　必然

横看成岭侧成峰
打一哲学名词　　观点不同

两耳不闻窗外事

打一哲学名词　　　　单独概念

办事秉公拒徇私

打一哲学名词　　　　反对关系

口令须提前弄清

打一哲学名词　　　　命题

剃头时间往后挪

打一哲学名词　　　　推理

不假，一分钱一分货

打一哲学名词　　　　真值表

路见不平，拔刀相助

打一哲学名词　　　　利他主义

语

打一文学名词　　　　五绝，格言

户

打一文学名词　　　　中篇

冠军

打一文学名词　　　　第一人称

心田

打一文学名词　　　　构思

人品

打一文学名词　　　　反面人物

陋室铭
打一文学名词　　寓言

笔中情
打一文学名词　　写意

己已巳
打一文学名词　　形象

虚心话
打一文学名词　　七言

绝不掺假
打一文学名词　　顶真

垂涎三尺
打一文学名词　　顺口溜

休得多言
打一文学名词　　歇后语

思想波动
打一文学名词　　意识流

谈笑风生
打一文学名词　　即兴诗

人微言轻
打一文学名词　　小小说

平等待客
打一文学名词　　主人公

加减乘除
打一文学名词　构成主义

一支香烟
打一文学名词　传奇人物

何谓状元
打一文学名词　第一人称

逢人只说三分话
打一文学名词　七言绝句

夜半无人私语时
打一文学名词　黑色幽默小说

绞刑架下的报告
打一文学名词　悬念

赤峰、黄岩、蓝田、白城
打一文学名词　地方色彩

万古流芳
打两个文学名词　人物、史传

天机不可泄漏
打两个文学名词　神话、别传

问君能有几多愁
打两个文学名词　对偶、设问

尊老爱幼讲文明
打两个文学名词　大雅、小雅

屈平词赋悬日月
打两个文学名词　　原作、后传

驿寄梅花、鱼传尺素
打两个文学名词　　寓言、通讯

湘
打两个天文名词　　霜降、雨水

面带怒色
打一天文名词　　气象

只图求快
打一天文名词　　光速

马年伊始
打一天文名词　　端午

秋天过了
打一天文名词　　冬至

牛郎织女
打一天文名词　　双星

鬼话连篇
打一天文名词　　阴间多云

阿里山民歌
打一天文名词　　台风

怒火满胸膛
打一天文名词　　气压中心

再见吧妈妈

打一天文名词　　离子云

吃不了兜着走

打一天文名词　　带食而去

泪眼人诉泪眼人

打一天文名词　　对流云

牛郎织女来相会

打一天文名词　　银河系

一唱雄鸡天下白

打一天文名词　　启明星

闪

打一称谓　　个体户

姹

打一称谓　　女作家

口

打一称谓　　伴侣

医嘱

打一称谓　　郎中令

征兵

打一称谓　　军界要人

玩具

打一称谓　　小人物

主张
打一称谓　　顾客

幸福院
打一称谓　　老人家

看什么
打一称谓　　顾问

教帅节
打一称谓　　简先生

八千金
打一称谓　　空中小姐

横空出世
打一称谓　　高中生

青梅竹马
打一称谓　　小朋友

一再称颂
打一称谓　　参赞

三头六臂
打一称谓　　多面手

集体献策
打一称谓　　伙计

掌声忽起
打一称谓　　突击手

流芳百世

打一称谓　　　　名誉会长

妈妈的吻

打一称谓　　　　亲家母

日无闲暇

打一称谓　　　　总干事

成吉思汗

打一称谓　　　　元首

共同谋划

打一称谓　　　　伙计

调回故乡

打一称谓　　　　歌唱家

白云无尽时

打一称谓　　　　议长

总是不自量

打一称谓　　　　老丈人

漫漫人生路

打一称谓　　　　道长

闲不住的人

打一称谓　　　　总干事

不贪眼前小利

打一称谓　　　　会计长

养在深闺人未识
打一称谓　　　　女收藏家

行遍天涯千万里
打一称谓　　　　旅长

识高山意，知流水情
打一称谓　　　　调解人

一人二人，治病救人
打一称谓　　　　大夫

书山有路勤为径
打两个称谓　　　　学生、足下

不重生男重生女
打两个称谓　　　　小儿子、大姑娘

旦净末丑不收徒
打两个称谓　　　　教授、学生

术语类谜语

拖斗

打一桥牌术语　　推迟打

看不得

打一桥牌术语　　失张

处处闻啼鸟

打一桥牌术语　　竞叫

向我开炮

打一桥牌术语　　牺牲叫

我欲乘风归去

打一桥牌术语　　自由飞

车马炮、象士卒

打一桥牌术语　　无将

置前后左右于不顾

打一桥牌术语　　中间张

小桃初绽听莺啭

打一桥牌术语　　红方开口叫

头球破门

打两个桥牌术语　　首攻、开室

吾乃燕人翼德也

打两个桥牌术语　　开叫、飞张

待月西厢下

打两个桥牌术语　　定约、等张

相看两不厌

打两个桥牌术语　　双方、无止张

人面不知何处去

打两个桥牌术语　　红桃、单张

西厢递简怜书生

打两个桥牌术语　　红降、帮张

熄

打一象棋术语　　停着

吗

打一象棋术语　　窝心马

并驾齐驱

打一象棋术语　　连环马

元帅之死

打一象棋术语　　当头卒

防火条例

打一象棋术语　　禁止着法

冬令时装

打一象棋术语　　冷着

凯旋在子夜

打一象棋术语　　黑胜

朱元璋封后

打一象棋术语　　马入中宫

伯乐

打三个象棋术语　　相、马、士

觥

打一围棋术语　　攻击成空

营火

打一围棋术语　　三连星

玄关

打一围棋术语　　黑被封

望星空

打一围棋术语　　高目

工作照

打一围棋术语　　做活要点

晚上加班

打一围棋术语　　黑做活

化为乌有

打一围棋术语　　成空

左邻右舍

打一围棋术语　　　　二间夹

挑灯夜战

打一围棋术语　　　　不明角

空中楼阁

打一围棋术语　　　　间高挂

十分快活

打一围棋术语　　　　无忧角

茫茫九派

打一围棋术语　　　　中国流

催客频举筷

打一围棋术语　　　　连续叫吃

家庭财产保险

打一围棋术语　　　　无忧劫

逢人只说三分话

打一围棋术语　　　　白不满

此恨绵绵无绝期

打一围棋术语　　　　永久的气

天罡地煞排座次

打一围棋术语　　　　星定式

梨花满地不开门

打一围棋术语　　　　白被封

胜
　　打两个围棋术语　　脱先、补活

盲目行事
　　打两个围棋术语　　无眼、做活

轻烟散入五侯家
　　打三个围棋术语　　气、收官、门

戒烟
　　打一球类术语　　反抽

暗岗
　　打一球类术语　　隐蔽站位

围棋比赛
　　打一球类术语　　包抄抢点

铁拐李求见
　　打一球类术语　　临门一脚

暗送秋波
　　打一球类术语　　隐蔽传球

第一世界
　　打一球类术语　　头球

以身试法
　　打一球类术语　　触网

罗成叫关
　　打一球类术语　　应声入网

永恒与瞬间

打一球类术语　　　　长短配合

节日不休息

打一球类术语　　　　假动作

兵甲无归日

打一球类术语　　　　打延长期

对号入座

打一球类术语　　　　越位犯规

世界大战

打一球类术语　　　　角球

左边锋、右边锋

打一球类术语　　　　双快

幸福靠谁来创造

打一球类术语　　　　自由人

此去泉台招旧部

打一球类术语　　　　故意拉人

一是一，二是二

打一球类术语　　　　首次得分

河中得上龙门去

打一球类术语　　　　鱼跃冲顶

勿忘清明种瓜豆

打一球类术语　　　　抢点及时

三步并作两步走

打一球类术语　　　凌空一脚

囚光绪，慈禧专权

打一球类术语　　　后排挤上

千里迢迢报祖国

打一球类术语　　　远距离投中

月亮走，我也走

打一球类术语　　　头顶球越位

碧眼儿坐领江东

打两个球类术语　　　策座、选择权

戏剧影视名称谜

汜

打一京剧名　　《马前泼水》

斌

打一京剧名　　《将相和》

斥

打一京剧名　　《断太后》

讽

打一京剧名　　《风云会》

剑

打一京剧名　　《单刀赴会》

合网

打一京剧名　　《罗成叫关》

未婚

打一京剧名　　《马上缘》

哑女

打一京剧名　　《瓦口关》

铁骑突出

打一京剧名　　　　《战马超》

只生一胎

打一京剧名　　　　《无双传》

潇潇雨歇

打一京剧名　　　　《天水关》

中国仪表

打一京剧名　　　　《华容道》

昨日之案

打一京剧名　　　　《上天台》

图画入门

打一京剧名　　　　《丹青引》

朝觐归来

打一京剧名　　　　《遇皇后》

转怒为喜

打一京剧名　　　　《收严颜》

东风第一枝

打一京剧名　　　　《独占花魁》

大饼店开业

打一京剧名　　　　《火烧连营》

根治脏乱差

打一京剧名　　　　《除三害》

乱点鸳鸯谱

打一京剧名　　《姻缘错》

分明有所求

打一京剧名　　《日月图》

昔日号称第一城

打一京剧名　　《曾头市》

海上明月共潮生

打一京剧名　　《高亮赶水》

杨柳千条尽向西

打一京剧名　　《借东风》

甘罗十二为丞相

打一京剧名　　《少年高位》

廉洁奉公当为本

打一京剧名　　《清官册》

恨不相逢未嫁时

打一京剧名　　《遇太后》

百般红紫斗芳菲

打一京剧名　　《群英会》

一再吩咐不摆酒席

打一京剧名　　《三关排宴》

蝉

打两个京剧名　　《女起解》《无双》

凌寒独自开

打两个京剧名　　《一枝梅》《冷香》

我花开后百花杀

打两个京剧名　　《秋月》《黄兴》

木兰充月老

打一评剧名　　《花为媒》

手携顽童入洞房

打一评剧名　　《小女婿》

迎春花开

打一越剧名　　《二度梅》

恭贺新禧

打一越剧名　　《祝福》

野火烧不尽

打一越剧名　　《春草》

母亲

打一歌曲名　　《妈妈的吻》

年谱

打一歌曲名　　《四季歌》

第一人称

打一歌曲名　　《那就是我》

新媳妇探亲

打一歌曲名　　《回娘家》

喜看稻菽千重浪

打一歌曲名　　《在希望的田野上》

东方闪亮

打一话剧名　　《日出》

闪电之后

打一话剧名　　《雷雨》

牧童遥指杏花村

打一话剧名　　《在那边》

在万籁俱寂的地方

打一话剧名　　《于无声处》

宵遁

打一相声名　　《夜行记》

元宵已过

打一昆剧名　　《十五贯》

锦绣前程天降香

打一舞剧名　　《丝路花雨》

闲

打一电影名　　《一家喜》

醋

打一电影名　　《斗鸡》

僮

打一电影名　　《人参娃娃》

遇险

打一电影名　《相见时难》

末日

打一电影名　《最后的太阳》

午前

打一电影名　《蛇》

男儿

打一电影名　《双雄会》

鄙人

打一电影名　《那就是我》

误乘

打一电影名　《搭错车》

猫眼

打一电影名　《夜明珠》

图表

打一电影名　《西皮》

舞灯

打一电影名　《跳动的火焰》

洋货

打一电影名　《钱这东西》

斗鸡

打一电影名　《双雄会》

简·爱

打一电影名　　　　《笔中情》

河曲

打一电影名　　　　《流水湾》

丙丁

打一电影名　　　　《第三个男人》

双佳

打一电影名　　　　《重归于好》

日语

打一电影名　　　　《太阳的传说》

众僧

打一电影名　　　　《三个和尚》

文物

打一电影名　　　　《钱这东西》

岳州

打一电影名　　　　《山重水复》

然后

打一电影名　　　　《点点霜滴》

游乐

打一电影名　　　　《流水欢歌》

白金

打一电影名　　　　《生财有道》

载波

打一电影名　　《似水流年》

汉语

打一电影名　　《少女的声音》

电子钟

打一电影名　　《霹雳情》

扑天雕

打一电影名　　《鹰击长空》

观棋者

打一电影名　　《局外人》

苏州话

打一电影名　　《误解》

太平门

打一电影名　　《紧急出路》

遥对格

打一电影名　　《远方》

夜光表

打一电影名　　《晚钟》

从头越

打一电影名　　《超人》

双雄会

打一电影名　　《两个少女》

谜中谜
打一电影名　《猜想的猜想》

蟾宫折桂
打一电影名　《月到中秋》

周秦汉
打一电影名　《两代人》

招待费
打一电影名　《东方之花》

雷达表
打一电影名　《闪光的时刻》

情同手足
打一电影名　《爱并不遥远》

疏竹妙影
打一电影名　《两个少女》

千金被窃
打一电影名　《少女与小偷》

万籁俱寂
打一电影名　《绝响》

天下有道
打一电影名　《世上的路》

翰墨姻缘
打一电影名　《笔中情》

梁祝化蝶

打一电影名　　《飞翔的一对》

中华疆域

打一电影名　　《黄土地》

联系周到

打一电影名　　《赵钱孙李》

萧何荐帅

打一电影名　　《请把信留下》

分开来用

打一电影名　　《月月》

重操旧业

打一电影名　　《复活》

天下为公

打一电影名　　《男人的世界》

绝代佳人

打一电影名　　《阿娜尔罕》

欣然命笔

打一电影名　　《忘忧草》

各有所好

打一电影名　　《不一样的爱》

日薄西山

打一电影名　　《最后的太阳》

路过西单

打一电影名　　《独行客》

奇异的零

打一电影名　　《怪圈》

中秋赏菊

打一电影名　　《花好月圆》

寡人无忧

打一电影名　　《快乐的单身汉》

雷雨之前

打一电影名　　《闪光的时刻》

似是而非

打一电影名　　《像不像》

年年有余

打一电影名　　《我二岁》

遥观桑梓

打一电影名　　《置乡》

目不识丁

打一电影名　　《人生》

高速切削

打一电影名　　《特别快车》

欧洲女

打一电影名　　《西子姑娘》

平时不注意

打一电影名　　　　《特殊警官》

随风潜入夜

打一电影名　　　　《无息的雨声》

对内不公开

打一电影名　　　　《丈夫的秘密》

健忘症已愈

打一电影名　　　　《再生记》

伦敦女客

打一电影名　　　　《她从雾中来》

凌霄仙子

打一电影名　　　　《飞天神鼠》

岳父择婿

打一电影名　　　　《泰山挑夫》

魑魅魍魉

打一电影名　　　　《魔鬼集团》

驯化之前

打一电影名　　　　《原野》

朝霞铺满径

打一电影名　　　　《彩色的路》

闻鸣动归思

打一电影名　　　　《杜鹃声声》

全方位改革
　　打一电影名　　　　《十天》

男排做调整
　　打一电影名　　　　《女子别动队》

后来者居上
　　打一电影名　　　　《超人》

雨后复斜阳
　　打一电影名　　　　《大地重光》

云间起相思
　　打一电影名　　　　《白屋之恋》

生命诚可贵
　　打一电影名　　　　《现世活宝》

豹子头开店
　　打一电影名　　　　《林家铺子》

冲出包围圈
　　打一电影名　　　　《零的突破》

弹指一挥间
　　打一电影名　　　　《岁月匆匆》

华盛顿的故事
　　打一电影名　　　　《美人之死》

意中人成眷属
　　打一电影名　　　　《异国情侣》

鱼儿离不开水

打一电影名　　《渔童》

屈指行程二万

打一电影名　　《路漫漫》

不及第不婚也

打一电影名　　《白衣少女》

而今一变话无常

打一电影名　　《血魂》

有缘千里来相会

打一电影名　　《爱情的旅程》

腼腆遮去半面妆

打一电影名　　《月月》

不知其所以然

打一电影名　　《火从何来》

失去妈妈之后

打一电影名　　《两个孤女》

敕封公主为帅

打一电影名　　《将军与孤女》

巾帼不让须眉

打一电影名　　《女儿行》

梅香时节转朱阁

打一电影名　　《春归红楼》

枯木逢春犹再发
打一电影名　　《生死村》

虎年处处闻虎啸
打一电影名　　《何处不风流》

停车坐爱枫林晚
打一电影名　　《秋恋》

天下奥秘待求索
打一电影名　　《大侦探》

喜欢充当小广播
打一电影名　　《爱的传说》

看后翻飞人浪中
打一电影名　　《泪痕》

众里寻他千百度
打一电影名　　《三个失踪的人》

留取丹心照汗青
打一电影名　　《人尽名流》

二月山城未见花
打一电影名　　《迟到的春天》

万水千山总是情
打一电影名　　《遥远的爱》

笑问客从何处来
打一电影名　　《陌生的朋友》

万绿丛中一点红

打一电影名　　　《碧海丹心》

一唱雄鸡天下白

打一电影名　　　《晨曲》

沉舟侧畔千帆过

打一电影名　　　《枯木逢春》

念念不忘，息息相关

打一电影名　　　《莉莉》

不拿群众一针一线

打一电影名　　　《清白的手》

霜叶红于二月花

打一电影名　　　《秋天里的春天》

宜将剩勇追穷寇

打一电影名　　　《胜利号角》

一抔净土掩风流

打一电影名　　　《埃及艳后》

万家墨面没蒿莱

打一电影名　　　《首都消失》

一张不能展开的画

打一电影名　　　《秘密图纸》

冲出亚洲走向全球

打一电影名　　　《超世界行动》

杨柳轻风直上重霄九

打一电影名　　《魂系蓝天》

不要暗地里胡作非为

打一电影名　　《反黑行动》

买卖从一角二角做起

打一电影名　　《三毛学生意》

农历

打三个电影名　　《面中人》《春》《秋》

在天愿做比翼鸟

打三个电影名　　《希望》《侣伴》《翔》

且待三更望清晖

打三个电影名　　《等》《子夜》《十五的月亮》

大地微微暖气吹

打三个电影名　　《原野》《春》《苏醒》

音

打两个电影名　　《同心结》《如意》

竺

打两个电影名　　《人生》《笑》

虹

打两个电影名　　《雨后》《彩桥》

大干

打两个电影名　　《十天》《错位》

羽生
打两个电影名　《残月》《复活》

曲终
打两个电影名　《失去的歌声》《绝唱》

思想家
打两个电影名　《人生》《乡情》

并列第二
打两个电影名　《两家人》《家》

桑梓之恋
打两个电影名　《家》《乡情》

立即改正
打两个电影名　《瞬间》《误解》

好自为之
打两个电影名　《爱》《单独行动》

销声匿迹
打两个电影名　《绝唱》《潜影》

捷足先登
打两个电影名　《脚印》《超人》

绝路逢生
打两个电影名　《山重水复》《柳暗花明》

举头望明月
打两个电影名　《白夜》《乡思》

主管街坊事
打两个电影名　《邻居》《内当家》

天堑变通途
打两个电影名　《桥》《新安江上》

觉今是而昨非
打两个电影名　《原野》《苏醒》

遥知不是雪
打两个电影名　《远方》《春香传》

年轻的好友
打两个电影名　《小字辈》《知音》

姜姬履巨迹
打两个电影名　《丽人行》《脚印》

王莽废汉自立
打两个电影名　《新寡》《人生》

灯萤如虫（卷帘格）
打两个电影名　《小花》《火》

赤橙黄绿青蓝紫
打两个电影名　《雨后石桥》

笙歌散尽游人去
打两个电影名　《绝响》《潜影》

铜雀春深锁二乔
打两个电影名　《四》《姐妹俩》

淮西女子好大足

打两个电影名　　《脚印》《超人》

待到山花烂漫时

打两个电影名　　《等》《春》

在地愿为连理枝

打两个电影名　　《人世间》《好事不成双》

舟

打一电视剧名　　《沉船之后》

声

打一电视剧名　　《喜上眉梢》

始

打一电视剧名　　《案中案》

权

打一电视剧名　　《又逢春》

夕

打一电视剧名　　《少林梦》

沾

打一电视剧名　　《激战之前》

乍

打一电视剧名　　《向昨天告别》

梅

打一电视剧名　　《渴望》

短见

打一电视剧名　《不会太久》

品第

打一电视剧名　《三口之家》

雨区

打一电视剧名　《在水一方》

龙女

打一电视剧名　《中国姑娘》

街巷

打一电视剧名　《大马路小胡同》

众人

打一电视剧名　《三个和一个》

冰球

打一电视剧名　《寒凝大地》

门闩

打一电视剧名　《两个第一》

火气

打一电视剧名　《南来的风》

雪峰

打一电视剧名　《白色山冈》

竹门

打一电视剧名　《两个第一》

妙谜

打一电视剧名　　《少女疑云》

恒河

打一电视剧名　　《长流水》

除夕

打一电视剧名　　《转正之前》

都灵

打一电视剧名　　《城市魂》

中国魂

打一电视剧名　　《华夏之灵》

斑斓虎

打一电视剧名　　《彩色的谜》

主语

打一电视剧名　　《东方的云》

驾崩

打一电视剧名　　《千古一帝》

巴西

打一电视剧名　　《天府来客》

唐诗

打一电视剧名　　《中国风》

盼望

打一电视剧名　　《明月几时有》

喜酒

打一电视剧名　　《爱之曲》

旅途

打一电视剧名　　《战士的路》

第一课

打一电视剧名　　《家教》

李耳王

打一电视剧名　　《老子天下第一》

故事集

打一电视剧名　　《死亡档案》

满堂娇

打一电视剧名　　《这家没有男人》

大门口

打一电视剧名　　《天下第一关》

青云曲

打一电视剧名　　《天上的歌》

非心悲

打一电视剧名　　《痛苦的否定》

杜康酒

打一电视剧名　　《两家春》

六号门

打一电视剧名　　《第五家邻居》

干巴巴

打一电视剧名　　《渴望》

突破重围

打一电视剧名　　《坏人圈》

寒凝大地

打一电视剧名　　《冻土》

发福之日

打一电视剧名　　《胖太阳》

上门辅导

打一电视剧名　　《家教》

对酒当歌

打一电视剧名　　《曲中曲》

皓月婵娟

打一电视剧名　　《明姑娘》

肺腑之言

打一电视剧名　　《陈真》

第三人称

打一电视剧名　　《就是他》

官复原职

打一电视剧名　　《重任》

夸父追日

打一电视剧名　　《奔向太阳》

春燕迁徙

打一电视剧名　　《北飞行动》

替父从军

打一电视剧名　　《爸爸不及格》

用兵之道

打一电视剧名　　《旅途》

羊城消息

打一电视剧名　　《未发布的新闻》

卧槽叫杀

打一电视剧名　　《马路将军》

唐宋诗派

打一电视剧名　　《两代风流》

福州崛起

打一电视剧名　　《中举》

立等可取

打一电视剧名　　《小站》

眉间点朱砂

打一电视剧名　　《山里红》

室内足够宽

打一电视剧名　　《大脚夫人》

日出河解冻

打一电视剧名　　《暖流》

春风吹又生

打一电视剧名　　《枯草青青》

重上景阳冈

打一电视剧名　　《再向虎山行》

青春期已过

打一电视剧名　　《金色时光》

喜事起波折

打一电视剧名　　《结婚进行曲》

黄昏走少林

打一电视剧名　　《消失的梦》

越演越精彩

打一电视剧名　　《好戏在后头》

婵娟误婵娟

打一电视剧名　　《女人不是月亮》

寄书长不达

打一电视剧名　　《未来的信息》

一环扣一环

打一电视剧名　　《圈套》

飞霜皎如雪

打一电视剧名　　《飘然太白》

等待月儿圆

打一电视剧名　　《渴望》

血染青纱帐
　　打一电视剧名　　《红高粱》

月亮走我也走
　　打一电视剧名　　《追光的人》

向前！向前！向前
　　打一电视剧名　　《奋进曲》

任由乱叶入庭前
　　打一电视剧名　　《古庙》

却话巴山夜雨时
　　打一电视剧名　　《谈天下事》

一唱雄鸡天下白
　　打一电视剧名　　《呼唤太阳》

桃花依旧笑春风
　　打一电视剧名　　《只是人离去》

寡妇门前是非多
　　打一电视剧名　　《男人无烦恼》

举杯消愁愁更愁
　　打一电视剧名　　《春的烦恼》

桃花依旧笑春风
　　打一电视剧名　　《隐形人》

防止变相开支
　　打一电视剧名　　《警花出更》

残灯无焰影幢幢
打一电视剧名　《丁丁》

满城尽带黄金甲
打一电视剧名　《空缺》

夕阳西下诗意生
打一电视剧名　《黑色风情》

黄河远上白云间
打一电视剧名　《浪迹天涯》

浦江两岸尽朝晖
打一电视剧名　《上海的早晨》

东方奴隶翻了身
打一电视剧名　《主仆颠倒》

红叶题诗结良缘
打一电视剧名　《花为媒》

伤心莫过子规啼
打一电视剧名　《杜鹃泪》

走啊走，乐啊乐
打一电视剧名　《一路欢笑》

长安市上酒家眠
打一电视剧名　《京华春梦》

闲敲棋子落灯花
打一电视剧名　《等一下》

嫦娥应悔偷灵药

打一电视剧名　　《女人不是月亮》

梦里梅花别样红

打一电视剧名　　《魂系鹿特丹》

屋内不见爹娘面

打一电视剧名　　《张家少奶奶》

张铁匠的罗曼史

打一电视剧名　　《铸情岁月》

人名谜儿费猜想

打一电视剧名　　《究竟谁打谁》

用兵一时胜利归

打一电视剧名　　《凯旋在子夜》

密西西比河之波

打一电视剧名　　《美的浪花》

一盘难分胜负的棋

打一电视剧名　　《红黑老将》

旱天雷

打两个电视剧名　　《渴望》《雨》

科学技术谜

天上有颗小小星，
五洲四海能联通，
只要请它帮帮忙，
互相能看又能听。

（电视通信卫星）

有只浴缸不寻常，
里面圆圆外面方，
洗的人儿站一边，
尽往缸里扔衣裳。

（洗衣机）

燕子空中来回行，
播撒甘霖为人民，
不怕老天雨不下，
滋润禾苗一片情。

（人工降雨）

海上有个信号兵，
不怕浪打和雨淋，
为使船只不迷航，
夜夜工作到天明。

（航标灯）

远看像把白银伞，
伞心朝上亮闪闪，
仰头望着太阳笑，
能烧水来能做饭。

（太阳灶）

细细身子头尖尖，
扎根大地顶着天，
为了保护建筑物，
不惜挺身迎雷电。

（避雷针）

身体微小还可分，
宇宙万物它构成，
若是核心被击碎，
放出能量使人惊。

（原子）

通道如发细又细，
容量极大又保密，
能打电话能发报，
互不干扰真便利。

（光纤通信）

小小机器生得怪，
玻璃眼睛长在外，
谁若让它瞧上了，
眨眼把你画下来。

（照相机）

样子像座高射炮，
日月星辰能看到，
自从人们有了它，
宇宙秘密揭开了。

（天文望远镜）

写字不用蘸墨水，
荧屏上面显神威，
操纵电子计算机，
指令图形紧相随。

（光笔）

展翅高飞宇宙间，
太空大地任往返，
可放卫星或回收，
能装空中实验站。

（航天飞机）

形如钟表不是表，
不报钟点和分秒，
中国古人发明它，
东南西北巧引导。

（指南针）

天上星星数不清，
有颗星星分外明，
此星能工巧匠造，
昼夜飞行在天庭。

（人造地球卫星）

电视机前琴一架，
琴前座位书画家，
不操笔墨敲琴键，
荧屏顿现字与画。

（电脑）

伴随红日来人间，
热浪无比胜烈焰，
可以取暖和制冷，
可以靠它来发电。

（太阳能）

名字叫船不像船，
不在水里飞天边，
太空奥秘它探索，
嫦娥姐姐笑开颜。

（宇宙飞船）

我家有个铁娃娃，
会说会唱人人夸，
嗓子洪亮嘴巴巧，
叫它唱啥它唱啥。

（麦克风）

高高遨游在太空，
监视雷电与台风，
观测云层和雨雾，

资料全给地面用。

（气象卫星）

一间小屋真稀奇，
有门没窗无家具，
乘客只要走进去，
上下不用爬楼梯。

（电梯）

丁零零，丁零零，
又会说话又能听，
日常生活少不了，
传递消息数它行。

（电话）

亭亭玉立好姑娘，
圆圆嘴巴辫子长，
上台轻易不说话，
说起话来声音响。

（扩音话筒）

忽闪忽闪眨眼睛，
不声不响动脑筋，
会做习题会算账，
真是一个小机灵。

（计算机）

外面大来里面小，
外面正来里面倒，
装的东西十分多，
一见阳光全跑掉。

（照相机）

一只炉子好奇怪，
电波传热会烧菜，
不用锅子与勺铲，
只需团团转瓷盘。

（微波炉）

名字叫表没法戴，
四四方方墙上待，
虽有刻度不报时，
用电多少它明白。

（电表）

有脑有手又有脚，
不吃不喝不睡觉，
不偷懒来不撒娇，
工作起来效率高。

（机器人）

说它是声耳难闻，
说它是光不见影，
能帮渔民找鱼群，
能助医生查病人。

（电子计算机）

千里长龙蜿蜒穿，
吐出黑油如涌泉，
隐身地下默无闻，
造福人类供能源。

（地下输油管）

跑路跟光一样快，

能把图像声音载，
路上戴着隐身帽，
到达终点现出来。

（电磁波）

一幢漂亮小楼房，
有墙有门没有窗，
墙外热得汗直淌，
墙里个个都冻僵。

（电冰箱）

好大一朵牵牛花，
有根藤儿连着它，
花前不见观赏人，
花中怎有人说话。

（扩音喇叭）

像箭不是箭，
爱在高处站，
从来立不稳，
老是随风转。

（风向标）

不怕细菌小，
再小也能见，
安家实验室，
科研立功劳。

（显微镜）

有艘小船，
不下海滩，
登上月球，
宇宙勘探。

（宇宙飞船）

听听又敲敲，
会哭又会笑，
尊姓与大名，
问了多多少。

（电话机）

是人不是人，
整天不吃饭，
只要通上电，
什么都能干。

（机器人）

屁股一喷烟，
直奔九重天，
人造小星星，
靠它送上天。

（火箭）

小小圆月亮，
落在水中央，
星辰和日月，
一个不漏掉。

（灯光捕鱼）

铁架架，本领大，
送戏送歌又送画，
好消息，全知道，
天下大事传到家。

（电视塔）

一间小屋一扇窗，
窗里有个小姑娘，
电学知识懂得多，
问她便答来回忙。

（万能电表）

一间房，没有光，
只开一扇小圆窗，
打开小窗朝外望，
“咔嚓”把你关进房。

（照相机）

一只箱子靠着墙，
不放衣服不放粮，
数九寒天送温暖，
三伏大暑送凉爽。

（空调）

圆圆才子个儿小，
爱在数字脚边跑，
跑到右边数变大，
跑到左边数变小。

（小数点）

陆上行，水上开，
它的速度真正快，
不是飞机和火箭，
却能架水飞起来。

（气垫船）

新闻出版谜

白领带

打一新闻用语　　导语

东方英雄

打一新闻用语　　主笔

新年钟响

打一新闻用语　　报道转载

如何辨香腐

打一新闻用语　　要闻

做天下文章

打一新闻用语　　大特写

核试验报道

打一新闻用语　　爆炸新闻

请长话短说

打一新闻用语　　要闻简报

辞旧岁，迎新春

打一新闻用语　　转载

大雪小雪又一年

打一新闻用语　　纷纷转载

话到嘴边又咽下

打一新闻用语　　按语

个人说了不算数

打一新闻用语　　群众来信

折戟沉沙铁未销

打一新闻用语　　战地记者

年年不敢放高声

打一新闻用语　　连载小说

陈旧信息别再发

打一新闻用语　　整点新闻

一般人我不告诉他

打一新闻用语　　特别报道

禾

打一出版用语　　初稿

废

打一出版用语　　发行量

临帖

打一出版用语　　手抄本

对时

打一出版用语　　正误表

画皮

打一出版用语　　精装

营养素

打一出版用语　　补白

导火线

打一出版用语　　索引

双官诰

打一出版用语　　封二

暗无天日

打一出版用语　　长黑

并列第一

打一出版用语　　齐头

人手一册

打一出版用语　　普及本

玉帝阎王

打一出版用语　　天地头

没有成本

打一出版用语　　活页

卫生典范

打一出版用语　　清样

金石为开

打一出版用语　　印张

尽收眼底

打一出版用语　　目录

不相为谋

打一出版用语　　封面设计

鸳鸯抗婚

打一出版用语　　排字

过后不思量

打一出版用语　　前记

肥水不外流

打一出版用语　　内部发行

集体致富好

打一出版用语　　统一发行

碧眼儿坐领江东

打一出版用语　　版权所有

让历史告诉未来

打一出版用语　　前言，后记

解语何妨片语时

打一出版用语　　翻译小说

一封朝奏九重天

打一出版用语　　单行本

《形形色色的案件》

打一出版用语　　百科全书

罄而立之年再驾车

打一出版用语　　　　三十二开

一草一木总关情

打一出版用语　　　　开本

刘项原来不读书

打一出版用语　　　　短文，缺页

自然学科谜

爱书
打一生物学名词　　亲本

假腿
打一生物学名词　　伪足

高寿
打一生物学名词　　生长期

文身
打一生物学名词　　染色体

结实
打一生物学名词　　聚合果

半费
打一生物学名词　　不完全花

九十八
打一生物学名词　　杂交

老相识
打一生物学名词　　早熟

婴儿室

打一生物学名词　　子房

担保人

打一生物学名词　　活质

灯谜世家

打一生物学名词　　隐性遗传

人工植肤

打一生物学名词　　种皮

消费高峰

打一生物学名词　　盛花期

杨花似雪

打一生物学名词　　植物色素

以身担保

打一生物学名词　　质体

不劳而获

打一生物学名词　　寄生

同床异梦

打一生物学名词　　共栖

注意禁黄

打一生物学名词　　警戒色

岁岁不相识

打一生物学名词　　多年生

相逢不相识

打一生物学名词　　　　共生

一桥反架西东

打一生物学名词　　　　乔木

打马打在皮子外

打一生物学名词　　　　鞭毛

忽如一夜春风来

打一生物学名词　　　　白化现象

巧立名目乱开支

打一生物学名词　　　　变态花

内

打一化学名词　　　　金属钠

冷

打一化学名词　　　　反应热

冰

打一化学名词　　　　结晶水

权

打一化学名词　　　　相对偏差

美元

打一化学名词　　　　镁

考卷

打一化学名词　　　　试纸

顶替

打一化学名词　　置换

盈亏

打一化学名词　　饱和差

皂白

打一化学名词　　黑色素

蒸发

打一化学名词　　液化气

顶峰

打一化学名词　　绝对高度

头等奖

打一化学名词　　钾

珍宝岛

打一化学名词　　稀土

口腔表

打一化学名词　　含量

气压双火

打一化学名词　　氮

乾隆通宝

打一化学名词　　钴

气盖峰峦

打一化学名词　　氙

完璧归赵

打一化学名词　　还原

好逸恶劳

打一化学名词　　惰性

火上加油

打一化学名词　　助燃

一模一样

打一化学名词　　真像

饥寒交迫

打一化学名词　　不饱和

洪峰已退

打一化学名词　　水解

手工作坊

打一化学名词　　无机

冰雪消融

打一化学名词　　吸热反应

各奔前程

打一化学名词　　分解反应

暗里豁然

打一化学名词　　黑洞

透明之物

打一化学名词　　晶体

计算机解题

打一化学名词　　电解

儿子做抵押

打一化学名词　　质子

华夏沐春风

打一化学名词　　中和

意恐迟迟归

打一化学名词　　等离子

北极领路人

打一化学名词　　寒带

孙悟空的眼睛

打一化学名词　　钼

弹弓丢了三天

打一化学名词　　单晶

四海翻腾云水怒

打一化学名词　　液化气

千杯万盏会应酬

打一化学名词　　酒精

蒸蒸日上的新中国

打一化学名词　　升华

第一把手最勤俭节约

打一化学名词　　元素

山舞银蛇，原驰蜡象

打一化学名词　　同素异形体

工字桥下，水只向低处流

打一化学名词　　汞

山坡

打一物理学名词　　斜面

误点

打一物理学名词　　时差

反响

打一物理学名词　　回音

起诉

打一物理学名词　　立体声

捷径

打一物理学名词　　短路

七口

打一物理学名词　　电解

跳高

打一物理学名词　　抛体运动

发雕

打一物理学名词　　毛细现象

瞳仁

打一物理学名词　　小孔成像

形似

打一物理学名词　　　　光学仪表

录音机

打一物理学名词　　　　声纳

老脾气

打一物理学名词　　　　固态

亮得快

打一物理学名词　　　　光速

景德镇

打一物理学名词　　　　磁场

一小儿

打一物理学名词　　　　聚光

器乐曲

打一物理学名词　　　　光谱

漫江碧透

打一物理学名词　　　　流明

泉水汩汩

打一物理学名词　　　　声波

屡战屡败

打一物理学名词　　　　负极

二泉映月

打一物理学名词　　　　投影

屡教不改

打一物理学名词　　惯性

异口同声

打一物理学名词　　共鸣

回光返照

打一物理学名词　　折射

一致行动

打一物理学名词　　同步

是歌无词

打一物理学名词　　光谱

以身作则

打一物理学名词　　导体

心血来潮

打一物理学名词　　脉冲

蔑视铜臭

打一物理学名词　　轻金属

飞檐走壁

打一物理学名词　　圆周运动

乡规民约

打一物理学名词　　居里定律

万籁俱寂

打一物理学名词　　声全息

风平浪静

打一物理学名词　　稳定流

火炬接力

打一物理学名词　　热传递

锻炼可强身

打一物理学名词　　动能

活要使劲

打一物理学名词　　作用力

三个日本人

打一物理学名词　　结晶体

更上一层楼

打一物理学名词　　提高相位

不公开的推测

打一物理学名词　　密度

月亮走我也走

打一物理学名词　　同步运行

赔了夫人又折兵

打一物理学名词　　失重

万丈高楼从何起

打一物理学名词　　自由基

北

打一数学名词　　反比

柏

打一数学名词　　九九表

么

打一数学名词　　公差

刀口

打一数学名词　　切点

双轨

打一数学名词　　平行线

纱锭

打一数学名词　　延长线

假账

打一数学名词　　虚数

台北

打一数学名词　　相似三角形

道口

打一数学名词　　解方程

赛马

打一数学名词　　比，乘

斗牛

打一数学名词　　对顶角

混战

打一数学名词　　多面角

口径

打一数学名词　　方程

排除

打一数学名词　　立体

大口

打一数学名词　　因式分解

手算

打一数学名词　　指数

旧规

打一数学名词　　陈氏定理

贸易法

打一数学名词　　交换律

两毛钱

打一数学名词　　倍角

切豆腐

打一数学名词　　开方

自动刀

打一数学名词　　余切

来信登记

打一数学名词　　函数

最佳演员

打一数学名词　　优角

东张西望

打一数学名词　　移项

一直不来

打一数学名词　　恒等

本属乌有

打一数学名词　　虚根

本来不实

打一数学名词　　虚根

计算正确

打一数学名词　　对数

脸皮太厚

打一数学名词　　面积

坐船守则

打一数学名词　　乘法

群众舆论

打一数学名词　　公理

不分胜负

打一数学名词　　平角

同室操戈

打一数学名词　　内角

提琴调音

打一数学名词　　正弦

两边清点

打一数学名词　　分数

帮助点钱

打一数学名词　　代数

赛事不断

打一数学名词　　连比

一笔债务

打一数学名词　　负数

确立刑法

打一数学名词　　定律

合法开支

打一数学名词　　有理数

儿童禁入

打一数学名词　　无限大

一箭之地

打一数学名词　　矢量场

自由搏击

打一数学名词　　任意角

一一入座

打一数学名词　　二进位

不由分说

打一数学名词　　集合论

鸳鸯拆散

打一数学名词　　　　公分母

空头合同

打一数学名词　　　　约等于零

身长多少

打一数学名词　　　　立体几何

聚散无常

打一数学名词　　　　不定积分

利润未完成

打一数学名词　　　　盈不足

船两心共惆怅

打一数学名词　　　　周长

真不知多少

打一数学名词　　　　几何

笔笔分量无差错

打一数学名词　　　　全对称

脱贫致富奔小康

打一数学名词　　　　趋向无穷

好人坏人都能演

打一数学名词　　　　二面角

兵对兵来将对将

打一数学名词　　　　同位角

风言风语只等闲

打一数学名词　　　　无理数

海峡两岸盼统一

打一数学名词　　　　同心圆

远近高低各不同

打一数学名词　　　　多边形

天南地北到处游

打一数学名词　　　　不定方程

来信多次盼指教

打一数学名词　　　　函数求导

男女同工须同酬

打一数学名词　　　　不可分性

坐车五角钱一趟

打一数学名词　　　　一元二次方程

阿基米德原理首先说明何事

打一数学名词　　　　黄金分割点

中外地名谜

长虹现象

打一亚洲国家名　　以色列

隐瞒历史

打一亚洲国家名　　蒙古

明早见面

打一亚洲国家名　　约旦

祝福你和他

打一亚洲国家名　　吉尔吉斯

面句藏格细分析

打一亚洲国家名　　缅甸

歌舞升平社稷安

打一亚洲国家名　　泰国

进口土耳其良驹

打一亚洲国家名　　马来西亚

克

打一非洲国家名　　多哥

索疵

打一非洲国家名　　毛里求斯

增值税

打一非洲国家名　　加纳

请君入瓮

打一非洲国家名　　塞内加尔

崇洋媚外

打一美洲国家名　　巴西

千金买骨

打一美洲国家名　　巴拿马

楚人夸矛盾

打一美洲国家名　　美利坚

赶车上树

打一欧洲国家名　　南斯拉夫

红色面粉

打一欧洲国家名　　丹麦

喜庆仪式

打一欧洲国家名　　瑞典

志在发财

打一欧洲国家名　　意大利

快速征服

打一欧洲国家名　　捷克

只盼暮冬到来

打一欧洲国家名　　希腊

知识就是力量

打一亚洲国家名　　科威特

攻城夺邑为次

打一欧洲国家名　　克罗地亚

速度就是效益

打一欧洲国家名　　比利时

银装玉裹冻蓬莱

打一欧洲国家名　　冰岛

妙在天时人和中

打一欧洲国家名　　奥地利

钟情你家三丫头

打一欧洲国家名　　爱尔兰

土洋也能融一体

打一欧洲国家名　　海地

农业谜

农业工具

红旗渠。

（水车）

持久战备。

（拖拉机）

谷子成熟了。

（收割机）

乡村四月闲人少。

（联合播种机）

聪明反被聪明误。

（粉碎机）

远看云雾一团团，
近看田野雨如烟，
有雾但见日当空，
下雨不闻惊雷声。

（喷灌机）

不吃粮食不吃草，
天天都在地里跑，
犁耙运输和收割，
行行能干样样好。

（拖拉机）

不用梭儿不用纱，
不在工厂不在家，
农民用它织绿毯，
织得农田美如画。

（播种机）

粗看像匹马，
没头没尾巴，
肚里一动弹，
嘴吐肚又拉。

（风力水车）

小铁牛，两个头，
一头喝，一头流，
流进山坡梯田里，
禾苗点头乐悠悠。

（抽水机）

电闸一合响隆隆，
唱得天上飞彩虹，
金珠滚来银珠蹦，
粮食多得没处盛。

（扬场机）

咱家有头老黄牛，
吃起草来大家投，
这边吃，那边拉，
草和粮食分两家。

（脱粒机）

黑油亮，黑油亮，
钢盘铁骨气力壮，
又排涝来又抗旱，
口吐银珠把歌唱。

（水泵）

农业用语

骷勾。

（排水沟）

超生。

（增产）

老相识。

（早熟）

回西宁。

（返青）

只生一个。

（单产）

龙的传人。

（夏种）

大干一季度。

（春旱）

压路机施工。

（轮作）

久旱望甘霖。

（枯水期）

生产讲节约。

（经济作物）

人比黄花瘦。

（植物肥）

久雨不妨农。

（水耕）

出巨款求苗条。

（高价化肥）

打肿脸充胖子。

（施化肥）

碧眼儿坐镇江东。

（土地所有权）

白云生处有人家。

（高产户）

春暖人间。

（温室）

五体投地。

（倒伏）

渐渐发胖。

（积肥）

李下瓜田。

（落地果）

工矿交通谜

较。
（交会车）

老道。
（时刻表）

剪彩。
（分隔带）

全年。
（满载）

七一。
（直通车）

快答。
（应急出口）

祝酒词。
（千道）

特务排。
（专列）

大巴山。
（高峰车）

轰鸣声。
（双车道）

好品德。
（人行地道）

三十六计。
（上行）

奔走相告。
（跑道）

半路让座。
（中途站）

飞蛾扑火。
（闯红灯）

三十而立。
（中转站）

爸爸留步。

（严禁通行）

缓兵之计。

（拖斗）

一吐为快。

（无障碍通道）

寻求真理。

（索道）

雄关大道。

（公路）

边走边谈。

（人行道）

亲朋无一字。

（交通堵塞）

欲速则不达。

（慢行）

更上一层楼。

（高站台）

有话不直说。

（绕道）

从奴隶到将军。

（提速）

不准大吃大喝。

（限制口）

小园香径独徘徊。

（单行道）

迟来已无座位坐。

（晚点进站）

正是归时不见归。

（晚点）

大江歌罢掉头东。

（水上调度）

有朋友不亦乐乎。

（客快）

东风染尽三千顷。

（绿化带）

多个朋友多条路。

（交通要道）

出门即是东西路。

（人行横道）

美酒送上雪山去。

（春运高峰）

乌蒙磅礴走泥丸。

（高峰通行）

满座重闻皆掩泣。

（客流量大）

高空雁阵过彩虹。

（人行天桥）

两人不和便分手，
不忘儿女抚养权。

（隔离带）

尾连尾，一条龙，
头上乌云滚滚，
脚下雷声隆隆。

（火车）

碳中之王，
质硬发光，
晶体形状，
用途很广。

（钻石）

有肚无肠，
专吞铁水，
钟声一响，
金花怒放。

（炼钢炉）

远看屋连屋，
近看尽轱辘，
飞跑不喘气，
喝的是柴油。

（内燃机车）

黑汉性刚强，
浑身闪闪亮，
能放光和热，
工业好食粮。

（煤）

水面一座楼，
没腿四处走，
四海传友谊，
它是好帮手。

（轮船）

哥俩一般高，
出门就赛跑，
老是有距离，
总是追不着。

（自行车）

充气橡皮腿，
喝油也喝水，
送人又载货，
奔跑快如飞。

（汽车）

远看像彩虹，
近看像高楼，
人在天上走，

车在地下过。

（天桥）

两眼像铜铃，
四脚圆滚滚，
腰间生嘴巴，
专吃过路人。

（公共汽车）

有风站起来，
无风躺下来，
如果站起来，
大旗扯起来。

（帆）

彩虹落人间，
横跨大江边，
虹上汽车过，
水流虹下面。

（跨江大桥）

楼房宽又长，
烟囱屋顶装，
有时过江湖，
有时过海洋。

（轮船）

双辫朝着天，
上面搭着线，
马达嗡嗡响，
行驶很方便。

（电车）

小铁马，跑得猛，
执行任务一阵风，
别看头上一只眼，
遇见小沟能腾空。

（摩托车）

身背大铁箱，
晴天城内忙，
尘土遇见它。
不再乱飞扬。

（洒水车）

钢铁大汉胖墩墩，
走起路来慢吞吞，
筑路工人喜欢它，
专管人间路不平。

（压路机）

看它日夜多勤劳，
大街小巷来回跑，
它一过路真清洁，
干干净净市容好。

（清洁车）

大老鹰，有力气，
一只铁爪不落地，
不抓兔子不抓鸡，
只抓物品和机器。

（起重机）

肚子大，尾巴小，

垂直起飞多轻巧，
背上生个大翅膀，
起落不必用跑道。

（直升机）

小宝贝，嗡嗡嗡，
一按电钮就做工，
抽水，打谷，开机器，
样样靠它来带动。

（电动机）

不是神仙能上天，
腾云驾雾只等闲，
高山峻岭闪身后，
百里行程一瞬间。

（飞机）

不用砖瓦起高楼，
铁壳地板尖尖头，
载人运货容量大，
江河湖海任遨游。

（轮船）

船行大海快如飞，
不靠螺桨浪里推，
轮船世家新弟兄，
专借空气显神威。

（气垫船）

年年月月立水中，
不怕雨来不怕风，
只为方便大家走，
坚持日夜不收工。

（桥）

海上有了信号兵，
不怕浪打风雨淋，
为使轮船不迷航，
夜夜工作到天明。

（航标灯）

高高个子似铁塔，
喝风吞石胃口大，
喷出银光吐金水，
祖国建设需要它。

（高炉）

一棵树，高又大，
不长叶子不开花，
串串白果树上挂，
条条藤儿树上爬。

（高压线）

一排树，整整齐，
没长树叶没长皮，
过去只在城里种，
如今种到山村里。

（电线杆）

脚踏两根铁棍，
头长一只眼睛，
一路高歌猛进，
南京飞到北京。

（火车）

这辆车，不一般，
不坐乘客装清泉，
开过路上下小雨，
过后行人笑开颜。

（洒水车）

四角长方一只船，
船上挂起两根绳，
有绳船能动，
无绳船就停。

（无轨电车）

红眼睛，绿眼睛，
站在路口当哨兵，
红眼睁开脚步停，
绿眼睁开才放行。

（交通红绿灯）

这条船，真奇怪，
肚上长出翅膀来，
开得稳，跑得快，
掠过水面飞起来。

（水翼船）

忽闪忽闪一盏灯，
不怕暴雨和狂风，
从晚一直照到早，
专给轮船指航程。

（航标灯）

又像箱柜又像房，
六只磨盘房下藏，
物资交流它搬运，
客来匆匆又客往。

（卡车）

地底下面一长廊，
石头水泥来筑墙，
一阵响声机车过，
现代交通美名扬。

（地铁）

样子像船不是船，
永远停在江河畔，
火车汽车它能载，
光载东西不开船。

（桥）

双手横握大铁铲，
大声歌唱朝前赶，
祖国建设打先锋，
能填沟来能移山。

（推土机）

身穿漂亮衣裳，
常在马路奔忙，
工作挥汗如雨，
一跑歌声飞扬。

（洒水车）

巨人体格壮，
胳膊粗又长，
万斤提得起，

干活纪律强。

（超重机）

铜头铁身，嵌满金线，
外力一来，心肠飞转，
发出功率，输出能源，
实现“四化”，一马当先。

（发电机）

肚子圆圆两张口，
专吃水泥沙石头，
吐出泥浆拌得匀，
能建房屋能筑路。

（搅拌机）

一只大雁两翅膀，
银光闪闪爱飞翔，
展翅能飞千万里，
起飞就把歌儿唱。

（飞机）

陆上行，水里开，
它的速度实在快，
不是飞机和火箭，
却能腾空飞起来。

（气垫船）

常年站在公路上，
不叫苦来不换岗，
三岔路口扎下根，
专给车辆指方向。

（路标）

高高个儿英雄汉，
日日夜夜路边站，
风吹雨打不动摇，
手上牵着万里线。

（电线杆）

两手抱个枪，
开动嘟嘟响，
不打敌人专钻洞，
钢嘴长在长臂上。

（电钻）

名字虽叫车，
只能一人坐，
空中来回走，
搬运贡献多。

（天车）

浑身都是硬骨头，
能高能低又会扭，
你别瞧它一只手，
十吨百吨提着走。

（大吊车）

水里看，一个洞，
岸上看，一张弓，
身背千斤不喊重，
河西立刻到河东。

（桥）

高高秃树吊个瓜，

白天结果夜开花，
春夏秋冬常如此，
行路人们把它夸。

（路灯）

一只驴，真正好，
专喝汽油不吃草，
骑上它就突突叫，
一边放屁一边跑。

（摩托车）

乘着风，挺着胸，
鼓足空气向前冲，
边走边要看天气，
风不顺来泊水中。

（帆船）

一只大雁真稀奇，
只喝油来不吃米，
银光闪闪歌声起，
展翅能飞千万里。

（飞机）

条条巨蟒长又长，
盘山越岭跨四方，
车行万里低头看，
还没跑出蟒身上。

（柏油马路）

铁做身体重万吨，
放在水里从不沉，
不愁风狂浪又大，
单怕海洋水不深。

（轮船）

钢铁大汉一只手，
手里提个大钓钩，
不钓小鱼和小虾，
专钓重物上码头。

（起重机）

不是水，哗哗流，
不是泉，喷个够，
地下有，海底有，
建设祖国跑前头。

（石油）

排排琴弦半天挂，
爱把光明传万家，
机器欢歌人欢笑，
大家都把琴弦夸。

（高压电线）

千里钢龙地下穿，
吐出黑油似涌泉，
埋头苦干为“四化”，
工业战线凯歌传。

（输油管）

身子长长似条龙，
从头到尾节节通，
一日千里不歇脚，
运输线上日夜忙。

（火车）

铁臂可长又可短，
高低随意四面转，
提放千斤不费劲，
活动安全用途宽。

（起重机）

铁脚铁身铁脑壳，
轨上飞行快如梭，
能牵巨龙千万吨，
城乡交流贡献多。

（火车头）

无病我常住医院，
急病又请我出院，
来回奔波为战友，
救死扶伤跑在前。

（救护车）

双臂朝天，
扶着长线，
奔走城中，
与人方便。

（无轨电车）

一根线，扯得远，
马儿线上跑，
车儿线上蹿，
线儿都相连。

（公路）

身轻脚板重，
走路轰隆隆，
眼前道不平，
走过平整整。

（压路机）

一样东西跨两地，
不怕任何怪天气，
上走汽车和行人，
各种形状真美丽。

（桥）

住在深山坑里，
炼在烈火炉里，
为了大家温暖，
不怕牺牲自己。

（煤炭）

天上彩虹落大江，
人间奇迹工人创，
火车汽车穿梭过，
全国人民齐颂扬。

（长江大桥）

远望一个圈，
半个湿来半个干。

（环洞拱桥）

巨人巍巍像座塔，
喝风吞石冒红霞，
腹中喷射金银花，
红水流出威力大。

（炼铁高炉）

薄薄如纸亮晶晶，
颜色艳丽体透明，
常和水晶来做伴，
绝缘材料顶有名。

（云母）

高耸一钢架，
钢管中间插，
工业输血液，
出口贡献大。

（石油钻机）

卧铺。

（车床）

会当凌绝顶，
一览众山小。

（高峰站）

千锤百炼出深山，
烈火焚烧只等闲，
粉身碎骨全不顾，
要留清白在人间。

（石灰）

喝水就生气，
一日行千里，
通身都是节，
能合能分离。

（火车）

双辫朝天，
上面搭线，
从不烧油，
行驶方便。

（无轨电车）

背负铁柜带水泵，
身穿红袍响叮当，
警报拉响快如飞，
一马当先上火场。

（消防车）

日夜勤劳，
街巷常跑，
垃圾扫光，
市容美好。

（吸尘车）

是床不能睡，
马达歌声脆，
刀走钢屑舞，
生产捷报飞。

（机床）

只听车间马达响，
头上廾来大钢梁，
哨子一响力无比，
胳膊能短又能长。

（天车）

千束万束梨花开，
不见花树与花蕾，

银光闪闪耀人眼，
裁钢缝铁显神威。

（电焊）

铁大汉，地里钻，
腰缠钢绳力无边，
一根吊锤把地扎，
层层泥浆往外翻。

（打井机）

脚踏两根铁棍，
头生一只眼睛，
一路叫一路奔，
轰隆轰隆向前冲。

（火车）

长空蜻蜓飞，
轰隆响如雷，
空中它架桥，
连接欧亚非。

（飞机）

驼背公公，
力大无穷，
爱驮什么？
车水马龙。

（桥）

远看像个坟，
近看还有门，
屋里还有炕，
炕上不住人。

（砖瓦窑）

晶莹明亮，
确是珍宝，
质量最硬，
储量最少。

（金刚石）

远看一堵墙，
近看一排房，
头上起浓烟，
脚下隆隆响。

（火车）

南北东西去，
茫茫万古尘，
营营名利者，
来往不嫌频。

（路）

文化体育谜

阡陌。

（田径）

软语。

（柔道）

会当凌绝顶。

（登山）

减去八斤，还剩二斤。

（乒乓）

文质。

（字典）

停兑。

（金不换）

百舸争流。

（赛艇）

千里之行。

（举重）

孙子兵法。

（武术）

十二金钗。

（女子单打）

婉言相劝。

（圆规）

群芳谱。

（花名册）

大腹便便。

（腰鼓）

专门利人。

（吉他）

碧空繁星。

（围棋盘）

独步桥。

（平衡木）

进门就胜。

（足球）

嘴巴大，
舌头小，
抓住尾巴，
又跳又叫。

（课铃）

小小房屋是我家，
家里人多力量大，
能写字来能画画，
个个都是小专家。

（笔盒）

一个小石潭，
满塘烂泥巴，
飞来白天鹅，
变成黑乌鸦。

（砚）

铁嘴巴，爱咬纸，
咬完掉个铁牙齿。

（订书机）

一张大嘴紧闭，
两只耳朵竖直，
一捏耳朵张口，
碰见什么都吃。

（铁夹子）

一物生来真轻巧，
身长羽毛不是鸟，
没有翅膀空中飞，
落地没脚难起跳。

（羽毛球）

木制架子空中悬，
两条辫子接上天，
小小主人来驾驭，
来回动荡画弧圈。

（秋千）

一排牙齿白的多，
肚里呼吸口唱歌，
只要你把牙齿按，
一唱起来劲头足。

（风琴）

三足大怪物，
牙齿几十颗，
肚里吞钢丝，
嘴里会唱歌。

（钢琴）

像只大蝎子，
抱起似孩子，
抓挠肚肠子，
唱出好曲子。

（琵琶）

身体圆圆肚子空，
不遇喜事不吭声，
节日游行庆胜利，

槌子越打越高兴。

（鼓）

它的肚皮长得怪，
能大能小变化快，
肚里装的净是歌。

（手风琴）

一物生来本领大，
叫它说啥就说啥，
说话就行走，
行走就说话。

（毛笔）

一位姑娘瘦条条，
头重脚轻站不牢，
两个耳环飘左右，
说起话来咚咚叫。

（摇鼓）

一根紫竹管，
开了七扇门，
风儿紧紧吹，
句句是戏文。

（箫）

像糖不是糖，
有圆也有方，
帮你改错字，
劳累不怕脏。

（橡皮）

头小脚大眼睛多，
身子精悍腰不驼，
嗓子洪亮人人夸，
嘴对嘴儿唱赞歌。

（唢呐）

是画不能挂，
有人也不大，
讲革命道理，
越看越爱它。

（连环画册）

一张图，六个角，
三群小猴来赛跑，
有的走来有的跳，
比比赛赛谁先到。

（跳棋）

一位老师不开口，
肚里学问样样有，
谁要有事请教它，
还得自己去动手。

（字典）

不是西瓜不是蛋，
用手一拨会打转，
别看它的个儿小，
能载海洋和高山。

（地球仪）

长方院子一墙隔，
上下分开两群鹅，

多的不过五个整，
少的一个顶五个。

（算盘）

世界各国在眼前，
五湖四海不通船，
高山不见一棵树，
平地没有半分田。

（地图）

一物生来真新鲜，
铁腿细长脚儿尖，
一腿走路一腿站，
脚印个个圆又圆。

（圆规）

要它做事先剃头，
头不剃好就发愁，
别的心圆它心直，
学习学习不离手。

（铅笔）

是鸟不会叫，
是鹰没有毛，
喜欢顶风飞，
就怕雨来浇。

（风筝）

有位好朋友，
天天都来走，
事事告诉你，
从来不开口。

（报纸）

披在肩上，
记在心上，
烈士鲜血染，
革命代代传。

（红领巾）

一物果断干脆，
专和黑的做对，
宣传科学文化，
不惜骨折身碎。

（粉笔）

是马不吃草，
有腿不走道，
天天在操场，
人人把它跳。

（木马）

一个白娃娃，
二人跟他要，
跑到谁跟前，
照头打一下。

（乒乓球）

四四方方一块田，
一弯乌水在中间，
黑羽鸟儿来啄食，
一撒撒向白云天。

（砚、墨）

在家清清白白，
出门脸上画花，
走过千山万水，
敞开肚子说话。

（信）

叫马，不会跑，
叫球，不能打，
叫铃，摇不响，
叫饼，吃不下。

（木马、铅球、哑铃、铁饼）

生来无爹妈，
却会叫哇哇，
专找小孩玩，
儿童喜欢它。

（布娃娃）

小朋友，造高楼，
不用砖瓦用木料，
不用锯子和斧头。

（积木）

一个大肚皮，
生来怪脾气，
不打不吭声，
越打越欢喜。

（皮球）

排排仙鹤天际来，
腾云驾雾放异彩，
风驰电掣追日月，
掠得万朵银花开。

（滑雪）

无脚无腿偏会跳，
非禽非兽却有毛，
老人见它摇摇头，
小孩见它嘻嘻笑。

（毽子）

小小一间房，
一扇玻璃窗，
夜夜演节目，
天天换花样。

（电视机）

非鸟却有毛，
无脚也能跳，
孩子踢它它不怪，
又翻筋斗又跳高。

（毽子）

方方一座城，
长年不住人，
忽然灯光亮，
传来讲话声。

（收音机）

一幢二层楼房，
家家窗户大开，
一阵风儿吹来，

佳音飞出窗外。

（口琴）

层层宝库打开来，
黑宝纵横一排排，
能记诸般悠悠事，
不分古今和中外。

（书）

有山不见石和崖，
有地不见土和沙，
江河湖海不通船，
外出旅行全靠它。

（地图）

一物不太大，
走路头朝下，
不吃人间粮，
能说天下话。

（笔）

有个大汉子，
黑脸黑身子，
读一世的书，
全是写白字。

（黑板）

桥在肩上头，
人在桥下走，
两头都有水，
就是不见流。

（担水）

有口不说话，
无脚行千里，
人家的秘密，
都装它肚里。

（信）

万紫千红百花艳，
每逢佳节空中开，
百花园中找不到，
工人叔叔造出来。

（烟花）

仆人从一到十，
士卫红黑两分，
四套款式花衣裳，
公主王子都爱穿。

（扑克）

大大圆圆满肚气，
每逢佳节就升起，
拖着尾巴空中飘，
骑着白云去报喜。

（氢气球）

会吃没有嘴，
会走没有腿，
过河衣不湿，
失败不加罪。

（象棋）

远看山有色，

近听水无声，
春去花还在，
人来鸟不惊。

（画）

池塘四角方，
有水池中放，
黑人去溜冰，
满地黑泥场。

（砚）

横着十寸长，
竖也十寸长，
你若是不信，
就请细端详。

（尺）

小小孩儿真漂亮，
五颜六色身细长，
山水花鸟他能绘，
表里如一有文章。

（彩色蜡笔）

兄弟两人同走路，
摆一摆来走一走，
常常劳累不停歇，
走来走去未出户。

（挂钟）

身长八寸，
心肠直硬，
助人学习，
不怕牺牲。

（铅笔）

扁圆脑袋细长身，
看图看画最认真，
牢牢盯住不移动，
只见脑袋不见身。

（图钉）

七长八短一小捆，
十个娃娃抱得紧，
越抱越紧越叫唤，
叫得声声动人心。

（笙）

十九乘十九，
黑白两对手，
有眼看不见，
无眼难活久。

（围棋）

用脚踩，用手摸，
能呼吸，会唱歌。

（风琴）

头小屁股大，
三线身上挂，
用时搂怀中，
一拨就说话。

（三弦）

一物生来两面坡，

坡顶好像马蜂窝，
对准蜂窝吹吹气，
陪我唱起动人歌。

（口琴）

黑黑一堵墙，
形状长又方，
老师讲课它帮助，
演算写画真便当。

（黑板）

圆圆肚子脖颈长，
耳朵长在脖子上，
如果调儿唱不准，
扭着耳朵细商量。

（胡琴）

物体不大，
尖嘴朝下，
批评表扬它都会，
人人学习都用它。

（笔）

像冬瓜，腰里挂，
一面跳，一面打。

（腰鼓）

一条长弄堂，
许多小天窗，
人口对弄口，
呜哩呜哩唱。

（箫）

肚大腹中空，
牛皮两面绷，
高歌庆胜利，
爱唱咚咚咚。

（鼓）

有的像蝴蝶，
有的像老鹰，
春天飞在半天空，
风和日暖它喜欢。

（风筝）

一张画，墙上挂，
有的小，有的大，
小的不过几个县，
大的容得全天下。

（地图）

说来也奇怪，
有毛不是鸟，
无翅空中飞，
无腿脚上跳。

（毽子）

有个朋友天天来，
知识渊博消息快，
古今中外他都知，
文盲与他谈不来。

（报纸）

年轻少白头，
老来抹黑油，

闲时戴帽子，
忙时光着头。

（毛笔）

小小身体不算长，
黑皮黑肉黑衣裳，
跳入黑盆转几圈，
只见短来不见长。

（墨块）

一物生来奇，
瘦得只有皮，
你若让它胖，
一定要生气。

（气球）

古人留下一座桥，
一边多来一边少，
少的要比多的多，
多的反比少的少。

（算盘）

远看像高坡，
近看像楼阁，
上楼慢慢行，
下坡快如梭。

（滑梯）

像桌不是桌，
只有三个脚，
常在台上摆，
一弹就唱歌。

（钢琴）

学问怪大，
不会说话，
要学知识，
动手翻它。

（书）

容纳千山万水，
胸怀五洲四海，
藏下中外名城，
浑身绚丽多彩。

（地图）

一宅分成两院，
五男二女当家，
两家打得乱如麻，
打到清明方罢。

（算盘）

嘴里含着一把锤，
说话声调多清脆，
上课下课做体操，
都得听从它指挥。

（铃）

没到手抢它，
抢到手扔它，
越是喜欢它，
越是要打它。

（篮球）

弟兄五十四，
生活在一起，
有时很亲热，
有时闹分离。

（扑克）

一只蝴蝶轻飘飘，
摇摇摆摆上九霄，
一心只想云外去，
可惜绳子拴住腰。

（风筝）

独脚尖尖身体圆，
绳索绕在身上边，
拼命挣脱得自由，
只在地上转圈圈。

（陀螺）

什么马不会跑？
什么饼不能吃？
什么球不能打？
什么枪不射击？

（木马、铁饼、铅球、标枪）

一匹马儿好，
生来不会跑，
我若骑上去，
只能前后摇。

（木马）

叶叶扁舟半天悬，
腾空飞舞乾坤转，
去时匆匆归来急，
巡天足迹只半圈。

（秋千）

一匹马儿两人骑，
这边高来那边低，
马儿虽然不吃草，
两人骑得笑嘻嘻。

（跷跷板）

一扇玻璃窗，
光线明晃晃，
戏剧它会演，
电影它能放。

（电视）

有毛不是鸟，
不圆却是球，
两边挨嘴巴，
从来没自由。

（羽毛球）

亮处看不清，
暗处见分明，
有人也有景，
有色还有声。

（电影）

嘴尖尖来个儿长，
经常活动在广场，
说它是枪没子弹，

发射出去扎地上。

（标枪）

长长一条弄堂，
沿途七八小窗，
窗里一阵风起，
声音悠扬四方。

（笛子）

肚里学问大，
有字不认识，
老师不说话，
就去请教它。

（字典）

浑身雪白，
又光又圆，
左跳右跳，
都要挨打。

（乒乓球）

体形有圆有方，
皮肤有白有黄，
发现哪里有错，
马上请他帮忙。

（橡皮）

告诉你高，
告诉你长，
画条直线，
它来帮忙。

（尺）

身体生来瘦又长，
五彩衣裳黑心肠，
嘴巴尖尖说黑话，
只见短来不见长。

（铅笔）

长长舌头尖尖嘴，
说话往外流口水，
脱掉帽子才上路，
戴上帽子要歇腿。

（钢笔）

四角方方一只袋，
甜酸苦辣藏在内，
有人见它眉眼笑，
有人见它落眼泪。

（信）

竖起一扇窗，
横倒一张床，
下面睡五个，
上面睡一双。

（算盘）

受到吹捧就自大，
没人吹捧就疲沓，
外表看来圆又壮，
遇到打击就爆炸。

（气球）

四四方方一座城，

驻着黑红两队兵，
司令率部打冲锋，
军旗插在大本营。

（军棋）

五条小河哗哗流，
一群蝌蚪水中游，
乐器见它奏一曲，
人们见它放歌喉。

（五线谱）

有位小小宣传家，
每天都去别人家，
国内国外大事情，
谁若不懂去问他。

（报纸）

看来很有分寸，
满身带着斯文，
可是从不律己，
专门衡量别人。

（尺）

我家有个好老师，
最爱教人学生词，
不会说话都会解，
一字一句回答你。

（词典）

跑道上的绊脚石。

（障碍竞走）

过竿。

（跳高）

卧槽“将”。

（跳马）

二十四。

（双打）

林。

（平衡木）

耳圈。

（吊环）

全身金甲，
吊着挨打，
小锤一敲，
喽喽作响。

（锣）

奇怪奇怪，两根脐带，
稀奇稀奇，两个肚皮，
成双配套，打打闹闹，
住在一起，从不分离。

（钹）

兢。

（二连胜）

坐。

（半场人盯人）

走读。

（运动学）

元首。

（并列第一）

前科。

（犯规在先）

私走。

（背溜）

请留步。

（叫停）

隆中对。

（三分球）

一箭之地。

（射程）

以身试法。

（触网）

用兵之道。

（武术）

送君千里。

（最后得分）

贸易中心。

（交换场地）

本领非凡。

（过人技术）

争分夺秒。

（抢点）

夜间站岗。

（黑哨）

坐怀不乱。

（对抗性强）

两条腿走路。

（双跨）

问苍茫大地。

（盘球）

头颅手术卡。

（首开纪录）

不忘生养恩。

（体育记者）

三八二十四。

（女子双打）

周瑜打黄盖。

（假动作）

点点是离人泪。

（落后两分）

柴扉残损妻难留。

（破门得分）

乱提干部属违纪。

（拉人犯规）

不待扬鞭自奋蹄。

（提前起跑）

力拔山兮气盖世。

（强项）

放下包袱加速前进。

（轻快跑）

惊涛拍岸。

（冲浪）

马嵬怀古。

（吊环）

掌握战法。

（拳击）

猴子捞月。

（水球）

走向世界。

（足球）

曹娥投江。

（女子跳水）

进门就胜。

（足球）

一跃千里。

（单杠、跳马）

接辔徐行。

（马拉松）

鱼跃于渊。

（自由泳）

欲穷千里目。

（引体向上）

二山重叠隐龙泉。

（击剑）

跑道上的绊脚石。

（障碍竞走）

姑娘端庄不轻浮。

（女子举重）

妆罢低声问夫婿。

（女子柔道）

跃进跃进再跃进。

（三级跳远）

蹬得稳稳，
抓得紧紧，
前进就输，
后退就赢。

（拔河）

不乘火箭，
飞在半天，
不是风吹，
飘落人间。

（跳水）

一只瓜，
满身花，
场上只许用脚踢，
比赛不许用手拿。

（足球）

拍它嘭嘭响，
总想拼命抢，
一旦抢到手，
把它又抛走。

（手球）

双手摇啊摇，
双脚跳啊跳，
钻进城门里，
跨出草桥外。

（跳绳）

圆滚滚，滚滚圆，
生来爱在地上转，
遭脚踢，被头顶，
不进大门债难还。

（足球）

圆头圆脑小东西，
铁心铁肉铁脸皮，
叫球没人去争抢，
出手让它去啃泥。

（铅球）

十个强人两个筐，
人人奔跑运瓜忙，
明知筐儿没有底，
偏要把瓜往里装。

（篮球）

一个东西圆溜溜，
滚在地上不是球，
它在前面不停跑，
孩子后面跟着走。

（滚铁环）

兄弟分兵各西东，
同室操戈来交锋，
名下人马都一样，
要分高低决雌雄。

（象棋）

商业贸易谜

精通买卖。

（交易会）

全民一家。

（集体户）

单身宿舍。

（个体户）

广东广西。

（床上用品）

秉烛达旦。

（夜总通宵）

合二而一。

（加工生面）

冷气设备。

（夏令时装）

胁从不问。

（处理领带）

国士无双。

（信誉第一）

提前营业。

（供应早点）

暖气设备。

（冬令时装）

面试取贤。

（照相器材）

泉水叮咚。

（一流音响）

站到最后。

（立等可取）

步步回头看阿郎。

（行情）

布谷处处催春急。

（各种早点）

喜怒哀乐形于色。
（各色仪表）

日暮汉宫传蜡烛。
（夜总供应）

看到真佛才烧香。
（供需见面）

西湖细雨如穿梭。
（杭州丝织）

鼓上蚤鸡鸣狗盗。
（时装表演）

其貌不扬。
（收盘）

殷代文物。
（商品）

路过泉城。
（经济）

不告而别。
（走私）

百无一害。
（纯利）

春节放假。
（年患）

装订之后。
（成本）

千里冰封。
（冻结）

红笔写文。
（赤字）

沉鱼落雁。
（信息）

联营生产。
（合同制）

举重比赛。
（竞争力）

群众创作。
（公有制）

万物喜争春。
（生意兴隆）

高级美容师。
（精修仪表）

鞋号样样有。
（满足需要）

大地生万物。
（土产杂品）

怒沉百宝箱。

（巨额投资）

出纳员之歌。

（唱收唱付）

经销手电筒。

（营业执照）

义务啦啦队。

（免费打气）

大胆提拔新人。

（信用）

买卖人的宿舍。

（商家）

看电影不掏钱。

（发票）

总在国外旅游。

（外行）

上班已一星期。

（工作周到）

金奖产品目录。

（一流名表）

话到嘴边要酌量。

（出口商）

香茗留待君共饮。

（特等品）

临去秋波那一转。

（行情）

来日详谈。

（明细表）

包场观剧。

（统一发票）

步伐一致。

（履行合同）

除夕剪彩。

（年终分红）

诗韵清香细品尝。

（风味小吃）

海娃为敌佯带路。

（童装假领）

理论作品，先要讨论。

（文明经商）

点出玉人来。

（现金）

好雨知时节。

（利润）

李老君炼矿。

（金融）

脉分寸关尺。

（流通手段）

能饮一杯无。

（商品质量）

事急且相随。

（临时合同）

初一转十五。

（扭亏增盈）

共研大计。

（集体经济）

接肢用款。

（手续费用）

广播事业。

（多种经营）

成汤盛业。

（商业繁荣）

灭鼠用具。

（消耗物品）

按时睡眠好。

（定期利息）

花须连夜发。

（定期开支）

杜绝第二胎。

（冻结再生产）

出土甲骨文。

（原始记录）

花落知多少。

（经济核算）

花落知多少。

（实报实销）

还归细柳营。

（周转入账）

引经据典。

（凭证）

然后施行。

（先令）

强弩之末。

（利患）

安营扎寨。

（结账）

长河无浪。

（日元）

鸿雁传书。

（信托）

四季发财。

（年利）

借花献佛。

（贷款）

九死一生。

（存单）

满不在乎。

（结清）

千里化冰。

（流动）

千里冰封。

（冻结）

装订之后。

（成本）

百无一害。

（纯利）

满园春色关不住。

（对外开放）

单枪匹马踏敌阵。

（个体经营）

除夕守岁数钟声。

（年终盘点）

我们走在大路上。

（履行合同）

船到江心补漏迟。

（经济危机）

替妻子分担家务。

（对内搞活）

十亿人民共同舟。

（集体经济）

春雨贵如油。

（利润）

收支懂安排。

（出纳）

收支善安排。

（会计）

独生子女证。

（单据）

付款不用钱。

（支票）

荔枝换绛桃。

（实兑）

排头接排尾。

（联行）

千营共一呼。

（账号）

露宿难安眠。

（入账）

二者必居其一。

（存单）

孤独异乡人。

（出门单）

旅馆住宅簿。

（反方）

便于灌溉。

（利润）

便于领导。

（利率）

独当一面。

（单据）

杜绝浪费。

（消费）

花开二月。

（费用）

休养胜地。

（利息）

疲劳战术。

（累计）

各奔前程。

（分行）

举世无双。

（存单）

凭证取款。

（支票）

加倍盈余。

（复利）

时间已决。

（定期）

拆去一点。

（存折）

出生日子。

（活期）

春节休假。

（年息）

访亲拜友。

（串户）

债务关系。

（借贷方）

不要过头。

（最高限额）

觉醒百年。

（定期有息）

回光返照。

（临时活期）

冻结资金。

（固定资产）

结绳代事。

（原始记录）

来者不拒。

（人均收入）

站着要钱。

（立即付款）

历史事实。

（原始凭证）

留鸡取蛋。

（存本取息）

临别赠金。

（分期付款）

永不退休。

（长期无息）

金色在眼前。

（现金）

家书抵万金。

（信托费）

当春乃发生。

（定期有息）

进入蒙古包。

（往来账户）

产妇五十六天。

（定期）

楚霸王的眼睛。

（项目）

不在室内集合。

（外汇）

今夜星光灿烂。

（月息）

筹措生产费用。

（有意贷款）

不独立毋宁死。

（存取自由）

付邮双挂号。

（信用保险）

既生瑜何生亮。

（活期存单）

人有旦夕祸福。

（活期存折）

积小钱办大事。

（零存整取）

治安条例。

（法定保险）

忠于职守。

（责任保险）

实行三保。

（产品责任保险）

珍珠如土金如铁。

（贬值）

凭君传语报平安。

（信托）

覆巢之下无完卵。

（全损）

分开如何活下去。

（结存）

横戈跃马入营中。

（冲账）

领了独生子女证。

（单据）

万马从征一将回。

（存单）

三军齐聚听指挥。

（汇单）

不知春去几多时。

（年终盘点）

凭君传语报平安。

（信托通知）

千金散去又复来。

（收支平衡）

双燕冬去春又来。

（定期）

年终统计出生率。

（总产值）

春蚕到死丝方尽。

（长期无患）

活到老，干到老。

（长期无期）

冻藏鱼肉候嘉宾。

（冻结存款）

尽是沙中浪底来。

（流水现金）

人生冀得留姓名。

（活期存款）

枪打出头鸟。

（超额保险）

阴阳两危难。

（生死保险）

百日无事故。

（定期保险）

人在屋檐下。

（低额保险）

留下买路钱。

（投资保险）

生活支出无计划。

（保险费）

一封书到便兴师。

（信用保险）

生命在于运动。

（静态保险）

一定为你办到。

（承诺保险）

阻。

（不通）

连。

（接通）

赵。

（程控）

道。

（通话）

吕。

（串线）

浊。

（不清）

日语。

（无绳电话）

水纹。

（微波）

耳语。

（对讲机）

罗贯中。

（全国联网）

两地书。

（双向通讯）

故乡的云。

（农话）

变化多端。

（改频）

何足挂齿。

（免提）

十指灵巧。

（手机）

可靠消息。

（传真）

生财有道。

（发报）

误入其门。

（过户）

一路无阻。

（开通）

漏船载酒泛中流。

（经济损失）

一封信解自之围。

（简易人身保险）

此地无银三百两。

（保险储金）

不管不教要变坏。

（强制保险）

安全检查每月一次。

（定期保险）

晚上多云。

（夜间长话）

万里会友。

（长速通知音）

一语道破。

（传真机）

世界知识。

（全球通）

中央情报局。

（总机）

山谷齐声喊。

（回叫）

空挂纤纤缕。

（天线）

一律不准打。

（全限拨）

小偷的耳朵。

（窃听器）

此道是我开。

（占线）

摄影万元户。

（拍发）

伊人在哪里？

（寻呼机）

阿里山在哪里？

（寻呼台）

禁止大声喧哗。

（话务量小）

欲发问先按铃。

（提示音）

迅雷不及掩耳。

（加急电报）

敢问路在何方。

（无线寻呼）

定将深情寄宝岛。

（投诉台）

滔滔不绝论开支。

（长话费）

一出好戏没演成。

（障碍台）

红军远征两万五。

（打长途）

日夜奔波赶烽火。

（长途台）

范进得举人，欣狂告乡邻。

（中文传呼）

少用钱物交往，多发交际传真。

（鲜花礼仪电报）

用数字表示不同的呼叫。

（代码区号）

在齐太史简，在晋董狐笔。

（图文传真）

房。

（方便用户）

图。

（国际领先）

货。

（化废为宝）

领队。

（同行之首）

贡品。

（请君使用）

对策。

（设计合理）

婚纱。

（适时服装）

天衣。

（非凡时装）

水中月。

（轮流上映）

试管婴儿。

（代培新生）

减价一角。

（十分便宜）

负荆请罪。

（服务上门）

江上调玉琴。

（一流音响）

余霞散成绮。

（彩扩）

清水出芙蓉。

（流行花色）

参观者请登楼。

（顾客至上）

对镜贴花黄。

（化妆照相）

第一次打击。

（独家首创）

美名传天下。

（誉满全球）

提高整容费。

（交相涨价）

淋浴别磨蹭。

（快速冲洗）

一片冰心在玉壶。

（冷饮）

冬天里的一把火。

（冷点）

万木霜天红烂漫。

（彩色扩印）

逢人便夸丈夫好。

（公益广告）

今人只有姓和名。

（老字号）

半江瑟瑟半江红。
（流行色）

堂堂衙门八字开。
（费用自理）

西风昨夜过园林。
（黄金地段）

节食。
（减少进口）

联营。
（贸易合同）

允诺。
（出口许可）

锁边。
（封关）

吞吞吐吐。
（进出口）

说话算数。
（出口额）

按量饮食。
（限额进口）

林荫路。
（绿色通道）

不辞而别。
（走私）

一心为公。
（反走私）

破釜沉舟。
（无法退回）

笙。
（节节推高）

巾。
（尾市）

勿。
（当日交易）

午夜。
（黑马）

质子。
（小盘）

分家。
（散户）

行商。
（成交过程）

玉兔西坠。
（盘落）

金箍难脱。

（套牢）

争相发问。

（抢盘）

收拾碟子。

（盘整）

步步为营。

（行市）

明月几时有。

（询盘）

每人发言三分钟。

（限额出口）

食相协，语相通。

（进出口合同）

沉鱼落雁。

（无法投递）

对外贸易课。

（进出口税）

往来无白丁。

（外交特权）

穆斯林歌曲。

（回调）

伴君如伴虎。

（高位风险）

门对浙江潮。

（涨幅居前）

孤月浪中翻。

（大盘振荡）

禁止核武器。

（反弹）

一直无事故。

（安全线）

高路入云端。

（开井通道）

月移花影动。

（本轮行情）

花须连夜发。

（快速释放）

人人有份。

（公众股）

营业执照。

（交易起点）

闲庭信步。

（走势平平）

已过十天。

（日经指数）

云外帆悬。

（顾势上场）

长河落日圆。

（大盘跳水）

邯郸学步归。

（走势下跌）

农业大丰收。

（庄家出货）

骡子拉磨团团转。

（套牢盘）

一轮明月上中天。

（升高盘）

坐地日行八万里。

（全天走势）

暗掷金钱送远人。

（长期投资）

黄河远上白云间。

（冲高派发）

家家扶得醉人归。

（行情废软）

纤纤玉手金步摇。

（动向指数）

玉轮轧露湿团光。

（洗盘现象）

金牌十二频频致。

（快速回调）

店主希望不跌价。

（卖期保值）

阿谀权贵，飞黄腾达。

（顺势上升）

上边紧。

（松下）

福禄寿。

（三星）

两朵梅花。

（双鹿）

面部表情。

（容声）

雏燕展翅。

（新飞）

齐齐哈尔。

（都乐）

欢欢笑笑。

（都乐）

草帽在哪？

（上菱）

一再望北斗。

（三星）

笑笑笑。

（三乐）

银河起风波。

（星浪）

无意苦争春。

（香雪梅）

慢慢地跳伞。

（松下）

面的嘀嘀叫。

（容声）

拳王息赛事。

（阿里斯顿）

北京——东京。

（华日）

花开陵东长满草。

（芙菱）

山连着山无穷尽。

（长岭）

行者迎来及时雨。

（松下）

知己知彼，百战不殆。

（明斯科）

金榜题名。

（荣事达）

上海灯笼。

（申花）

真心爱大海。

（三洋）

淮河纳百川。

（海尔）

一听就害怕。

（威力）

龙宫夺玉玺。

（海尔）

分音。

（日立）

套圈。

（连环）

当天到站。

（日立）

少年有为。

（小康）

英勇斗争。

（格力）

何谓大洋。

（海尔）

送我上青云。

（乘风）

昂首站在前。

（日立）

行者弈模。

（松下）

身强体健。

（康佳）

来了就好。

（达而爱）

祥和之曲。

（古乐）

歌唱祖国。

（乐华）

爱的呼唤。

（钟声）

喜讲文明。

（乐德）

欢聚一堂。

（乐满第）

天桥走不完。

（长虹）

火红的太阳。

（南日）

真心待牛郎。

（三星）

藏在花海中。

（美的波）

湖西尚有参差梅。

（海棠）

一朝选在君王侧。

（荣事达）

水中点点鸿鹄影。

（小天鹅）

未到西方下啥令。

（金羚）

当前第一白头翁。

（小鸭）

海峡两岸人团聚。

（水仙）

站在阳光下。

（日立）

越打越来劲。

（格力）

熊猫是何物。

（华宝）

目中唯有佳人在。

（美的）

目标对准华盛顿。

（美的）

另有一条须改革。

（格力）

古稀之人获第一。

（华冠）

改革困境，务须开放。

（格力）

天桥真漂亮。

（虹英）

血染太行山。

（虹岩）

害怕忙藏起。

（熊猫）

大败姜伯约。

（创维）

风起舞梅花。

（飞鹿）

雪天赏梅花。

（冰魔）

一月二日出生。

（明星）

后宫佳丽三千。

（美多）

在福建过生日。

（闽星）

敬老院的早上。

（福日）

身体好，干劲足。

（康力）

欢声笑语满神州。

（乐华）

此身常想向天游。

（飞乐）

人逢喜事精神爽。

（吉乐）

中国名厂列第一。

（厦华）

护花。

（卫生香）

墨汁。

（液体皂）

封门。

（口罩）

护身符。

（卫生纸）

黑孩子。

（娃娃皂）

齿轮上油。

（膏）

扬帆东去。

（巾）

幕后一角。

（毛巾）

又黑又胖。

（肥皂）

改日奉告。

（拖布）

冲洗齿轮。

（牙刷）

秋后发表。

（冷布）

牡丹江上。

（花露水）

一举全歼。

（统扑净）

拯救世界。

（卫生球）

乌云密布。

（增白皂）

迟迟未嫁。

（人字拖）

流芳百世。

（长寿香）

筹划冬衣。

（体温计）

混淆黑白。

（合成皂）

洒向人间都是爱。

（乐满第）

从今走向繁荣富强。

（华昌）

赤橙黄绿青蓝紫。

（虹美）

春来植树不为私。

（青松）

世界卫生日。

（清洁球）

净化全世界。

（卫生球）

晓看红湿处。

（花露水）

迟迟未发表。

（拖布）

置于阴凉处。

（冷布）

自小便能干。

（尿不湿）

黎明前的黑暗。

（香皂）

三十天之后捎来。

（月经带）

卫生工作受重视。

（除尘器）

玉宇澄清万里埃。

（卫生球）

芙蓉生在秋江上。

（花露水）

一信救了张君瑞。

（卫生纸）

清洁工作受重视。

（卫生香）

燕阵横天过不断。

（人字拖）

渭河涨腻，弃脂水也。

（洗发香波）

愿借三江水，还依一身清。

（洗洁净）

满园芬芳夜色浓（冠商标）。

（花都香皂）

团。

（格子布）

诚。

（白的卡）

镁。

（黄的确良）

溢。

（白的确良）

四。

（三合一）

尼。

（隐格呢）

菊展。

（花其布）

亮如白昼。

（夜光布）

温侯转世。

（再生布）

雄心何在。

（人字呢）

单兵作战。

（将军呢）

鲁梅尼格。

（粗花呢）

安排工作。

（劳动布）

乃子房也。

（的确良）

孟母断机。

（无纺布）

金银首饰。

（花布头）

孔雀开屏。

（羽绒布）

草木皆兵。

（士林布）

满天星斗。

（夜光布）

万家灯火。

（夜光布）

冒牌丝线。

（乔其纱）

全民皆兵。

（宽幅军布）

严禁内服。

（进口的卡）

传为佳话。

（白的确良）

陈州放粮。

（黑开斯米）

象棋高手。

（格子的确良）

擅长夜战。

（暗格的确良）

有口皆碑。

（全白的确良）

妙语连珠。

（全白的确良）

天生丽质。

（本色的确良）

一生清廉。

（木色的确良）

最佳谜面。

（隐条的确良）

妥善解决。

（处理的确良）

寒梅叶蕊。

（的确良花布）

最佳消费。

（花的确良）

毫无瑕疵。

（毛的确良）

百战百胜。

（格的确良）

白日依山尽。

（黑布）

连夜出告示。

（黑布）

支出明细表。

（花布）

春风吹又生。

（绿布）

芳草遍天涯。

（青布）

暗香无觅处。

（花呢）

重金买首饰。

（花布头）

男人的世界。

（女士呢）

暗中打问号。

（隐格呢）

奇谋胜男子。

（巧克力）

心细能过关。

（毛的卡）

相视泪阑干。

（双面珠）

儿女共沾巾。

（双面珠）

人迹板桥霜。

（印花布）

不闻机纡声。

（无纺布）

高处不胜寒。

（的确良）

望断南飞雁。

（人字呢）

先遣小姑尝。

（哈味呢）

劳务介绍所。

（派力司）

松下问童子。

（逸士呢）

老大徒伤悲。

（表春呢）

徐宁找兵器。

（金枪呢）

桃李满天下。

（大花布）

莫待晓风吹。

（上等花呢）

寒梅傲霜艳。

（花的确良）

查禁淫秽品。

（黄色的卡）

江山一笼统。

（宽幅白布）

时时勤拂拭。

（灰卡斯布）

着我旧时裳。

（还原色布）

凌寒独自开。
（花的确良）

寒光照铁衣。
（军的确良）

夜色多美好。
（黑的确良）

气质美如兰。
（花的确良）

夜久语声绝。
（黑白的卡）

味道好极了。
（进口的确良）

高处不胜寒。
（顶上的确良）

出淤泥而不染。
（白的确良）

濯清莲而不妖。
（花的确良）

盖星罗棋布焉。
（夜光布）

孙康如何读书。
（映雪呢）

兰称王者之香。
（花的确良）

君泪盈妾泪盈。
（双面珠布）

何时缚住苍龙。
（毛料制服呢）

映阶碧草自春色。
（绿布）

安营扎寨七百里。
（军布）

唯解漫天作雪飞。
（花布）

特烧土砖一排排。
（坯布）

发现谷底有水泥。
（毛呢）

从军站岗在前线。
（立绒）

咬定青山不放松。
（竹布）

寻遍江村未有梅。
（花呢）

下邳需曹操鏖兵。

（平布）

雪拥蓝关马不前。

（白的卡）

朝如青丝暮成雪。

（白布头）

点滴开支巧安排。

（细花布）

嫡仙醉草谁脱靴。

（派力士）

千里汪洋聚笔下。

（马海毛）

山谷处重兵把守。

（黄的卡）

木兰含羞口难开。

（花的卡）

三顾茅庐始得见。

（两面卡）

神州旧貌换新颜。

（华变呢）

锦袍绣带赠温侯。

（装饰布）

对此涕泪双滂沱。

（两面珠）

对此如何不泪垂。

（双面环）

不足为外人道也。

（卡其布）

李花纷谢逐水流。

（漂白布）

玉龙战罢鳞何在。

（雪花呢）

谜笺不知何处去。

（隐条呢）

主人不知何处去。

（东方呢）

待到秋来九月八。

（黄花布）

雪上空留马行处。

（印花布）

冲天香阵透长安。

（花市布）

众里寻她千百度。

（女色呢）

忽如一夜春风来。

(白记布)

怎么只见中式衣。

(西服呢)

客人衣衫不见了。

(西服呢)

粗心大意要不得。

(毛的卡)

干。

(便士)

女排。

(列伊)

执政廉明。

(法郎)

刺破青天锷未残。

(利昂)

刺刀面前不低头。

(利昂)

青面兽北京斗武。

(比索)

宫里西施第一娇。

(美元)

园中佳人荡秋千。

(美元)

花魁。

(美元)

大羊。

(美元)

正月初一荡秋千。

(日元)

烈火已尽水未沸。

(列弗)

明月当空远无边。

(日元)

鞭敲金蹬唱凯歌。

(马克)

生财之道不难寻。

(金路易)

唯外表胜过老兄。

(里亚尔)

连夜开展拔河赛。

(多布拉)

深造有益于女孩。

(博利瓦)

尘封此仓土满屋。
（埃斯库多）

川东吁陌宛如线。
（古巴比索）

昔年西蜀拔河赛。
（古巴比索）

战斗一定要打胜。
（图格里克）

蓬门今始为君开。
（第纳尔）

白娘子关在雷峰塔下。
（塔卡）

母女携手合作。
（迪拉姆）

悬崖勒马，回头是岸。
（退斯通）

半红了脸儿总为钱。
（缅元）

吃尽苦头保持品行。
（古德）

女孩冲破体检难关。
（瓦查）

一心有志于改革的人。
（便士）

大庇天下寒士俱欢颜。
（第纳尔）

一个胜利接着一个胜利。
（列克）

本金方一万，年息竟五千。
（利昂）

细。
（积累）

王。
（三联单）

根。
（可比成本）

饿。
（自有资金）

大。
（增加成本）

镖。
（现金支票）

自满。
（盈余）

呼吸。

（出纳）

自首。

（余额）

原批。

（赤字）

吕方。

（联产品）

工钱。

（业务费）

结论。

（汇总表）

奇书。

（单位成本）

车费。

（资金运用）

仙逝。

（非常损失）

银行。

（流动资金）

旅费。

（款项用途）

派款。

（流动资金）

一书花经。

（成本费用）

参谋发言。

（会计报告）

发放军饷。

（营运资金）

中谋进瓮。

（应计收入）

厂徽。

（原始凭证）

白算。

（会计要素）

浪花。

（周转费用）

十大。

（综合成本）

占钱。

（财务预测）

八一。

（增加综合成本）

及时雨。

（利润）

刮胡子。

（存根）

大本营。

（总账）

一夫当关。

（单据）

二帝蒙尘。

（押金）

言存实亡。

（报销）

独霸一方。

（单据）

疲劳战术。

（累计）

足智多谋。

（会计）

沙僧当班。

（净值）

装订价格。

（成本费）

鳏寡孤独。

（四联单）

丛书合订。

（总成本）

拒绝受贿。

（退休金）

日资匮乏。

（差旅费）

大家存款。

（公积金）

独立思考。

（单位预留）

温得快。

（利润）

前刘海。

（发生额）

白花花。

（费用要素）

金点子。

（应计费用）

摆渡费。

（浮动工资）

夜合花。

（日常开支）

买路钱。

（开支用途）

辛苦奖。

（积累资金）

遮阳伞。

（当日开支）

旅游蓬。

（账户用途）

一十八。

（核算成本）

十全大补。

（成本）

十分方便。

（毛利）

作茧自缚。

（结余）

塞翁失马。

（损益）

满不在乎。

（结清）

元帅移营。

（转账）

一路不顺。

（折曲）

不要过头。

（最高限额）

储蓄户头。

（库存限额）

解剖学书。

（成本分摊）

安营扎寨。

（账户设置）

千金求字。

（付款委托书）

出口创汇。

（营业外收入）

王戎钻心计。

（核算）

野火烧不尽。

（存根）

十分有出息。

（毛利）

独生子女证。

（单据）

清点簿册。

（成本会计）

灭鼠工具。

（消耗物品）

合谋成法。

（会计制定）

活页装订。

（固定成本）

望梅止渴。

（实现利润）

布告勘误。

（出差补贴）

熟读兵书。

（会计知识）

抗洪捐款。

（流动资金）

原批转载。

（红笔更正）

山水相依。

（岗位津贴）

辞岁献词。

（年终报表）

订书车间。

（制造成本）

参谋职责。

（会计工作）

花落知多少。

（盘存表）

致富走前头。

（发生额）

云来及时雨。

（利润表）

就是不签名。

（拒绝付款）

星月照果园。

（实地盘点）

马路被堵死。

（不得跳行）

朱笔一批斩。

（红线划销）

虚步蹑太清。

（此行空白）

还来就菊花。

（现金收付）

胜作一书生。

（当月结存）

豹子头赴黄泉。

（冲销）

到外地揽人才。

（出纳）

效益年见效益。

（岁出）

林教头站柜台。

（冲销）

军需预备不足。

（差旅费）

话说塞翁失马。

（损益表）

讲讲望梅止渴。

（利润表）

行贿必有企图。

（付款期）

书在巴黎出版。

（成本法）

群众参加储蓄。

（公积金）

出游少盘缠。

（差旅费）

上海表一只。

（申报单）

丈夫私房钱。

（公积金）

前方是梅林。

（利润表）

牧民串门儿。

（往来账）

喜度者则明。

（会计知识）

结交皆谋士。

（会计知识）

他乡留芳名。

（异地存款）

朱笔纠冤案。

（红字更正）

衙门八字开。

（现金管理）

分娩补助费。

（生产资金）

黄花逐水去。

（现金流通）

一一过细柳。

（继续经营）

去时雪满山。

（此行空白）

飞泉挂碧峰。

（岗位津贴）

何谓晦朔弦望。

（本月盈亏）

上古结绳记事。

（原始凭证）

熟知干支历法。

（会计年度）

借钱七天归还。

（资金周转）

严禁公费吃喝。

（拒绝不付款）

进影院看电影。

（应付票据）

招杨令公领军。

（营业收入）

一一收入书中。

（单位成本）

运筹帷幄之中。

（会计期间）

东西放进提袋中。

（包装物）

把钱放人手袋中。

（包装费）

赚了钱夸夸其谈。

（利润表）

杨德祖也管钱财。

（修理费）

率先接待天下客。

（领款人）

夫妻双双把家还。

（回单联）

春宵苦短日高起。

（两套账）

不到见面花不开。

（会务费）

幔城犹见黄花影。

（现金账）

千呼万唤始出来。

（应付款）

归来何必待秋风。

（退休金）

向导预称有奇迹。

（领料单）

大家争购国库券。

（公积金）

武术兵营已渐见。

（现金账）

大家都来捐款。

（普通支票）

参谋申请住房。

（会计期间）

家主仲谋真好。

（所有者权益）

三峰无语立斜阳。

（支出）

黄洋界上炮声隆。

（报销）

有一手技再上岗。

（支出）

飞蛾扑火焚自身。

（冲销）

塞翁失马反得福。

（损益）

三江余韵连叠峰。

（支出）

七十二城余即墨。

（单据）

爆竹一声辞旧岁。

（年报）

三峰错落映残月。

（支出）

萧瑟秋风今又是。

（周转金）

集中一起算票据。

（会计证）

预测一定吃败仗。

（退料单）

十里长亭摆海宴。

（在速款）

一直都做订书工。

（总成本）

谁先爬上谁先尝。

（收款人）

丰产之后请客忙。

（收款人）

先进可以拿奖金。

（退休金）

马马虎虎签个名。

（应付款）

领导签名给一人。

（领款单）

物资交流。

（通货）

双管齐下。

（毛量）

百战百胜。

（纯利）

营业执照。

（商标）

环绕中心。

（盘点）

军旅之事。

（营业）

询问时刻。

（盘点）

人名谜

土

打一《红楼梦》人名　　　　王一贴

绵

打一《红楼梦》人名　　　　张若锦

白话

打一《红楼梦》人名　　　　素云

和氏璧

打一《红楼梦》人名　　　　宝玉

碧玉簪

打一《红楼梦》人名　　　　宝钗

成都市

打一《红楼梦》人名　　　　贾蓉

满堂娇

打一《红楼梦》人名　　　　多姑娘

管理局

打一《红楼梦》人名　　　　司棋

爱之曲
　　打一《红楼梦》人名　　惜春

漫谈河北
　　打一《红楼梦》人名　　陈冀

通货膨胀
　　打一《红楼梦》人名　　钱升

夫妻之间
　　打一《红楼梦》人名　　鸳鸯

集思广益
　　打一《红楼梦》人名　　赖大家的

正月初一
　　打一《红楼梦》人名　　元春

正宫娘娘
　　打一《红楼梦》人名　　王夫人

两极分化
　　打一《红楼梦》人名　　阴阳生

不是真翡翠
　　打一《红楼梦》人名　　贾宝玉

一一垂丹青
　　打一《红楼梦》人名　　入画

营业员标兵
　　打一《红楼梦》人名　　贾范

将在谋不在勇

打一《红楼梦》人名　　智能

数说湖南掌故

打一《红楼梦》人名　　史湘云

碧空万里彩云飘

打一《红楼梦》人名　　晴雯

女孩男孩一个样

打一《红楼梦》人名　　平儿

六王毕，四海一

打一《红楼梦》人名　　秦邦业

兰香幽谷无人问

打一《红楼梦》人名　　花自芳

一朝选在君王侧

打一《红楼梦》人名　　杨侍郎

借问酒家何处有

打一《红楼梦》人名　　探春

钦差大臣满天飞

打一《红楼梦》人名　　多官儿

庆新年人人快乐

打两个《红楼梦》人名　　迎春、同喜

草色遥看近却无

打两个《红楼梦》人名　　碧痕、净虚

眉头一皱，计上心来

打两个《红楼梦》人名　　霍启、智能

遥知不是雪，为有暗香来

打两个《红楼梦》人名　　王作梅、花袭人

红

打一《水浒传》人名　　朱仝

报捷

打一《水浒传》人名　　白胜

联欢

打一《水浒传》人名　　乐和

拨表

打一《水浒传》人名　　时迁

废物

打一《水浒传》人名　　吴用

宿慧

打一《水浒传》人名　　智多星

武则天

打一《水浒传》人名　　王婆

大笔如椽

打一《水浒传》人名　　梁中书

北京之春

打一《水浒传》人名　　燕青

一目了然

打一《水浒传》人名　　张清

招之即来

打一《水浒传》人名　　闻达

久不练功

打一《水浒传》人名　　武松

老大无恙

打一《水浒传》人名　　孟康

赢了不算

打一《水浒传》人名　　白胜

古往今来

打一《水浒传》人名　　史进

僧穿彩衣

打一《水浒传》人名　　花和尚

零的突破

打一《水浒传》人名　　周通

十字街头

打一《水浒传》人名　　周通

棋艺非凡

打一《水浒传》人名　　神算子

空中霹雳

打一《水浒传》人名　　凌震

济人急难

打一《水浒传》人名　　施恩

聪明一点

打一《水浒传》人名　　智多星

古董行家

打两个《水浒传》人名　　解珍、解宝

往事越千年

打两个《水浒传》人名　　史进、时迁

阅尽人间春色

打两个《水浒传》人名　　张清、花荣

沧桑巨变话天子

打两个《水浒传》人名　　史进、白日鼠

一叶落知天下秋

打两个《水浒传》人名　　黄信、时迁

万绿丛中一点红

打两个《水浒传》人名　　张清、朱贵

飞入寻常百姓家

打两个《水浒传》人名　　燕顺、时迁

洛阳牡丹桂林山

打两个《水浒传》人名　　花荣、石秀

春风又绿北京城

打两个《水浒传》人名　　时迁、燕青

呈

打一《三国演义》人名　　王方

国

打一《三国演义》人名　　周瑜

邯郸

打一《三国演义》人名　　赵云

儿媳

打一《三国演义》人名　　孙夫人

盛中国

打一《三国演义》人名　　华雄

太阳穴

打一《三国演义》人名　　孔明

再三谦让

打一《三国演义》人名　　陆逊

魏武家规

打一《三国演义》人名　　曹训

献帝让位

打一《三国演义》人名　　刘禅

玄德上疏

打一《三国演义》人名　　刘表

浅斟细酌

打一《三国演义》人名　　徐干

御驾亲征

打一《三国演义》人名　　王戎

儿童体育

打一《三国演义》人名　　曹操

闭门复习

打一《三国演义》人名　　关羽

养精蓄锐

打一《三国演义》人名　　刘备

破涕为笑

打一《三国演义》人名　　方悦

双方安排

打一《三国演义》人名　　吕布

面红耳赤

打两个《三国演义》人名　　庞统、朱然

打延长期

打两个《三国演义》人名　　何曾、戈定

锐意革新

打两个《三国演义》人名　　杜袭、陈月

千人一面

打两个《三国演义》人名　　庞统、雷同

世说新语

打两个《三国演义》人名　　陈应、杜袭

凌寒独自开

打两个《三国演义》人名　　张苞、冷苞

一曲明君听

打两个《三国演义》人名　　乐进、陈富

不要千篇一律

打两个《三国演义》人名　　杜袭、陈式

写作切勿粗心

打两个《三国演义》人名　　文虎、马休

五岭逶迤腾细浪

打两个《三国演义》人名　　高览、山涛

背负青天朝下看

打两个《三国演义》人名　　高翔、高览

回眸一笑百媚生

打两个《三国演义》人名　　杨仪、方悦

三千宠爱在一身

打两个《三国演义》人名　　李乐、杨仪

缓慢

打一现代作家名　　徐迟

开封

打一现代作家名　　茅盾

古屋

打一现代作家名　　老舍

闰六月
打一现代作家名　　夏衍

净收眼底
打一现代作家名　　张洁

百花齐放
打一现代作家名　　何其芳

朕意已决
打一现代作家名　　王愿坚

大地回春
打一现代作家名　　柳青

话不说不透
打一现代作家名　　陈其通

天热吃雪糕
打一现代作家名　　冰心

我花开后百花杀
打一现代作家名　　余冠英

深入下层搞创作
打一现代作家名　　沈从文

天涯何处无芳草
打一现代作家名　　碧野

赞扬新风尚
打一外国作家名　　歌德

不要内心忧伤

打一外国作家名　　莫里哀

数一数二伯乐选

打一外国作家名　　大仲马

如此康健全靠你

打一外国作家名　　托尔斯泰

老通宝

打一画家名　　古元

放眼世界

打一画家名　　张大千

中华香烟

打一画家名　　黄胄

有口皆碑

打一画家名　　齐白石

孤雁哀鸣断续声

打一画家名　　徐悲鸿

晔

打一电影演员名　　夏天

篆

打一电影演员名　　秦文

落花

打一电影演员名　　谢芳

瑰宝

打一电影演员名　　金山

叙旧

打一电影演员名　　陈述

映红

打一电影演员名　　赵丹

始皇悦

打一电影演员名　　秦怡

拖拉机

打一电影演员名　　铁牛

三月怀古

打一电影演员名　　胡朋

无风扬场

打一电影演员名　　白杨

通灵宝玉

打一电影演员名　　石惹

大地似锦

打一电影演员名　　田华

悟空来也

打一电影演员名　　孙道临

双双不语

打一电影演员名　　李默然

孙

打一春秋人名　　子产

聂

打一春秋人名　　重耳

黑孩

打一春秋人名　　墨子

装齿

打一春秋人名　　易牙

童话

打一春秋人名　　小白

黑孩

打一春秋人名　　墨子

消除疑虑

打一春秋人名　　解狐

做事正派

打一春秋人名　　莫邪

工资普调

打一春秋人名　　晋文公

附耳低语

打一春秋人名　　小白

孙男孙女

打一春秋人名　　子产

月上东山
打一春秋人名　　左丘明

山东老农
打一春秋人名　　鲁庄公

大队饲养员
打一春秋人名　　司马牛

先生无故缺席
打一春秋人名　　师旷

柳絮飞来一片红
打一春秋人名　　杨朱

皇帝是哭出来的
打一春秋人名　　楚成王

珲
打一晋代人名　　王右军

日理万机
打一晋代人名　　王逸少

东海缺少白玉床
打一晋代人名　　王献之

碲
打一宋代人名　　王安石

十
打一宋代诗人名　　王中

说明

打一宋代词人名　　陈亮

御碑

打一宋代人名　　王安石

浪费

打一宋代人名　　钱若水

跑旱船

打一宋代人名　　陆游

红灯照

打一宋代人名　　朱熹

拂晓报

打一宋代词人名　　陈亮

愚公移山

打一宋代人名　　岳飞

以铜为鉴

打一宋代人名　　李清照

金屋牢固

打一宋代书法家名　　黄庭坚

闯王自尽

打一宋代画家名　　李成

公权八法

打一宋代词人名　　柳永

绿色长城
打一宋代诗人名　　杨万里

年月之后
打一宋代人名　　方腊

唐朝国策
打一宋代人名　　李纲

五十四岁
打一宋代人名　　陆九龄

泰山腾空
打一宋代人名　　岳飞

东晋覆灭
打一宋代人名　　司马光

刚交十二月
打一宋代人名　　方腊

四面不通风
打一宋代人名　　周密

原来很牢固
打一宋代人名　　曾巩

教员必修课
打一宋代人名　　陈师道

万里眼中明
打一宋代史学家名　　司马光

梦破鼠窥灯
　　打一宋代诗人名　　　　苏子瞻

土屋耐风雨
　　打一宋代诗人名　　　　黄庭坚

垂杨无尽时
　　打一宋代词人名　　　　柳永

话不说不明
　　打一宋代词人名　　　　陈亮

太白秋月影
　　打一宋代词人名　　　　李清照

勤劳除百病
　　打一宋代词人名　　　　辛弃疾

行兵布阵之法
　　打一宋代人名　　　　陈师道

说话不要偏向
　　打一宋代人名　　　　陈宜中

改革初见成效
　　打一宋代人名　　　　易元吉

良药苦口利于病
　　打一宋代人名　　　　辛弃疾

手持鞭儿轻轻摇
　　打一宋代人名　　　　徐策

挟泰山以超北海

打一宋代人名　　岳飞

说与旁人浑不解

打一宋代人名　　陈自明

安得广厦千万间

打一宋代人名　　毕士安

亘古男儿一放翁

打一宋末人名　　陆秀夫

执节牧羊志不移

打一宋代画家名　　苏次臣

万马齐喑究可哀

打一宋代诗人名　　乐雷发

半部春秋两度看

打一宋代词人名　　秦观

儿童相见不相识

打一北宋词人名　　贺方回

僧人独去，江帆半扬

打一宋代文学家名　　曾巩

以铜为鉴，以水为鉴

打一宋代词人名　　李清照

楚人既济，犹不禽二毛

打一宋代词人名　　陆放翁

落实责任制，摘掉穷帽子

打一宋代人名　　　　包拯

仃

打一明代学者名　　　　何必隐

灯塔

打一明代人名　　　　高明

皇冠

打一明代画家名　　　　王冕

口述

打一明代人名　　　　袁中道

唐三彩

打一明代人名　　　　李时珍

中国虎

打一明代画家名　　　　唐寅

二元论

打一明代人名　　　　陈圆圆

白日莫闲过

打一明代科学家名　　　　李时珍

三个臭皮匠

打一明代人名　　　　高孔明

年年二三月

打一明代人名　　　　常遇春

东方欲晓

打一明代人名　　徐光启

古为今用

打一明代人名　　史可法

姗姗来迟

打一明代人名　　徐达

不相上下

打一明代人名　　张中

写作勿繁

打一明代人名　　文中科

亲人接灯

打一明代人名　　戚继光

百里之封

打一明代人名　　侯方域

旧话重提

打一明代书画家名　　陈道复

月是故乡明

打一明代人名　　归有光

进步的关键

打一明代人名　　于谦

齐鲁青未了

打一明代文人名　　张岱

十八子在一起

打一明代人名　　　　李自成

往事历历堪借鉴

打一明代人名　　　　史可法

王畿之外五百里

打一明代人名　　　　侯方域

替人垂泪到天明

打一明代人名　　　　戚继光

太白之名垂千古

打一明代人名　　　　李流芳

但愿长醉不愿醒

打一明代人名　　　　常遇春

长河渐落晓星沉

打一明代科学家名　　　　徐光启

冉冉飞云怀贤宾

打一明代文学家名　　　　徐霞客

如今衣锦返家园

打一明代文学家名　　　　归有光

玄鸟家声赫赫闻

打一明代戏曲家名　　　　汤显祖

九合诸侯，一匡天下

打一明代人名　　　　井大成

贾元春才选凤藻宫

打一明代人名　　高攀龙

出

打一清代画家名　　罗两峰

岬

打一清代文学家名　　丘逢甲

管窥

打一清代人名　　张之洞

抛球子

打一清代画家名　　丁维一

鹰击长空

打一清代人名　　高鹗

夸大功劳

打一清代人名　　张勋

百川归海

打一清代人名　　江朝宗

领取薪水

打一清代人名　　钱受之

太白全集

打一清代人名　　李鸿章

文笔过火

打一清代人名　　章太炎

一孔之见

打一清代人名　　张之洞

乃河东也

打一清代人名　　柳如是

涝灾不缺

打一清代人名　　洪秀全

乡村万元户

打一清代画家名　　金农

出院通知书

打一清代人名　　文康

说说搬家事

打一清代人名　　谈迁

春到花未开

打一清代文人名　　章学诚

身体好贡献大

打一清代人名　　康有为

都是炎黄子孙

打一清代人名　　谭嗣同

独有虁卿缓步来

打一清代人名　　林则徐

小荷才露尖尖角

打一清代人名　　方苞

偶然得句千字走

打一清代史学家名　　谈迁

题咏《清明上河图》

打一清代人名　　来景诗

身体好才能工作好

打一清代人名　　康有为

撼山易，撼岳家军难

打一清代文人名　　金圣叹

哺乳

打一汉代人名　　灌婴

迷路

打一汉代人名　　程不识

冥寿

打一汉代人名　　阴长生

游牧

打一汉代人名　　司马迁

看秤

打一汉代科学家名　　张衡

先进小组

打一汉代人名　　班超

遥望南岳

打一东汉人名　　张衡

贸易邦安
　　打一汉代人名　　　　贾谊

保护幼苗
　　打一汉代人名　　　　卫青

倏然疾愈
　　打一汉代人名　　　　霍去病

不可轻诺
　　打一汉代人名　　　　许慎

雁从山脊过
　　打一汉代人名　　　　梁鸿

十二集童话
　　打一汉代人名　　　　王充

道之所感也
　　打一汉代人名　　　　程不识

勤劳得长寿
　　打一汉代人名　　　　辛延年

仿佛若有光
　　打一汉代人名　　　　司马相如

千里来相助
　　打一东汉人名　　　　马援

调查见曲直
　　打一汉魏人名　　　　曹植

三千宠爱在一身

打一汉代人名　　杨得意

准置面首三十人

打一汉代人名　　许广汉

三尺柜台结友情

打一汉代人名　　贾谊

文姬归汉继父志

打一汉代科学家名　　蔡伦

汉朝天下

打一西汉人名　　刘邦

游牧民族

打一西汉人名　　司马迁

昌黎尺牍

打一西汉人名　　韩信

遥望南岳

打一东汉人名　　张衡

定期上工

打一东汉人名　　班固

雄鸡

打一唐代人名　　司空曙

松子

打一唐代人名　　武承嗣

看日出

打一唐代人名　　张旭

赵州桥

打一唐代人名　　李建成

试金石

打一唐代人名　　鉴真

禁止放羊

打一唐代人名　　杜牧

唐代灯谜

打一唐代人名　　李商隐

冰峰雪岭

打一唐代人名　　寒山

瓷器殿览

打一唐代人名　　陈陶

蜂群之窝

打一唐代人名　　黄巢

马上逢进食

打一唐代人名　　程知节

万里浴晨曦

打一唐代人名　　杨朝晟

海外侨胞望故乡

打一唐代人名　　张籍

几经辨别全无假

打一唐代人名　　　　　　鉴真

千古兴亡多少事

打一唐代人名　　　　　　史思明

枪杆子里面出政权

打一唐代人名　　　　　　武则天

看书

打一唐代诗人名　　　　　　张籍

二十

打一唐代诗人名　　　　　　王之涣

旧瓷

打一唐代文人名　　　　　　陈陶

低不就

打一唐代诗人名　　　　　　高适

太白祝酒

打一唐代诗人名　　　　　　李贺

明朝开始

打一唐代诗人名　　　　　　元结

太白猜谜

打一唐代诗人名　　　　　　李商隐

胸无点墨

打一唐代书法家名　　　　　　怀素

五柳先生传

打一唐代文人名　　陈陶

更上一层楼

打一唐代诗人名　　高适

万里眼中明

打一唐代诗人名　　杨炯

榆叶满天飞

打一唐代诗人名　　钱起

土豆烧牛肉

打一唐代文学家名　　苏味道

绝代有佳人

打一唐代诗人名　　杜子美

万岁万万岁

打一唐代诗人名　　王昌龄

唐皇猜灯谜

打一唐代诗人名　　李商隐

万籁此俱寂

打一唐代诗人名　　释处默

禅房声寂寂

打一唐代诗人名　　释处默

寄书长不达

打一唐代文学家名　　白行简

向晚意不适
　　打一唐代诗人名　　　　白乐天

调房交换会
　　打一唐代诗人名　　　　白居易

飞絮积三尺
　　打一唐代诗人名　　　　杨子厚

放下架子破格用人
　　打一唐代诗人名　　　　李贺

介绍景德镇工艺品
　　打一唐代文人名　　　　陈陶

小院轻寒竹径新
　　打一唐代诗人名　　　　温庭筠

绛帻鸡人报晓筹
　　打一唐代诗人名　　　　司空曙

马上相逢无纸笔
　　打一唐代文人名　　　　白行简

此处禁止放牛羊
　　打一唐代诗人名　　　　杜牧

话到口边留半句
　　打一唐代诗人名　　　　杜审言

不肯低头在草莽
　　打一唐代诗人名　　　　陈子昂

芙蓉如面柳如眉

打一唐代书法家名　　颜真卿

你挑着担，我牵着马

打一唐代高僧名　　玄奘

大有燎原之势

打一唐代诗人名　　孟浩然

西女

打一战国人名　　要离

村落

打一战国人名　　庄子

绿灯开放

打一战国人名　　许行

村落外围

打一战国人名　　庄周

解囊相助

打一战国人名　　惠施

江东兴盛

打一战国人名　　吴起

童心闪烁

打一战国人名　　田光

三代经商

打一战国人名　　公孙贾

冤情由来

打一战国人名　　屈原

三请樊梨花

打一战国人名　　夫差

其儿子属牛

打一战国人名　　公孙丑

千年冤案得昭雪

打一战国人名　　屈平

君臣

打一元代人名　　王和卿

苏武被困

打一元代人名　　关汉卿

长期展览

打一元代人名　　张可久

儿媳临产

打一元代人名　　孙可望

少帅被禁

打一元代人名　　关汉卿

小心火烛

打一元代人名　　忽必烈

不治将恐深

打一元代人名　　忽必烈

官应老病休
打一元代人名　　康进之

南京扣少帅
打一元代人名　　关汉卿

匈奴困苏武
打一元代人名　　关汉卿

千里走单骑
打一元代人名　　马致远

乃捐金于野
打一元代人名　　羊仁

开放政策不会变
打一元代人名　　张可久

关门令尹，鞠躬如也
打一元代人名　　郭守敬

眉头一皱，计上心来
打一元代人名　　忽思敏

慢慢来，仔细想一想
打一元代文人名　　徐再思

明代英雄人物
打一元代人名　　朱世杰

胜利毋忘劳苦
打一元代人名　　成吉思汗

画眉深浅入明无
打一古代人名 商客

反复复习二三遍
打一古代人名 陆羽

万条垂下绿丝绦
打一古代人名 柳如是

我和爷爷都属牛
打一古代人名 公孙丑

治内
打一元代人名 管夫人

海内存知己
打一元代文人名 陆友

相看两不厌
打一元代文人名 张可久

豹子头误入白虎堂
打一元代名医名 林亦危

水漫金山
打一南北朝人名 江淹

齐梁江山
打一六朝人名 萧统

将门之子
打一商代人名 武子

劳动竞赛
打一商代人名　　比干

江苏原野
打一秦代人名　　吴广

云深不知处
打一秦代人名　　赵高

昔日凯旋归
打一秦代人名　　陈胜

千里迢迢
打一古代作家名　　马远

目不斜视
打一古代画家名　　张正道

海上仙山
打一古代作家名　　张若虚

国无二君
打一古代名医名　　王惟一

单独而走
打一古代科学家名　　一行

山东剧团
打一古代科学家名　　鲁班

中流击楫
打一古代科学家名　　祖冲之

皆大欢喜

打一古代美人名　　莫愁

相与问年华

打一商朝人名　　盘庚

望长城内外

打一晋代人名　　张华

花落知多少

打一晋代人名　　谢玄

花落座元客

打一南北朝文人名　　谢庄

爷爷打先锋

打一南朝齐人名　　祖冲之

留胡节不辱

打一南宋画家名　　苏汉臣

生意人面孔

打一古元代人名　　商容

一览众山小

打一古代医学家名　　张景岳

何必盼生男

打一古代美人名　　莫愁女

江东幅员辽阔

打一秦代人名　　吴广

说话主动一点

打一太平天国人名　　陈玉成

兵家必争之路

打一古代人名　　陈师道

小冯在前，老褚在后

打一南宋画家名　　陈居中

前事不忘，后事之师

打一明末人名　　史可法

八小时生产突破定额

打一汉代人名　　班超

他方寸零乱，俺面庞瘦损

打一古代作家名　　施耐庵

成语谜

更

打一成语　　与人方便

烫

打一成语　　赴汤蹈火

皿

打一成语　　一针见血

棚

打一成语　　分崩离析

原

打一成语　　开源节流

丛

打一成语　　狭路相逢

灰

打一成语　　混淆黑白

黯

打一成语　　有声有色

一
打一成语　　接二连三

女
打一成语　　如出一口

余
打一成语　　半途而废

亏
打一成语　　同流合污

昔
打一成语　　措手不及

斤
打一成语　　独具匠心

急
打一成语　　争先恐后

乖
打一成语　　乘人不备

亚
打一成语　　有口难言

扰
打一成语　　半推半就

十
打一成语　　三三两两

兑

打一成语　　陈言务去

井

打一成语　　纵横交错

泵

打一成语　　水落石出

尖

打一成语　　自相矛盾

阁

打一成语　　各得其所

勾

打一成语　　水到渠成

几

打一成语　　饥不择食

疤

打一成语　　挑肥拣瘦

揍

打一成语　　东拼西凑

炭

打一成语　　头重脚轻

哈

打一成语　　笑不露齿

俄

打一成语　　先人后己

柜

打一成语　　水到渠成

者

打一成语　　有目共睹

裁判

打一成语　　旁观者清

说难

打一成语　　不易之论

穿心

打一成语　　不着边际

二血

打一成语　　低三下四

刺猬

打一成语　　不可摸捉

端午

打一成语　　一马当先

飞雪

打一成语　　天花乱坠

背脸

打一成语　　其貌不扬

卧倒

打一成语　　五体投地

本领

打一成语　　一息尚存

地雷

打一成语　　一触即发

陨石

打一成语　　从天而降

溺婴

打一成语　　出生入死

摄影

打一成语　　相机行事

元宵

打一成语　　一朝一夕

神话

打一成语　　一表非凡

呼吸

打一成语　　吐故纳新

啃书

打一成语　　咬文嚼字

泣别

打一成语　　不欢而散

镣铐

打一成语　　束手束脚

刺绣

打一成语　　锦上添花

并重

打一成语　　恰如其分

伞兵

打一成语　　一落千丈

十五

打一成语　　七拼八凑

筛子

打一成语　　漏洞百出

伴奏

打一成语　　助人为乐

露宿

打一成语　　铺天盖地

看中

打一成语　　不相上下

介绍

打一成语　　不识时务

瑞云

打一成语　　言归于好

病愈

打一成语　　　　患得患失

哀乐

打一成语　　　　喜忧参半

白干

打一成语　　　　徒劳无益

唱片

打一成语　　　　乐在其中

导游

打一成语　　　　引人入胜

绞刑

打一成语　　　　绳之以法

瀑布

打一成语　　　　一泻千里

砌墙

打一成语　　　　后来居上

理发

打一成语　　　　从头做起

弹簧

打一成语　　　　能屈能伸

眼镜

打一成语　　　　迫在眉睫

电梯
打一成语　　能上能下

反刍
打一成语　　吞吞吐吐

封山
打一成语　　高不可攀

傀儡
打一成语　　身不由己

猴子
打一成语　　人面兽心

插秧
打一成语　　以退为进

稀罕
打一成语　　不足为奇

吃苦
打一成语　　食不甘味

坦白
打一成语　　不打自招

归途
打一成语　　反其道而行之

奇缺
打一成语　　不足为怪

面试

打一成语　以貌取人

神曲

打一成语　不同凡响

警钟

打一成语　一鸣惊人

魔术

打一成语　无中生有

暗礁

打一成语　深入浅出

洞察

打一成语　一孔之见

客满

打一成语　座无虚席

摘录

打一成语　断章取义

永别

打一成语　不期而遇

白刃战

打一成语　短兵相接

常言道

打一成语　喋喋不休

五句话

打一成语　　三言两语

蛀书虫

打一成语　　咬文嚼字

霹雳火

打一成语　　声色俱厉

放大镜

打一成语　　显而易见

哑巴亏

打一成语　　不白之冤

温度计

打一成语　　冷暖自知

铸造工

打一成语　　装模作样

陨石雨

打一成语　　光明磊落

阎王殿

打一成语　　出没无常

回音壁

打一成语　　人云亦云

打算盘

打一成语　　挑拨离间

婚丧事
打一成语　　悲喜交集

九十分
打一成语　　得寸进尺

暖水瓶
打一成语　　一身是胆

跷跷板
打一成语　　此起彼伏

无底洞
打一成语　　深不可测

玩魔方
打一成语　　拨乱反正

青衫湿
打一成语　　一衣带水

电灯泡
打一成语　　胆大心细

农产品
打一成语　　土生土长

难猜谜
打一成语　　百思不解

钻空子
打一成语　　乘虚而入

猫走路
打一成语　　不声不响

叠罗汉
打一成语　　后来居上

独生子
打一成语　　一脉相承

舒肝丸
打一成语　　一团和气

辫子功
打一成语　　后发制人

飞行员
打一成语　　有机可乘

下象棋
打一成语　　格格不入

蛤蟆功
打一成语　　一鼓作气

安全室
打一成语　　在所难免

谦受益
打一成语　　人满为患

中秋月
打一成语　　光明正大

冲奶粉

打一成语　　水乳交融

听笑话

打一成语　　闻过则喜

星期一

打一成语　　周而复始

垃圾箱

打一成语　　藏污纳垢

夫妻店

打一成语　　成家立业

独裁者

打一成语　　一意孤行

神枪手

打一成语　　百发百中

笑死人

打一成语　　乐极生悲

留长发

打一成语　　置之不理

常青柳

打一成语　　永垂不朽

大合唱

打一成语　　异口同声

1×1=10

打一成语　　　以一当十

1234567

打一成语　　　乐在其中

12345609

打一成语　　　七零八落

品学兼优

打一成语　　　两全其美

乞丐戴孝

打一成语　　　一穷二白

时钟坏了

打一成语　　　无时无刻

猜谜能手

打一成语　　　言必有中

互送秋波

打一成语　　　以眼还眼

双手敬礼

打一成语　　　多此一举

人鬼联姻

打一成语　　　生死之交

石榴成熟

打一成语　　　皮开肉绽

鹊巢鸦占

打一成语　　　　化为乌有

已故门生

打一成语　　　　亡命之徒

量体裁衣

打一成语　　　　以身作则

露天存放

打一成语　　　　不安于室

旅游结婚

打一成语　　　　喜出望外

无暇可顾

打一成语　　　　等闲视之

大夫制谜

打一成语　　　　三人成虎

水陆不通

打一成语　　　　乘虚而入

做君子交

打一成语　　　　淡然处之

女子标枪

打一成语　　　　千金一掷

浑身是病

打一成语　　　　人满为患

我是仙人
打一成语　　　　自命不凡

四通八达
打一成语　　　　头头是道

越做越快
打一成语　　　　积劳成疾

大火警报
打一成语　　　　一鸣惊人

长城近景
打一成语　　　　不远万里

春蚕吐丝
打一成语　　　　作茧自缚

立等图章
打一成语　　　　刻不容缓

李逵寻母
打一成语　　　　虎穴追踪

海上恶霸
打一成语　　　　坐收渔利

户外峰秀
打一成语　　　　开门见山

化妆表演
打一成语　　　　粉墨登场

说东道西
打一成语　　言之有物

仰泳决赛
打一成语　　背水一战

纺织专家
打一成语　　满腹经纶

军事论文
打一成语　　纸上谈兵

吃药自愿
打一成语　　心服口服

处处开荒
打一成语　　不留余地

大象呼吸
打一成语　　双管齐下

不容分说
打一成语　　总而言之

口无遮拦
打一成语　　唇亡齿寒

浪子回头
打一成语　　改邪归正

飘雪下雨
打一成语　　落花流水

枪弹上膛

打一成语　　一触即发

清理积雪

打一成语　　扫除天下

全体受训

打一成语　　人人有责

日月行天

打一成语　　来去分明

儒家观点

打一成语　　一孔之见

三国时代

打一成语　　鼎立之势

举棋未定

打一成语　　下落不明

注意两侧

打一成语　　小心翼翼

长篇大论

打一成语　　千言万语

演员上台

打一成语　　粉墨登场

不善言表

打一成语　　凶相毕露

螃蟹过河

打一成语　　七手八脚

笑声在外

打一成语　　格格不入

崇祯末叶

打一成语　　下落不明

逆水划船

打一成语　　力争上游

单口相声

打一成语　　自言自语

散步疗法

打一成语　　行之有效

冠军亚军

打一成语　　数一数二

关羽赴宴

打一成语　　单刀直入

有病求医

打一成语　　别来无恙

体验规则

打一成语　　以身试法

叫声公子

打一成语　　称雄一时

六月打战
打一成语　　不寒而栗

真动脑筋
打一成语　　不假思索

争取优良
打一成语　　不可造次

情真语切
打一成语　　不假辞色

两个第一
打一成语　　不相上下

骑士赶路
打一成语　　马不停蹄

胸腔手术
打一成语　　动人肺腑

光武中兴
打一成语　　后起之秀

半个朋友
打一成语　　可有可无

包办婚姻
打一成语　　不由自主

地狱之门
打一成语　　出生入死

上林垂钓

打一成语　　　　缘木求鱼

春灯长悬

打一成语　　　　不解之谜

遗传变异

打一成语　　　　不肖子孙

后羿射日

打一成语　　　　九死一生

解剖专家

打一成语　　　　切身体会

殡葬工作

打一成语　　　　死去活来

白云淡淡

打一成语　　　　言之无味

徽班进京

打一成语　　　　南腔北调

女大十八变

打一成语　　　　成人之美

中秋菊怒放

打一成语　　　　花好月圆

武大郎设宴

打一成语　　　　高朋满座

电子计算机
打一成语　　　　心中有数

大海啊大海
打一成语　　　　望洋兴叹

二四六八十
打一成语　　　　无独有偶

千山鸟飞绝
打一成语　　　　鸦雀无声

孤舟尽日横
打一成语　　　　无人问津

管它是多少
打一成语　　　　不计其数

单骑取蜀地
打一成语　　　　一马平川

沛公取咸阳
打一成语　　　　先入为主

最大的变化
打一成语　　　　天翻地覆

最大的被子
打一成语　　　　铺天盖地

最小的邮筒
打一成语　　　　难以置信

最长的一天

打一成语　　度日如年

人多经验多

打一成语　　才能出众

盲人下围棋

打一成语　　黑白不分

男女声合唱

打一成语　　异口同声

雅量涵高远

打一成语　　宽大为怀

晚育易难产

打一成语　　后生可畏

游客止步

打一成语　　可望而不可即

祖传游戏

打一成语　　万变不离其宗

雪的世界

打一成语　　大白于天下

望梅止渴

打一成语　　口惠而实不至

照哈哈镜

打一成语　　丑态毕露，乐在其中

东施效颦
打一成语　　无病呻吟

八月十五
打一成语　　平分秋色

笼中之鸟
打一成语　　插翅难飞

女娲炼石
打一成语　　天作之合

螃蟹上街
打一成语　　横行霸道

冒雨来临
打一成语　　雷厉风行

不考虑中间
打一成语　　思前想后

只骗中年人
打一成语　　童叟无欺

汽车反射镜
打一成语　　瞻前顾后

关羽战李逵
打一成语　　大刀阔斧

淮阴侯中计
打一成语　　信以为真

铁杵磨成针

打一成语　　大材小用

种瓜不卖瓜

打一成语　　自食其果

超级好牙刷

打一成语　　一毛不拔

鲁达当和尚

打一成语　　半路出家

万事不求人

打一成语　　好自为之

从实际出发

打一成语　　不虚此行

大海上刮风

打一成语　　推波助澜

霓虹灯广告

打一成语　　闪烁其词

收获归集体

打一成语　　不能自拔

姑娘当先生

打一成语　　好为人师

白宫发言人

打一成语　　传为美谈

赤橙绿蓝紫

打一成语　　青黄不接

拂晓的爆炸

打一成语　　毁于一旦

夏季火烧山

打一成语　　寸草不留

初会托终身

打一成语　　一厢情愿

批评全属实

打一成语　　弹无虚发

伯乐兼月老

打一成语　　千里姻缘一线牵

千里通电话

打一成语　　遥相呼应

开花不结果

打一成语　　华而不实

快刀斩乱麻

打一成语　　迎刃而解

将军当农民

打一成语　　解甲归田

慢行有好处

打一成语　　渐入佳境

夏天打哆嗦
打一成语　　不寒而栗

老虎食百草
打一成语　　寅吃卯粮

玄德在蜀平安
打一成语　　有备无患

既生瑜何生亮
打一成语　　自叹不如

月亮走我也走
打一成语　　上行下效

整世纪的战略
打一成语　　百年大计

既输氧又输液
打一成语　　双管齐下

人人延年益寿
打一成语　　各有千秋

觉今是而昨非
打一成语　　恍然大悟

马背上的剧团
打一成语　　载歌载舞

最忙的航空港
打一成语　　日理万机

最遥远的地方
打一成语　　天涯海角

最便宜的东西
打一成语　　一文不值

从镜内看自己
打一成语　　一模一样

春到老挝首都
打一成语　　万象更新

广泛开展竞赛
打一成语　　比比皆是

刑场上的婚礼
打一成语　　终成眷属

高价出售名画
打一成语　　唯利是图

春节更换年画
打一成语　　弃旧图新

见信如见故人
打一成语　　以文会友

抱千金而长叹
打一成语　　财大气粗

出入千门万户
打一成语　　无所不至

留给人间万言书
打一成语　　与世长辞

小朋友说悄悄话
打一成语　　人微言轻

英雄无用武之地
打一成语　　强人所难

丢了西瓜拣芝麻
打一成语　　避重就轻

碰到舞台就演出
打一成语　　逢场作戏

出落得如花似玉
打一成语　　成人之美

上台做致富报告
打一成语　　高谈阔论

今月曾经照古人
打一成语　　先见之明

十扣柴扉九不开
打一成语　　一面之缘

鬓上银霜对镜愁
打一成语　　顾影自怜

画幅长留天地间
打一成语　　永垂不朽

闭门能知天上事
打一成语　　不出所料

插翅虎挡路行劫
打一成语　　横行霸道

此曲只应天上有
打一成语　　不同凡响

等到鱼儿上钩后
打一成语　　揭竿而起

舍南舍北皆春水
打一成语　　左右逢源

山外青山楼外楼
打一成语　　层出不穷

有缘千里来相会
打一成语　　不近人情

满园春色关不住
打一成语　　花枝招展

确是旧时相识
打一成语　　一见如故

孕妇过独木桥
打一成语　　铤而走险

多多宣传晚育
打一成语　　老生常谈

一批批富起来

打一成语　　　　层出不穷

不能亏待友人

打一成语　　　　莫逆之交

关着门搞预算

打一成语　　　　不出所料

乘一条船渡江

打一成语　　　　同舟共济

反其道而行之

打一成语　　　　南辕北辙

岂可拔苗助长

打一成语　　　　不可自拔

民为重，君为轻

打一成语　　　　寡不敌众

老的怕，小的奇

打一成语　　　　大惊小怪

啊呀！颜料丢了

打一成语　　　　大惊失色

一气之下勇夺魁

打一成语　　　　怒发冲冠

妹知阿哥是好人

打一成语　　　　善男信女

剪不断，理还乱

打一成语　　难解难分

此地无银三百两

打一成语　　不打自招

群妖相约见城隍

打一成语　　聚精会神

新同学很少发言

打一成语　　老生常谈

错把新春做旧岁

打一成语　　忘年之交

一只手儿拍不响

打一成语　　孤掌难鸣

千歌万曲唱不尽

打一成语　　其乐无穷

零落成泥碾作尘

打一成语　　一败涂地

致富不忘勤节俭

打一成语　　发人深省

桃花潭水深千尺

打一成语　　无与伦比

孙悟空龙宫借宝

打一成语　　大海捞针

轻舟已过万重山

打一成语　　一日千里

专访仲尼子孙家

打一成语　　无孔不入

一钩新月伴孤主

打一成语　　曲高和寡

唯恐失利取守势

打一成语　　防不胜防

英文句号是何意

打一成语　　点到为止

第三季度任务忙

打一成语　　多事之秋

九千九百九十九

打一成语　　万无一失

陕西山西亚克西

打一成语　　秦晋之好

不为五斗米折腰

打一成语　　穷当益坚

三军过后尽开颜

打一成语　　兴师动众

红霞万朵白重衣

打一成语　　天真烂漫

寂寂长夜难入眠
打一成语　　无声无息

脊梁冒汗人惊悚
打一成语　　背水一战

鸿雁阵阵飞不尽
打一成语　　后继有人

郭襄不赴英雄宴
打一成语　　闭门思过

万水千山只等闲
打一成语　　行若无事

追得韩信伴信归
打一成语　　何去何从

新官上任干劲足
打一成语　　首当其冲

相逢何必曾相识
打一成语　　直面人生

四海之内皆兄弟
打一成语　　天下无敌

五彩云霞空中飘
打一成语　　天真烂漫

约会迟到使人恼
打一成语　　相见恨晚

卷我屋上三重茅
打一成语　　风吹草动

舍南舍北皆春水
打一成语　　左右逢源

飞流直下三千尺
打一成语　　山高水长

成人鼾声似婴啼
打一成语　　大呼小叫

贾薛姻缘终难合
打一成语　　金石为开

年年七月有著述
打一成语　　无巧不成书

拍马屁拍到马腿上
打一成语　　眼高手低

十字路都到居庸关
打一成语　　四通八达

精彩魔术难解其妙
打一成语　　变幻莫测

杜十娘怒沉百宝箱
打一成语　　一掷千金

晶莹的泪悄悄地落
打一成语　　明珠暗投

各类白酒质量全优
打一成语　　　　异曲同工

拔河比赛屡战屡败
打一成语　　　　有进无退

《离骚》诗稿当属谁
打一成语　　　　物归原主

饱学之士，达观处世
打一成语　　　　知足常乐

破墙而入，盗窃一空
打一成语　　　　凿壁偷光

数番为师，从未阅卷
打一成语　　　　屡教不改

早发咸阳，晚到襄阳
打一成语　　　　朝秦暮楚

面对失业，满脸坦然
打一成语　　　　相安无事

说话算数，办事奏效
打一成语　　　　言必行，行必果

坚持原则，全面改革
打一成语　　　　万变不离其宗

海阔凭鱼跃，天高任鸟飞
打一成语　　　　各得其所

大漠孤烟直，长河落日圆

打一成语　　　　风平浪静

久久不开门，开门有信来

打一成语　　　　通风报信

条条道路宽，大家齐向前

打一成语　　　　兼程并进

白云无尽时，野径有穷处

打一成语　　　　说长道短

骏马跑千里，银燕入云霄

打一成语　　　　远走高飞

宁为百夫长，不为一书生

打一成语　　　　文人相轻

本金全部支取，利率十改其九

打一成语　　　　一息尚存

一会儿晴，一会儿雨，一会儿风

打一成语　　　　气象万千

自然谜

一胎两男。

（双子星座）

暗里豁然。

（黑洞）

红色之路。

（赤道）

姓水却爱火，
成天贴着太阳绕。

（水星）

天样大，地样宽，
壁缝里，把身钻。

（光线）

用水冲不走，
用火烧不掉，
吃了也不饱，
人人却需要。

（空气）

霓虹灯泡吊半空，
一会暗时一会明，
满天光亮挺好看。
坏了灯儿掉下来。

（星星）

既是龙，也是风，
面前万物，无疾而终。

（龙卷风）

没有脚，四边走。
看不见，听得见。

（声音）

石头儿女，
土地细胞，
地球元素，
宇宙成分。

（砂）

暴躁之徒，
脾气极坏，
是非之辈，
兴风作浪。

（台风）

天上顽童，
不速来客，
土地公公，
头壳开洞。

（陨石）

矮矮树，
结白果，
我去摘，
它哄我。

（露水）

蓝包袱，
包银米，
天一明，
就收起。

（星星）

草上结的金银果，
太阳一出它就躲。

（露水）

云里打鼓天放炮，
就是冬天听不到。

（雷）

天冷它出来，
白毛到处盖，
不怕风来吹，
就怕太阳晒。

（霜）

生在水中，
却怕水冲，
放在水里，
无影无踪。

（冰）

亮光突起，
瞬息千里，
一鸣惊人，
带来风雨。

（雷电）

聚宝盆，
踩脚下，
吃的用的，
要啥有啥。

（田地）

风吹皮皱，
雨打花开，
食虽无味，
少不了它。

（水）

疾如闪电，
音容莫辨，
见之一面，
祈能如愿。

（流星）

爬之不易，

移之更难，
写之容易，
见之不难。

（山）

一件东西，
极细极微，
无脚会走，
无翼会飞。

（灰尘）

暴躁之徒，
脾气极坏，
是非之辈，
兴风作浪。

（台风）

系天绳子，
铺地银子，
挂檐柱子，
洒花珠子。

（虹、雪、冰凌、露）

胸怀真宽广，
百川容得下，
黄河与长江，
都以它为家。

（海）

脚踏千江水，
手扬满天沙，
惊起林中鸟，
折断园中花。

（风）

好像绿海洋，
风吹起波浪，
远望无边际，
遍地满牛羊。

（草原）

一物生得怪，
天生怕太阳，
不晒硬铮铮，
一晒泪盈盈。

（冰）

树木连成片，
绿茵遮住天，
鸟兽这里住，
空气多新鲜。

（森林）

水见它皱眉，
树见它摇头，
草见它弯腰，
云见它逃跑。

（风）

横着一条江，
夜里白茫茫，
喜鹊不搭桥，
织女望牛郎。

（银河）

小时两只角，
长大没有角，
到了二十多，
又生两只角。

（月亮）

远看连着天，
近看水一片，
时而浪飞舞，
时而住行船。

（海）

热天看不见，
冷天才出现，
要问是什么，
就在你嘴边。

（呵气）

有时像只船，
有时像只盘，
你要猜不着，
抬头天上看。

（月亮）

白天到处有，
黑夜找不到，
人人喜欢它，
万物都需要。

（阳光）

天上七盏灯，
排成勺子形，
夜晚若迷路，
看它方向明。

（北斗星）

一片绿海洋，
风吹起波浪，
不见鱼和虾，
羊欢牛马壮。

（草原）

流流又动动，
动动又流流，
虽然没长脚，
却能游五洲。

（云）

天冷我出来，
白毯到处盖，
不怕风儿吹，
就怕太阳晒。

（霜）

箭射没有洞，
刀砍不留痕，
雨来成碎锦，
风起现花纹。

（水）

乍看白茫茫，
细看有河床，
没有鱼儿游，

不见船来往。

（银河）

小珍珠，真可爱，
只能看，不能踩，
清晨长在绿草丛，
太阳一出无影踪。

（露水）

泥塘有串水葡萄，
咕嘟咕嘟往上冒，
用它照明又做饭，
大人小孩都说好。

（沼气）

自然界中体最轻，
平时藏身在水中，
能使气球飞上天.
可做燃料供热能。

（氢气）

是花不是花，
催开万朵花，
像面不是面，
换粮万万担。

（雪花）

天上有石鼓，
藏在云深处，
响时先冒火，
声音震山谷。

（雷）

山顶轰隆响，
浓烟冲天上，
铁流直奔下，
人畜会遭殃。

（火山爆发）

金灿灿，圆滚滚，
半个浮，半个沉，
哪个能拍它，
算他本领高。

（旭日）

无处不往，
无影无形，
不是小儿爱翻书，
只懂泳时爱翻波。

（风）

质地像水晶，
颜色白如银，
当牙筷派用场，
捏在手冰冰凉。

（冰凌）

无风像面镜了，
落雨满脸麻子，
天热怀抱鸭子，
天冷盖上盖子。

（湖）

乘风结成疙瘩，

乌云深处为家，
出门敲锣打鼓，
狠心毁坏庄稼。

（冰雹）

大起来满山坡，
小起来像枣核，
能走千山万岭，
不能跨过小河。

（火）

大清早，看青草，
小珍珠，真不少，
我去摘不来，你去也白跑。

（露珠）

栽花种树，要我同意，
造屋修路，从我开始，
若要步行，我更献力。

（土地）

不是油，哗哗流，
不是泉，喷个够，
地下有，海底有，
建设祖国跑前头。

（石油）

一面大鼓真正妙，
地上没有天上吊，
秋冬两季不常见，
春夏来了常放炮。

（雷）

上一半，下一半，
中间有线看不见，
两头寒，中间热，
一天一夜转一圈。

（地球）

一条带子长又长，
弯弯曲曲闪银光，
一头系在高山头，
一头扔进大海洋。

（河流）

风干气燥河断流，
都把骆驼当小舟，
海市蜃楼非神话，
不少地下藏石油。

（沙漠）

清清楚楚一幅画，
有树有草也有花，
别处花草梢在上，
此处花草梢朝下。

（倒影）

彩色锦缎挂天边，
万紫千红真好看，
姑娘见了空欢喜，
再好不能做衣衫。

（晚霞）

大豆小豆从天撒，

人畜庄稼谁都怕，
尽干坏事伤天理，
掌握科技征服它。

（冰雹）

说它恶龙比龙凶，
摇头摆尾力无穷，
暴雨响雷随它来，
毁房倒屋罪过重。

（龙卷风）

银线根根长又细，
上接天来下接地，
线长不能放风筝，
线细不能织布匹。

（雨）

不速之客游天外，
偶尔闯进大气来，
熊熊烈火烧不尽，
长留人间几千载。

（陨石）

悬崖甩下大白布，
千手万手抓不住，
轰隆轰隆如雷鸣，
疑是银河落深谷。

（瀑布）

三四五，像把弓，
十五十六正威风，
人人说我三十寿，
二十八九便送终。

（月亮）

三匹红绫四匹绸，
一弯弯在大岭头，
人人说我像座桥，
可惜桥上不能走。

（虹）

自然界中数它轻，
平时藏身在水中，
能使气球飞上天，
可做燃料供热能。

（氢气）

夜里棋盘在天空，
棋盘大大棋子多，
只能看，不能下，
只能数，不能拿。

（星星）

青石板儿石板青，
青石板上挂明灯，
若问明灯有多少？
天下无人数得清。

（星星）

一夜北风万花开，
我从天上降下来，
今宵人间住一宿，
明朝日出回天台。

（雪）

借助太阳才发光，
围绕地球日夜忙，
若是地球遮阳光，
娃娃指天问爹娘。

（月食）

无锅无火无人煮，
终年暖水流不完，
寒来暑往它不变，
除病保健喜延年。

（温泉）

有个老汉年岁大，
天刚发亮就出发，
有朝一日不见他，
准是天阴雨唰唰。

（太阳）

一棵大树半天高，
不怕斧头不怕刀，
没有枝干没有叶，
只怕我来吹断腰。

（烟）

五湖四海一美人，
十五六岁正清纯，
十八十九得了病，
一到三十便断魂。

（月亮）

东方有个红姑娘，
一天到晚奔跑忙，
每天五更清早起，
投下光线照四方。

（太阳）

乌云里面把它藏，
不知它是啥模样，
它的脾气特别暴，
生起气来隆隆叫。

（雷）

一个东西真奇怪，
生来就怕太阳晒，
太阳不晒它不湿，
越晒越是湿得快。

（冰）

有城不能去旅游，
有楼不能住里头，
架在海面半空中，
不用能工巧匠修。

（海市蜃楼）

红红黄黄一枝花，
家家户户不离它，
温驯可爱让人亲，
狂暴怒放让人怕。

（火）

半叫西，半叫东，
引着嫦娥玩花灯，
黑明昼夜连轴转，

累得中热两头冰。

（地球）

一个镜儿白又圆，
挂在树梢不太远，
爬到树上伸手够，
一下飞到天外天。

（月亮）

千颗星，万颗星，
满天星星数它明，
有它给你指方向，
夜里航行不用灯。

（北极星）

发怒时千军万马，
平静时薄似轻纱，
一忽儿崇山峻岭，
一忽儿平地江湖。

（云）

有声无影把名留，
它发脾气人发愁，
阎王神仙管不住，
海角天涯任意游。

（风）

无枝无叶开白花，
满墙满院满篱笆，
日头出来吃个净，
我问君子什么花。

（雪）

深山坳里有伏兵，
兵马来时闹盈盈，
兵马喊叫它也叫，
兵马停止它无声。

（回声）

说个宝，道个宝，
万物生存离不了，
在你身边看不见，
越往高处它越少。

（空气）

远听千军万马吼，
近看银泉飞下谷，
悬崖挂块大白帘，
千手万脚捉不住。

（瀑布）

刮西风，
刮北风，
屋檐下面栽大葱，
“格崩格崩”赛脆梨。

（冰棱柱）

往日随风乱飞流，
骆驼当作一小舟，
海市蜃楼多奇景，
“四化”叫它绿油油。

（沙漠）

一条大河长又宽，

夜里有水白天干，
说它远来能看见，
走到河边得万年。

（银河）

空中银光一条线，
划过宇宙和人间，
霎时跑了千万里，
眨个眼睛看不见。

（闪电）

有个好朋友，天天陪你走，
有时走在前，有时走在后，
有时走左边，有时靠右走，
你和他谈话，就是不开口。

（影子）

金灿灿，圆滚滚，
半个浮，半个沉，
不会走，只会跳。

（旭日）

一个蓝蓝盘，
两个圆圆饼，
一个火火热，
一个冰冰冷。

（太阳、月亮）

有个老公公，
天亮就出工，
有朝一日不见它，
不是下雨就刮风。

（太阳）

像花花园不种它，
花儿刚开就落下，
春夏秋季它不长，
寒冬腊月开白花。

（雪）

像是烟来没有火，
说是雨来又不落，
有时能遮半边天，
有时只见一朵朵。

（云）

看不见来摸不到，
四面八方到处跑，
跑过江河水生波，
穿过森林树呼啸。

（风）

银色带子，
有短有长，
脚在沟里，
头在山上。

（江河）

拳打不睬，
脚踢不理，
剑砍不断，
箭射不伤。

（影子）

一粒红皮谷，
半两还不足，
堂前摆一摆，
装满三间屋。

（烛光）

十二个头，
三百六十五只脚，
脚有长短，
头有大小。

（月份、日子）

东边点倭瓜，
牵藤到西家，
花开人吵闹，
花落人归家。

（太阳）

身体多轻柔，
逍遥漫天游，
风来它就躲，
雨来它带头。

（云）

脚踏千江水，
手扬满天沙，
惊起林中鸟，
折断园里花。

（风）

白色花，无人栽，
一夜北风遍地开，
无根无枝又无叶，
此花原从天上来。

（雪）

赤橙黄绿青蓝紫，
犹如彩线当空舞，
夏日雨后常常见，
太阳在西它在东。

（虹）

箭射没有洞，
刀砍不留痕，
雨来成碎锦，
风起现花纹。

（水）

带灯的走得快，
带鼓的跟着走。

（闪电、打雷）

敲金鼓，
放焰火，
满园李花千万朵。

（雷、闪电、星）

赶羊群，
吊银钱，
彩色桥梁空中悬。

（云、雨、虹）

青石板，白银河，

打铜鼓，放流星。

（天、星、雷、电）

大哥大声叫，
二哥把灯照，
三哥流眼泪，
四哥到处跑。

（雷、电、雨、风）

热天看不见，
冷天才出现，
倒挂玉筷子，
生根在屋檐。

（冰凌柱）

明光似带呈大河，
河中无鱼也无船，
晴空夜晚鹊搭桥，
牛郎织女隔河望。

（银河）

空气里，四兄弟，
天天生活在一起，
别看模样很相似，
各有各的怪脾气。
老大是个大胖子，
体积算它占最多，
不会燃烧能造肥，
各种庄稼都爱吃。
老二自己不燃烧，
火姑娘时刻离不了，
植物能把它“制造”，
动物没它要死掉。
老三不仅不燃烧，
还是灭火好材料，
动物把它排出来，
植物靠它长得好。
老四最小也最轻，
烧火是种好燃料，
节日用它充气球，
带着标语天上飘。

（氮气、氧气、二氧化碳、氢气）

不依寒暑来变迁，
游人见了笑开颜，
硫黄暖水涌不尽，
引得众人嘉开怀。

（温泉）

人人有个好朋友，
乌黑身体乌黑头，
灯前月下陪着你，
却是哑巴不开口。

（影子）

什么花，飘着开？
什么花，走着开？
什么花，天上开？
什么花，人人夸？

（雪花、浪花、礼花、光荣花）

我从工厂过，
见个古怪货，
屋里露半个，

外面放半个。

（烟囱）

一样东西红通通，
只怕雨水不怕风。

（火）

蓝包袱，包银米，
天一明，就收起。

（星星）

棋子多，棋盘大，
只能看，不能下。

（星星）

打鸟捕兽人家。

（猎户星座）

放羊倌。

（牧羊星座）

百岁翁。

（老人星座）

说它多大有多大，
日月星球全容纳，
无人知它始和终，
也没左右和上下。

（宇宙）

小风吹，吹得动，
大刀砍，不裂缝。

（水）

白色冰晶，
不甜不咸，
有色无味，
冬来夏去。

（霜）

散步在小溪，
睡觉在池塘，
奔跑在江河，
咆哮在海洋。

（水）

上去一团烟，
下来一条线，
好吃没滋味，
脏了不能洗。

（水）

矮矮树，结银果，
我去摘，它哄我。

（露水）

水冲不走，火烧不掉，
吃了不饱，人人需要。

（空气）

胸怀真宽大，
江河容得下，
朝涨暮就落，

风起掀浪花。

（海）

红彤彤，一大蓬，
见风它就逞凶狂，
无嘴能吃天下物，
单怕雨水不怕风。

（火）

悬崖挂块大白帘，
千手万脚捉不住，
远听千军万马吼，
近看银泉飞下谷。

（瀑布）

你若声大它声大，
你若声小它就哑，
同你腔调一个样，
找遍四周不见影。

（回声）

同走同行同向前，
相随相伴紧相连，
面对太阳随身后，
背朝月亮站身前，
一旦走进黑暗处。
千呼万唤不露面。

（影子）

枣大，枣大，
一间屋子装不下。

（烛光）

太阳之冠。

（日冕）

万里蓝天任描绘。

（高空图）

四季生辉。

（光年）

牛郎织女。

（双星）

从早吃到晚。

（日全食）

勤俭成风。

（节气）

消化不良。

（食甚）

酒足饭饱自剔牙。

（食既）

红色之路。

（太阳）

星夜挂着一张弓，
世上没人拉得动。
上弦下弦有规律。

待得弓满已月中。

（月亮）

大石板，青又青，
青石板上钉银钉。
银钉个个会眨眼，
闪闪烁烁亮晶晶。

（星空）

忽然不见忽然有，
像龙像虎又像狗，
太阳出来它不怕，
大风一吹它跑走。

（云）

一种花儿真奇怪，
每到入冬开起来，
无根无种无人栽，
年年开得银花白。

（雪）

生来铜头铁臂，
一拧它就流泪，
眼泪用处很大，
千万可别浪费。

（自来水）

摸不着，看不到，
没有颜色没有味，
动物植物都需要，
一时一刻离不了。

（空气）

疾如闪电，
音容莫辨，
见之一面，
祈能如愿。

（流星）

过去是历史，
以后是将来。

（时间）

日夜奔波不停，
春夏秋冬出勤，
载五十亿客人，
日走八万里程。

（地球）

不要你请，
我自己来，
有我就亮，
没我就黑。

（光）

细又细，微又微，
没翅膀，却能飞。

（灰尘）

自然界，数它轻，
水中藏，本领精，
能使球儿飞上天。

（氢气）

一道闪光一条线，
划过长空似利剑，
一跑千万里，
眨眼便不见。

（闪电）

出门千里没动身，
忽忽悠悠像驾云，
看了美景没睁眼，
吃了美味没沾唇。

（做梦）

遍地落花谁可拟，
撒盐空中差可拟，
未若柳絮因风起，
疑是玉龙鳞鱼飞。

（雪）

看不见，摸不着，
跑得快，又没脚，
一去永远不回头，
胜似黄金莫错过。

（光阴）

彩色缎，挂天边，
夕阳照，更好看，
你莫空欢喜，
做不了衣衫。

（晚霞）

有时挂在山腰，
有时挂在树梢，
有时像个圆盘，
有时像把镰刀。

（月亮）

银花晚上开，
天际放异彩，
若问有多少，
谁能数出来。

（星星）

它的脾气大，
粒粒从天撒，
人畜和庄稼，
谁都怕惹它。

（冰雹）

一夜北风万花开，
我从天上降下来，
今宵人间住一宿，
明朝日出回天台。

（雪）

住在深山坑里，
炼入烈火炉里，
为了温暖大家，
不怕牺牲自己。

（煤炭）

一条带子长又长，
弯弯曲曲闪银光，
一头扔在大海里，

一头搭在高山上。

（河水）

灶台上，一棵树，
十个人，搂不住。

（蒸气）

不分寒暑，
水涌不变，
也能除病，
也能保健。

（温泉）

胸怀真宽广，
百川容得下，
黄河与长江，
都以它为家。

（海）

好像绿海洋，
风吹起波浪，
远望无边际，
遍地满牛羊。

（草原）

一样东西生得怪，
有枝无叶根倒栽，
冷时长得粗又壮，
暖时流下眼泪来。

（冰柱）

一位村姑娘，
生来爱打扮，
虽是胖胖脸，
戴个大彩环。

（土星）

说它是布不是布，
做不了褂子，
做不了裤。

（瀑布）

姓火没有火，
没火红光落，
遥遥渠纵横，
疑有太空客。

（火星）

无风花不开，
有风花放开，
刚开花又落，
落了花又开。

（浪花）

有个黑姑娘，
从头黑到底，
打她她不疼，
骂她她不理，
十二个大汉抬不起。

（影子）

天上下珍珠，
落地蹦蹦跳，
农民发了愁，

庄稼弯了腰。

（冰雹）

一只老母鸡，
引着一群小鸡，
晚上从门前过，
天明不见一个。

（月和星）

世上有一宝，
谁都离不了，
看也看不见，
摸也摸不到，
要问它在哪，
就在身边找。

（空气）

弯弯一座桥，
挂在半天腰，
红橙黄绿蓝靛紫，
七种颜色排得巧。

（彩虹）

是花不是花，
催开万朵花，
像面不是面，
换粮万万担。

（雪花）

小红花，真奇妙，
见了水滴就变小，
见了干柴就变大。

（火）

一个娃娃，
又白又胖，
坐在风里不怕冷，
一见太阳汗直淌。

（雪人）

水中有个蛋，
透明看得见，
你要伸手取，
一碰就不见，
草上结的金银果，
太阳一出它就躲。

（露水）

一个金球圆溜溜，
夜里人人看不见，
除非下雨和刮风，
天山天门家家到。

（太阳）

千钱万钱买不来，
明天早晨送过来。

（太阳）

风吹皱面皮，
火烧就生气，
利刀切不断，
斧砍无痕迹。

（水）

打谜给你猜，

两手拨不开，
麻绳绕不拢，
斧子砍不开。

（水）

轻轻水面浮，
千人拿不出。

（水泡）

远看是个钟，
近看里头空，
称它没四两，
拿又拿不动。

（水泡）

一只球，两只球，
飘在河里到处游。

（水泡）

能卷满天沙，
能掀海里浪，
科学虽发达，
不能制服它。

（风）

无头又无尾，
走路快如飞，
夏天要我来解闷，
冬天见我却逃避。

（风）

生来本无形，
走动便有声，
夏天无它热，
冬天有它冷。

（风）

看不到，摸不到，
穿过树林像虎叫。

（风）

双手抓不起，
一刀劈不开，
煮饭和洗衣，
都要请它来。

（水）

它的兄弟何其多，
雨雪霜雾都见到，
位位都是软骨头，
人人没它活不成。

（水）

东方有个红姑娘，
一天到晚奔跑忙，
每天五更清早起。
投下光线照四方。

（太阳）

哥哥像云般潇洒，
姐姐像霞般美妙，
可怜的是自己，

生如轻薄之烟，
似在梦中做人。

（雾）

像云不是云，
像烟不是烟，
风吹轻轻飘，
日晒慢慢散。

（雾）

像烟不是烟，
布满天地间，
太阳一出来，
它就溜不见。

（雾）

一片白线半天高，
可惜布机织不了。
剪刀裁它不会断，
只有风吹能折腰。

（雨）

千根线，万根线，
落在河里就不见。

（雨）

天空一根绳，
跌落无处寻。

（雨）

动植物谜

沐。

（西河柳）

斗。

（百合）

横。

（黄加木）

龙女。

（水仙）

花圃。

（地锦）

又欠。

（合欢）

佛手。

（仙人掌）

峻岭。

（高粱）

说话算数。

（白果）

整装待发。

（将离）

春眠不觉晓。

（睡香）

珍贵的稻子。

（玉米）

三年连续先进。

（千日红）

巡天遥看一条河。

（满天星）

与吾同伴入林间。

（梧桐）

棉株含苞未吐花。

（碧桃）

女牧童。

（牵牛花）

笑逐颜开。

（喜容来）

莺歌燕舞。

（迎春花）

岭下着火。

（映山红）

曲终人未散。

（妙音）

月下茉莉开。

（夜来香）

一直入青云。

（凌霄花）

脸上露喜态。

（含笑）

七姐下凡赶盛宴。

（仙客来）

布衣流芳。

（白丁香）

劈岩移山，
筑风植柳。

（石榴）

木兰之子。

（花生）

结实。

（落花生）

不老实。

（长生果）

黄瓷瓶，
口儿小，
打破瓷瓶口，
挖出红珠宝。

（石榴）

红口袋，
绿口袋，
有人害怕有人爱。

（辣椒）

从小精心培养，
长大绳捆索绑，
临老千刀万剐，
最后把它火葬。

（烟草）

冬天蟠龙卧，
夏天枝叶开，
龙须往上长，

珍珠往下排。

（葡萄）

青竹竿，
十八节，
头顶爬个老关爷。

（高粱）

紫红藤，
地上爬，
藤上长绿叶，
地下结红瓜。

（红薯）

红木盒儿圆，
四面封得严，
打开木盒看，
装个黄蜡丸。

（栗子）

胖娃娃，没手脚，
红尖嘴，一身毛，
背上一道沟，
肚里好味道。

（桃子）

架上爬秧结绿瓜，
瓜头顶上开黄花，
生着吃来鲜又脆，
炒熟做菜味道美。

（黄瓜）

红公鸡，绿尾巴，
身体钻到地底下，
又甜又脆营养大。

（红萝卜）

麻布衣裳白夹里，
大红衬衫裹身体，
白白胖胖一身油，
建设国家出力气。

（花生）

一棵树，扁枝丫，
先结果，后开花。

（仙人掌）

格子隔，柜子隔，
里面躲着四姐妹。

（核桃）

兄弟七八个，
抱起围缸坐，
说动打平伙，
衣服脱了破。

（橘子）

奇怪奇怪真奇怪，
头顶长出胡子来，
解开衣服看一看，
颗颗珍珠露出来。

（玉米）

青藤藤，开黄花，

地上开花不结果，
地下结果不开花。

（花生）

梧桐树，梧桐花，
梧桐树上结喇叭，
蛋蛋又开花。

（棉花）

生根不落地，
有叶不开花，
街上有人卖，
园里不种它。

（豆芽莱）

空心树，叶儿长，
好像竹子节节长，
到老满头白花花，
只结穗儿不打粮。

（芦苇）

身上有节不是竹，
粗的能有锄把粗，
小孩抓住啃个够，
老人没牙干叫苦。

（甘蔗）

身穿绿衣裳，
肚里水汪汪，
生的子儿多，
个个黑脸膛。

（西瓜）

紫色树，开紫花，
紫花开了结紫瓜，
紫色果里盛芝麻。

（茄子）

弟兄五六个，
围着圆柱坐，
大家一分手，
衣服都扯破。

（大蒜）

身体白又胖，
常在泥中藏，
浑身是蜂窝，
生熟都能尝。

（藕）

池里一只盘，
大水盛不满，
小雨纷纷落上头，
好似珍珠一串串。

（荷花）

小时能吃味道鲜，
老时能用有人砍，
虽说不是钢和铁，
浑身骨节压不弯。

（竹子）

姐妹两个一个娘，
一个圆来一个长，

一个死到春三月，
一个死到秋天凉。

（榆菜、榆叶）

池中有个小姑娘，
从小生在水中央，
粉红笑脸迎风摆，
只只绿船不划桨。

（荷叶）

一个婆婆园中站，
身上挂满小鸡蛋，
又有红来又有绿，
既好吃来又好看。

（枣树）

一顶小伞，
落在林中，
一旦撑开，
再难收拢。

（蘑菇）

体圆似球，
色红如血，
皮亮如珠，
汁甜赛蜜。

（樱桃）

青枝绿叶长得高，
砍了压在水里泡，
剥皮晒干供人用，
留下骨头当柴烧。

（麻）

生在山中，
一色相同，
泡在水中，
有绿有红。

（茶叶）

小时青青肚里空，
长出头发蓬蓬松，
姐姐撑船不离它，
哥哥钓鱼抓手中。

（竹竿）

白又方，嫩又香，
能做菜，能煮汤，
豆子是它爹和妈，
它和爹妈却不同。

（豆腐）

海南岛上是我家，
能耐风吹和雨打，
四季棉衣不离身，
肚里有肉又有茶。

（椰子）

身体圆圆不长毛。
不是橙子不是桃，
请它草屋住几夜，
绿衣脱去换红袍。

（柿子）

不结果，不开花，
还没出土就发芽，
等它长高八九寸，
人人赞它美味佳。

（竹笋）

看它是绿的，
切开是红的，
吃时是稀的，
吐出是硬的。

（西瓜）

黄布袋，包珍珠，
秋天一到满院铺。

（稻）

一个黄妈妈，
一生手段辣，
老来愈厉害，
小孩最怕它。

（姜）

正二三月抽枝生叶，
四五六月开花结果，
七八九月有黑有白，
末了三月挂灯结彩。

（柏树）

长在山上是青的，
落在地上是黄的，
不用刀削是圆的，
不放蜜糖是甜的。

（桂圆）

说它是棵草，
为何有知觉，
轻轻一碰它，
害羞低下头。

（含羞草）

样子像小船，
衣服硬邦邦，
头尾两头翘，
嫩肉里边藏。

（菱角）

像木不是木，
像竹不是竹，
黑皮包白肉，
生吃不用煮。

（甘蔗）

长成藤，爬上棚，
开黄花，结青龙。

（丝瓜）

绿枝结青瓜，
青瓜包棉花，
棉花包梳子，
味道人人夸。

（柚子）

上上下下开白花，

身穿一件小绿褂，
生来不爱说空话，
果实虽小香味大。

（芝麻）

一朵不开的花，
片片花瓣紧挨着，
要是把它打开，
让你眼泪哗啦啦。

（洋葱）

身葬春风不自哀，
仍将零落迎春来，
应是春光第一枝，
为报百花向阳开。

（梅花）

有枝有叶不是树，
没花没果是动物，
色彩绚丽海中长，
可当材料造房屋。

（珊瑚）

不是葱，不是蒜，
一层一层裹紫缎，
像葱比葱长得矮，
像蒜却又不分瓣。

（葱头）

地里把根扎，
不怕大雪压，
春风刚吹过，
探头把芽发。

（草）

曲曲弯弯一棵藤，
藤上挂着串串铃，
房前屋后将它种，
有绿有紫亮晶晶。

（葡萄）

铺路轨，架桥梁，
又做家具又盖房。

（木头）

高高个儿一身青，
圆脸金黄喜盈盈，
天天向着太阳笑，
结的果实数不清。

（向日葵）

秋天撒下粒粒种，
冬天幼芽雪里藏，
春天还青节节高，
夏天成熟一片黄。

（小麦）

青枝绿叶颗颗桃，
外面骨头里面毛，
待到一天桃子老，
里面骨头外面毛。

（棉花）

皮肉粗糙手拿针，

悬岩绝壁扎下根，
一年四季永常青，
昂首挺立斗风云。

（松树）

头戴黄草帽，
身穿绿色袍，
见风点点头，
朝着太阳笑。

（向日葵）

有洞不见虫，
有巢不见蜂，
有丝不见蚕，
撑伞不见人。

（藕）

一个黑孩，
从不开口，
要是开口，
掉出舌头。

（瓜子）

水里生来水里长，
小时绿来老时黄，
去掉外壳黄金甲，
煮成白饭喷鼻香。

（水稻）

兄弟几个真和气，
天天并肩坐一起，
少时喜爱绿衣裳，
老来都穿黄色衣。

（香蕉）

一物长得真奇怪，
腰里长出胡子来，
拨开胡子看一看，
露出牙齿一排排。

（玉米）

圆圆脸儿像苹果，
又酸又甜营养多，
既能做菜吃，
又可做水果。

（番茄）

小小伞兵随风飞，
飞到东来飞到西，
飞到路边田野里，
安家落户生根基。

（蒲公英）

味道酸又甜，
多吃不太妙，
麦熟它也熟，
核儿能做药。

（杏）

长在水底满身泥，
白的肉，黑的皮，
又甜又脆赛过梨。

（荸荠）

小时绿葱葱，
老来红彤彤，
剥开皮来看，
一包白虫虫。

（辣椒）

青竹竿，顶簸箕，
下面躲着一窝麻母鸡。

（芋头）

红树枝，结绿桃，
开了花，长了毛。

（棉花）

一个小黑人，
戴着洗脸盆，
若要给他摘，
他说再戴会儿。

（黑枣）

金枝绿叶，
绿叶金枝，
半夜结果，
神仙不知。

（慈姑）

绿的叶儿，
绿的枝儿，
白马下个绿马驹儿，
秋天变成红马驹儿。

（辣椒）

桃园三结义，
张飞在腹里，
去了关云长，
方知是刘备。

（荔枝）

小时青青地里长，
老时发黄水里泡，
剥下白皮做原料，
打绳做鞋少不了。

（麻）

长得像竹不是竹，
周身有节不太粗，
又是紫来又是绿，
只吃生来不吃熟。

（甘蔗）

样子像小船，
骨头露外边，
头尾两头翘，
嫩肉藏里面。

（菱角）

生在土里十八杈，
一年能开两次花，
先开金花结青果，
后开银花落万家。

（棉花）

黄金衣服包银条，

中间弯弯两头翘。

（香蕉）

黄包袱，包黑豆，
尝一口，甜水流。

（梨）

黄铜铃，紫铜柄，
铜铃里面红铜心。

（枇杷）

一只坛子三道箍，
里面装满白豆腐。

（荸荠）

头一家是针店，
打开针店是皮店，
皮店后面是纸店，
纸店后面是肉店。

（板栗）

黑壳里面装白瓤，
吃了五对剩十双。

（黑瓜子）

两头尖尖像织梭，
钻在泥里扎个窝，
有人说它像黄瓜，
它比黄瓜洞洞多。

（莲藕）

绿凉伞，黄凉伞，
凉伞下面一窝蛋。

（芋艿）

远看青苗一片，
近看绿枝根根，
不见开花结籽，
只见怀孕在身。

（茭白）

青青果，圆溜溜，
咬一口，眉头皱。

（梅子）

小时包包扎扎，
大时披头散发，
风来摇摇摆摆，
雨来稀里哗啦。

（竹）

茎儿许多根，
果子泥里存，
没花也没叶，
没枝也没根。

（荸荠）

空筒子箭射不得，
扁筒子剑舞不得，
红丝带结不得，
绿丝鞋穿不得。

（葱、韭、豆角、扁豆）

四季青，巴掌大，

用手摸，毛虫扎。

（仙人掌）

壳儿硬，壳儿脆，
四个姐妹隔墙睡，
从小到大背靠背，
盖的一床疙瘩被。

（核桃）

黄皮包着红珍珠，
颗颗珍珠有骨头，
不能穿来不能戴，
甜滋滋来酸溜溜。

（石榴）

小小红坛子，
装满红饺子，
吃掉红饺子，
吐出白珠子。

（橘子）

小树长桃多又大，
桃儿裂了开白花，
结的籽儿能榨油，
采下花儿能纺纱。

（棉花）

小时青，老来黄，
金包银，有六方。

（谷）

小刺猬，毛外套，
脱去外套露红袍，
红袍裹着毛绒袄，
袄里睡个白宝宝。

（栗子）

千姐妹，万姐妹，
同床睡，各盖被。

（石榴）

有根不着地，
绿叶开白花，
到处去流浪，
海上处处家。

（浮萍）

半截白，半截青，
半截实来半截空，
半截在地上，
半截在土中。

（葱）

从小青，长大红，
脱了红袍换紫纱。

（桑葚）

紫檀睡床大红被，
黄胖小姐在里睡。

（栗子）

青竹竿，挑铜盆，
开黄花，结鱼鳞。

（向日葵）

外面是红布，
里面是白布，
打开仔细看，
都是好木梳。

（橘子）

红缸绿底，
里头装把小米。

（辣椒）

三片瓦，盖房房，
里面住的白姑娘。

（荞麦）

蓬蓬松松，
飞舞天空，
远看像雪花，
近看一团绒。

（柳絮）

小红碗，盛白饭。
埋在泥里不得烂。

（荸荠）

乌金纸，包白矾，
小孩见了嘴里馋。

（荸荠）

一棵树儿高又高，
上面结了千把刀。

（皂角树）

远看似火红艳艳，
近看是花六个瓣，
拔起根子看一看。
结着一颗山药蛋。

（山丹丹）

一棵小树不太高，
小孩爬在半中腰，
身穿小绿袄，
头戴红缨帽。

（玉米）

种的丸药，
出的桃树，
开的牡丹，
结的橄榄。

（凤仙花）

有根不着地，
有叶不开花，
日里随风去，
夜里不归家。

（浮萍）

一团幽香美难言，
色如丹桂味如莲，
真身已归西天去，
十指尖尖在人间。

（佛手）

头上青丝发，

身披鱼鳞甲，
寒冬叶不落，
狂风吹不垮。

（松树）

一种植物生得巧。
不是豆类也结角，
果实制药可止血，
白花可做黄染料。

（槐树）

打起高柄伞，
穿起麻布衣，
生来不怕热，
为何脱我衣。

（棕榈）

牵藤藤，上篱笆，
藤藤开花像喇叭，
红喇叭，白喇叭，
太阳出来美如画。

（牵牛花）

须儿卷，藤儿弯，
根根绕在架上面，
结的果实真好看，
一串一串珍珠圆。

（葡萄）

弯弯树，弯弯藤，
藤上挂个水晶铃。

（葡萄）

麻屋子，红帐子，
里面住着个白胖子。

（花生）

一个小姑娘，
生在水中央，
身穿粉红衫，
坐在绿船上。

（荷花）

一个小孩生得俏，
头上戴顶红缨帽，
衣裳穿了七八件，
全身都是珍珠宝。

（玉米）

白如玉，穿黄袍，
只有一丁大，
都是宝中宝。

（稻子）

水上一只铃，
摇晃没声音，
仔细看一看，
满脸大眼睛。

（莲蓬）

水中撑绿伞，
水下瓜弯弯，
掰开瓜看看，

千丝万缕连。

（藕）

两片黑鞋底，
合拢在一起，
中间夹张白袜底。

（瓜子）

青梗绿叶不是菜，
有的烤来有的晒，
只能烧着吃，
不能煮着吃。

（烟叶）

空心树，实心芽，
千年不结籽，
万年不开花。

（竹子）

四季它常绿，
总是不开花，
摊开一只手，
满手刺来扎。

（仙人掌）

生在山里，
死在锅里，
藏在瓶里，
活在杯里。

（茶叶）

大姐长得美，
二姐一肚水，
三姐露着牙，
四姐歪着嘴。

（苹果、葡萄、石榴、桃子）

红被面，
白被里，
十几个娃娃睡一起，
有酸有甜逗人喜。

（橘子）

老大头上一撮毛，
老二红脸似火烧，
老三越长腰越弯，
老四开花节节高。

（玉米、高粱、谷子、芝麻）

大哥头上戴铁帽，
二哥身穿大红袍，
三哥浑身都是刺，
四哥好像一把刀。

（茄子、胡萝卜、黄瓜、豆角）

大哥开花毛毛虫，
二哥开花卖丝绒，
三哥开花金牌形，
四哥开花结铜铃。

（杨树、柳树、椿树、枣树）

大嫂胖头胖脑，
满身白毛；
二嫂扁头扁脑，

凸肚凸腰；
三嫂圆头圆脑，
黑纹绿袍；
四嫂红头红脑，
头戴绿帽。
（冬瓜、南瓜、西瓜、北瓜）

老大面软心硬，
老二心软面硬，
老三肚里雪白，
老四满面通红。
（鲜桃、核桃、棉桃、樱桃）

幼时不怕冰霜，
长大露出锋芒，
老来粉身碎骨，
仍然洁白无双。
（小麦）

大姐白衣好多层，
二姐浑身碎纷纷，
三姐头上开了花，
四姐肚里窟窿深。
（圆白菜、香菜、菜花、莲藕）

身体瘦又长，
有绿又有黄，
浑身都是刺，
吃着脆又香。
（黄瓜）

不削自来尖，
不染自来红，
人人愿吃它，
吃多怨嘴疼。
（尖辣椒）

一头实在一头空，
一头白来一头青，
白头土里长胡须，
青头地上显威风。
（葱）

不结果，不开花，
还没出土就露芽，
只要勤采掘，
美味送君家。
（竹笋）

兄弟多，千万个，
同床共被窝。
（芝麻）

小时吃得用不得，
大时用得吃不得。
（竹子）

身体有节像根竹，
削去青皮见白玉，
刀砍斧劈去两头，
只吃生来不吃熟。
（甘蔗）

娘家原是水晶宫，

琼枝绚丽俏般容，
死后安放夫家里，
经昔缤纷一样同。

（珊瑚）

稀奇古怪圆溜溜，
青皮红肉黑骨头。

（西瓜）

四月有人把我栽，
八月金花自然开，
早晨向东晚向西，
对着太阳笑开怀。

（向日葵）

红身子，白身子，
头发是个绿小子。

（萝卜）

四四方方如白雪，
没有骨头没有血。

（豆腐）

弯弯藤子弯弯树，
花架上面变魔术，
果实像座珍珠库，
猜猜是什么植物。

（葡萄）

黄变白，圆变方，
拿不稳，吃得到。

（豆腐）

头戴大圆帽，
身居污水中，
有丝不织布，
有孔不生虫。

（藕）

红酒罐，绿盖头，
挖开来，吸一口。

（柿子）

软体动物，
里外俱黄，
样子甜甜，
内在坚强。

（杧果）

百合花，尖尖叶，
苗像青蒜，
花像蝴蝶。

（水仙花）

号称木中王，
树干冲天长，
叶儿尖似针，
盖房好做梁。

（杉树）

大巴掌，小巴掌
风吹它，啦啦响。

（棕树）

爱在河边湖畔住，
辫儿长长轻又柔，
春风吹来绿一片，
花如雪飞当空舞。

（柳树）

一生向往光明，
从不自高自大，
越是充实丰满，
越是把头低下。

（向日葵）

不是桃树却结桃，
桃子里面长白毛，
到了秋天桃熟了，
只见白毛不见桃。

（棉花）

小子圆又圆，
长得白胖胖，
虽然有眼珠，
开眼不能看。

（龙眼）

黄皮肤，瓜儿脸，
人寒酸，满肚水。

（椰子）

黄口袋，两头尖，
珍珠心，水田产，
春天地里藏，
秋来满田黄。

（水稻）

青青藤儿开黄花，
外面白袄内红纱，
地上开花不结果，
地下结果不开花。

（花生）

头大身子细，
黑红珍珠粒，
能养人和马，
可造白兰地。

（高粱）

生长需棚架，
小龙上面挂，
小时可做汤，
老了把锅刷。

（丝瓜）

小树儿，不算高，
上面挂满小镰刀。

（大豆）

有只公鸡，
不吃不啼，
只有脑袋，
没有身体。

（鸡冠花）

青青藤，满地爬，

结出果子圆又大，
绿皮红肉黑娃娃。

（西瓜）

小小红球圆嘟嘟，
味儿酸，竹竿穿，
做成串串糖葫芦。

（山楂）

密层层，似葡萄，
红艳艳，像玛瑙，
又当果，又当粮，
甜蜜蜜，营养好。

（红枣）

扎根不与菊为双，
娇艳瑰丽放异香，
唤作拒霜犹未称，
看来却似最宜霜。

（芙蓉）

园林三日雨兼风，
桃李飘零扫地空，
唯有此花偏耐久，
绿丛又放数枝红。

（山茶）

“花中君子”艳而香，
“空谷佳人”美名扬，
风姿脱俗堪为佩，
纵使无人亦自芳。

（兰花）

青瑶丛里出花枝，
雪貌冰心显清丽，
幽香自信高群品，
生与红梅相并时。

（水仙）

得天独厚艳而香，
从来畏热性宜凉，
不爱攀附献媚色，
何惧飘落在他乡。

（牡丹）

东风融雪水明沙，
烂漫芳菲满天涯，
艳丽茂美枝强劲，
对此行人不忆家。

（桃花）

陶令最怜伊，
三径细栽培，
群芳零落后，
独自殿东篱。

（菊花）

小小花朵本领高，
能把香味几里飘，
吴刚用它酿好酒，
八月时节它最先。

（桂花）

东风第一枝，

芬芳扑鼻来。

（报春花）

青盖亭亭出水中，
遮日遮雨不遮风，
管教接天无穷碧，
不让荷花别样红。

（莲叶）

来饮我清泉，
绿墙围外间，
内装黑宝石。
清泉甜又甜。

（西瓜）

东风第一枝，
芬芳扑鼻来。

（报喜花）

房后一丛绿菊花，
说它是花花不发，
有朝一日佳节到，
家家户户都用它。

（艾）

千道节，万道节，
一年四季不落叶。

（棕树）

不是松树不是竹，
腊月仍然油油绿。

（冬青）

珍珠般亮，
皮球般圆，
鲜血般红，
蜂蜜般甜。

（樱桃）

红丝线，吊绿球，
人人见，口水流。

（杨桃）

一棵树儿矮又矮。
红红绿绿挂灯彩。

（柿子树）

天上碧桃和露种，
日边红杏依云栽。

（凌霄）

脱了衣服见头发，
拨开头发就见牙。

（玉米）

空空花，扁扁菜，
野鸡下蛋土里埋。

（葱、韭、蒜）

有叶花不开，
无叶花芬芳。

（梅）

不是竹子不是麻，

树高三尺开黄花，
黄花谢落结青果，
青果肚里开白花。

（棉花）

一根绳，扯满棚，
开黄花，结铜铃。

（葡萄）

幼时味甜正好尝，
大时做笛把歌唱，
老时拿来撑船用，
长年漂流江河上。

（竹）

开花香，结籽甜，
根好吃，叶卖钱。

（莲蓬）

远看青山艳艳，
近看楠竹杆杆，
冒犯朝廷王法，
一年打它三遍。

（苎麻）

小蛇弯弯过，
爬架又爬坡，
结满小晶果，
人说新疆多。

（葡萄）

大哥一身白，
二哥一身癞，
三哥戴铁帽，
四哥刺朝外。

（冬瓜、苦瓜、茄子、黄瓜）

谁说石家穷，
石家真不穷，
推开金板壁，
珠宝嵌屏风。

（石榴）

青皮包白肉，
籽儿有用途，
莫听名字冷，
热天菜场有。

（冬瓜）

青枝绿叶开白花，
秋来黄粱枝头挂，
庭院窗前栽一盆，
只供观果不观花。

（金橘）

粉妆玉琢新世界，
头戴金钗顶风到，
岁寒为报春来早，
姐妹亲朋喜开怀。

（梅花）

两个小木盆，
扣个皱脸人，
木盆扣得紧，

不砸不开门。

（核桃）

张开紫罗伞，
卸掉黄金冠，
天下任逍遥，
亲朋万万千。

（蒲公英）

一束鲜花不栽盆，
青枝绿叶爱煞人，
一年四季开一次，
朵朵花开白似银。

（棉花）

一般卧龙喜春天，
抬头舞臂苦登攀，
绿荫高处秋收好，
珍珠玛瑙吊串串。

（葡萄）

三片瓦，盖个房，
没有柱子没有梁，
外面刷的黑油漆，
里面住的粉姑娘。

（荞麦）

脚像鸡爪爪，
头像猫尾巴，
腰硬脖颈软，
老是头耷拉。

（谷子）

身子细，节节高，
腰插数把刀，
头上顶花椒。

（高粱）

稀奇稀奇真稀奇，
树根上面长胡须，
冬天落叶春发芽，
全身辫子长又细。

（柳树）

绿叶叶，红皮皮，
怀里揣条金链链。

（红萝卜）

脑袋在底下，
胡子一大把，
不长枝来不分杈，
呆子顶上开白花。

（蒜、葱）

圆圆叶子杆儿高，
秋天结果香满园，
黄皮黑籽味道香，
吃在嘴里水汪汪。

（梨树）

叶儿茂盛价值大，
养蚕硬是需要它，
本来栽有千万棵，

偏说两棵冤枉大。

（桑树）

身子长，个不大，
遍体长着小疙瘩，
有人见了皱眉头，
有人见它乐开花。

（苦瓜）

青青树儿并不高，
全副武装挂马刀，
给人贡献不算啥，
吃时是刀有功劳。

（刀豆）

藤儿短，苗不高，
只有条条是佳肴，
红绿颜色全都有，
节节分段锅里炒。

（长豆角）

弯弯床，弯弯被，
弯弯小子弯弯睡。

（菱）

青青叶，开黄花，
养儿子，钻泥巴。

（落花生）

紫藤绿叶满棚爬，
生来就开紫色花，
紫花长出万把刀，
又做药用又吃它。

（扁豆）

身材瘦瘦个儿高，
叶儿细细披绿袍，
别看样子像青蒿，
香气扑鼻味儿好。

（芹菜）

一条青龙埂上爬，
青龙身上配灯笼，
有红有白还有黄，
只吃熟来不吃生。

（南瓜）

一物生长色彩异，
红叶红茎又红皮，
就是将它过火海，
留下红水不变色。

（苋菜）

一间房子圆滚滚，
四扇窗子四扇门，
不敲大门不相见，
敲敲打打才出门。

（核桃）

叶子圆圆个儿小，
全身长满小镰刀，
刀子里面结果果，
果儿可做美佳肴。

（大豆）

疙瘩屋，疙瘩被，
疙瘩孩子疙瘩睡，
要吃疙瘩需用锤，
吃着疙瘩香又脆。

（核桃）

青青的叶儿白白花，
圆圆的果子任人摘，
清香的油儿润心肺，
怎叫人们不爱它。

（油茶树）

每临霜雪不凋零，
历经四时叶青青，
风中清籁雨中雅，
“不可一日无此君”。

（竹）

杆短枝多叶子大，
青色灯笼树上挂。
要是用它把油榨，
家具船舱寿命延。

（油桐树）

杆高枝多叶如爪，
一到深秋穿红袄，
球状果实刺儿多，
祛风祛湿有疗效。

（枫树）

杆儿脆，叶子大，
三年可长一丈八，
优秀干部焦裕禄，
生前十分喜欢它。

（泡桐树）

样子看来很高大，
果儿屁股穿铁甲，
树干用来做家具，
果实可做豆腐花。

（楷树）

号称木中王，
树干冲天长，
叶儿尖似针，
造屋好做梁。

（杉树）

叶儿长长牙齿多，
树儿枝枝结刺黑，
果皮青青果内黑，
剥到中心雪雪白。

（板栗树）

头大脚小身婆娑，
城市绿化常用它，
本来祖国到处有，
硬说它是外国来。

（杨树）

叶子细小杆儿瘦，
结的果子如葡萄，
药用可以治蛔虫，

名字一听味不好。

（苦楝树）

一棵树儿并不高，
长的果儿似钢刀，
没有肥皂洗衣服，
用它帮忙很有效。

（皂角树）

叶儿青青一蓬蓬，
表面有节肚里空，
白花开时似喇叭，
炒来吃时脆哄哄。

（蕻菜）

少年时摇扇子，
老年时扎包袱。

（包菜）

看样子青翠嫩绿，
听名字好似石灰。

（白菜）

不要看它是菜，
名字叫人莫吃。

（芥菜）

看起来蔸红叶青，
听起来起伏不平。

（菠菜）

身上雪白，
肚里墨黑，
碰上敌人，
会放烟幕。

（墨鱼）

既然是做朋友，
何必对我如此！
睡来只限门口，
饭时只嚼骨头。

（狗）

身穿银甲亮晶晶，
浑身上下冷冰冰。

（鱼）

身份虽为甲等，
毕竟属于虫儿。

（甲虫）

肚皮白白背春花，
不吃肉也不吃瓜，
专吃蚊虫叫呱呱。

（青蛙）

小小身躯，
不易看见，
形态丑陋，
万万千千，
吃下肚里，
病榻缠绵。

（细菌）

耳朵大大嘴巴长，
尾巴短短身体胖，
好吃懒做福气好，
长大送上屠宰场。

（猪）

说它是鼠不是鼠，
整天爬树吃果子。

（松鼠）

身穿礼服小绅士，
蹲在冰里捕鱼儿，
若然游泳兴致起，
敢把礼服当泳衣。

（企鹅）

有耳太大，有脚太粗，
有牙太尖，有鼻太长，
说它像人倒不像，
说它不像倒是像。

（象）

生得像虎威，
鼠窃不敢违，
眼光最巧妙，
日夜有盈亏。

（猫）

嘴是耙，舌是叉，
看像贪睡，
走路不差。

（蛇）

一二三四，
力大无穷，
整天忙碌，
只为人忙。

（牛）

火的鸟，不会烫。
只怕在冬季。
死在火里烤。

（火鸡）

一个小顽皮，
爱说笑嬉戏，
好学而不倦，
活像录音机。

（鹦鹉）

头顶两棵珊瑚树，
身穿一件梅花袍。
四腿长得长又瘦，
翻山越岭快如飞。

（鹿）

我是一片云，
飘浮大海上，
自由在飞翔，
一生爱海浪，
愿做钓鱼郎。

（海鸥）

树会动，枝会摇，

身穿豹皮不吃肉，
爱吃青草本性善。

（鹿）

披甲大块头，
爱伏在河边，
血盆口一开，
噬者当遭殃。

（鳄鱼）

此君生性孤闻，
并且自虐至极，
日夜无端吊起，
夜里四处求食。

（蝙蝠）

头上有只角，
体积并不小，
肉类它不要，
只会吃青草。

（牛）

父亲像鱼，
母亲像马，
生个儿子好像马。

（河马）

头戴将军帽，
身穿油绿袍，
过乘连关桥，
换件大红袍。

（虾）

毛头毛脑确不同，
爱吃果子乐无穷，
若是见他太顽皮，
打他屁股红又红。

（猴子）

有头没有颈，
身上冷冰冰，
有翅不能飞，
无脚反能行。

（鱼）

贵夫人，插满花，
论美艳，是奴家。

（孔雀）

尾巴翘翘吱吱叫，
不会走来只会跳。

（麻雀）

森林有位好医生，
专治树林蛀心病，
嘴巴就是手术刀，
防治病害本领高。

（啄木鸟）

不怕涉山过海，
方向我最清楚，
人称白衣天使，
一生爱好和平。

（白鸽）

有个懒家伙，
光吃不做工，
看似无用处，
全身都是宝。

（猪）

脚趾像扇子，
嘴唇像钳子，
赛跑别找它，
游泳是尖子。

（鸭）

身体长，恶心肠，
不工作，爱靠人，
学不来，坏榜样，
有它来，病一场。

（蛔虫）

河里马，马过河，
河不浅，马在喊。

（河马）

有甲有雄心，
嘴硬又天真，
浑身是硬环，
要穿过万山。

（穿山甲）

虽云是金，
却不是真，
大眼孩儿，
爱穿长裙。

（金鱼）

说它是条牛，
却不会拉犁，
笑它力气小，
背着屋子跑。

（蜗牛）

年纪并不老，
胡子却不少，
尖嘴尖牙齿，
贼头又贼脑。

（老鼠）

年纪并不老，
身上毛不少，
身披大皮袄，
山上吃青草。

（绵羊）

它是一位游泳家，
说话老是呱呱呱，
小时有尾没有脚，
长大有脚没尾巴。

（青蛙）

似鼠不是鼠，
无羽能飞舞，
眼睛看不见，
目标却清楚。

（蝙蝠）

个子虽然细，
竟是追债鬼，
金针不离身，
专向肉上刺。

（蚊子）

一位聪明的小儿郎，
盖栋房子里面藏，
墙壁雪白无门窗，
拆下还能做衣穿。

（蚕）

提灯小姨娘，
飞天本领强，
白天睡懒觉，
晚上工作忙。

（萤火虫）

排队地上跑，
身体细又小，
做事最勤劳，
纪律第一好。

（蚂蚁）

小小水路两用机，
四片翅膀身上披，
一二三四五六七，
飞到东呀飞到西。

（蜻蜓）

粗腰细脖子，
身穿绿衣袍，
昂头又阔步，
作战用双刀。

（螳螂）

远远看去像只猫，
走近一瞧喊糟糕。

（老虎）

身穿黑紫貂，
尾巴似剪刀。

（燕子）

一只鸟儿真美丽，
尾巴长长拖到地。

（孔雀）

头上长着枯树枝，
身穿斑点梅花衣，
不是驴也不是羊，
奔跑如风快如马。

（梅花鹿）

说它是只猫，
却能飞得高，
白天藏树梢，
夜晚把物叼。

（猫头鹰）

头戴大红帽，
身披五彩袍，
好像是钟表，

催人起得早。

（雄鸡）

一把黑剪刀，
天空飞得高，
不会吃布料，
就怕遇到猫。

（燕子）

说狐不是狐，
说狗不是狗，
嘴里两排刀，
尾巴像扫帚。

（狼）

像虎不是虎，
像猫不是猫，
速度它最快，
跳跃它最高。

（豹）

一只大猫咪，
身披斑纹皮，
没有人敢骑，
碰见快逃离。

（老虎）

神奇一花园，
宏伟有喷泉，
地面黑又滑，
看来墨一团。

（鲸鱼）

要说像马不是马，
要说像驴不是驴，
身背高山一两座，
荒漠万里踏沙来。

（骆驼）

老水牛，实在大，
两只角儿倒生，
鼻子拖到地下。

（象）

团结劳动是模范，
全家住在格子间，
常到花丛去上班，
造出产品比糖甜。

（蜜蜂）

大眼睛，亮晶晶，
尾巴长，翅膀轻，
像架飞机空中转，
飞来飞去捉蚊蝇。

（蜻蜓）

小瞎子，没时停，
泥里卧，钻不完。

（蚯蚓）

有个房子无房客，
没个房子活不成。

（蜗牛）

小小建筑师，
合力做房子，
何时最忙碌，
待那花开时。

（蜜蜂）

忙碌小兵丁，
工事勤又精，
力气何其大，
合作又热诚。

（蚂蚁）

肮脏一老头，
平生爱自由，
周遭都去到，
令人厌且愁。

（苍蝇）

直升机，草上飞，
大眼睛，水上戏。

（蜻蜓）

美丽小姑娘，
身披彩衣裳，
百花是亲友，
天天探亲忙。

（蝴蝶）

小小轰炸机，
攻击用针吸，
痛得叫妈妈，
是个坏东西。

（蚊子）

长相俊俏，
爱舞爱跳，
春花一开，
它就来到。

（蝴蝶）

一个姑娘，
实在荒唐，
造间屋子，
不留门窗。

（蚕）

一个黑姑娘，
披件纱衣裳，
住在大树上，
热天把歌唱。

（蝉）

家住石板桥，
身穿酱色袍，
头戴黑铁帽，
打仗逞英豪。

（蟋蟀）

肚大脑袋小，
胸前挂对刀，
样子长得笨，
捉虫本领高。

（螳螂）

远看芝麻撒地，
近看黑驴运米，
不怕山高道路陡，
只怕跌进热锅里。

（蚂蚁）

小老鼠，真稀奇，
两只翅膀像层皮，
白天躲在屋檐下，
夜晚出来吃东西。

（蝙蝠）

吐出细银丝，
织成天罗网，
摆下八卦阵，
专捉飞来将。

（蜘蛛）

尾巴长，鬃毛飘，
会拉车，能奔跑，
四个蹄子嗒嗒响，
帮助人们立功劳。

（马）

嘴长耳朵长，
一条小尾巴，
光吃不劳动，
饱了就睡下。

（猪）

身笨力气大，
干活常带枷，
春耕和秋种，
缺少它不行。

（牛）

嘴长腿高，
身披白袍，
能飞会舞，
喜欢水草。

（仙鹤）

是鸟不叫鸟，
叫鹅飞得高，
谁家也不养，
人们都爱瞧。

（天鹅）

一物生来本领高，
尖嘴能给树开刀，
专捉害虫吃个饱，
保护树林有功劳。

（啄木鸟）

远看像只猫，
近看是只鸟，
夜晚捉田鼠，
白天睡大觉。

（猫头鹰）

生在林中满山跑，
身穿斑斓黄皮袄，
百兽之中它称王，

威风凛凛性暴躁。

（虎）

家住青山顶，
身穿破蓑衣，
常在天空游，
爱吃兔和鸡。

（鹰）

此物老家在非洲，
力大气壮赛过牛，
张开大嘴一声吼，
吓得百兽都发抖。

（狮）

生得笨，长得大，
又黑又脏爱玩耍，
吃得浑身肥又壮，
家家户户不喂它。

（熊）

一物像狗又像狐，
土黄衣服尾巴粗，
会在路上把人咬，
也到村里叼羊猪。

（狼）

走也是卧，
立也是卧，
坐也是卧，
卧也是卧。

（蛇）

尖尖嘴，细细腿，
狡猾又多疑，
拖着大长尾。

（狐狸）

沙漠一只船，
船上载着山，
远看像笔架，
近看一身毡。

（骆驼）

虽有翅膀飞不起，
非洲沙漠多足迹，
快步如飞真稀奇，
鸟中体重数第一。

（鸵鸟）

头戴珊瑚真正美，
身穿皮袍花如梅，
纤纤细腿虽瘦小，
翻山越岭快如飞。

（鹿）

脖子长长似吊塔，
穿着一身花斑褂，
跑起路来有本领，
奔驰赛过千里马。

（长颈鹿）

说它是马也不错，

只是身上黑道多。

（斑马）

一物生来真奇怪，
肚下长个皮口袋，
孩子袋里吃和睡，
跑得不快跳得快。

（袋鼠）

大尾巴，尖嘴颏，
跳跳蹦蹦采松果，
夏天树上来乘凉，
冬天到了洞里躲。

（松鼠）

身披灰针毡，
常往瓜地蹿，
遇到敌人来，
立即蜷成团。

（刺猬）

河边一个游泳家，
说起话来呱呱呱，
小时有尾没有脚，
大时有脚无尾巴。

（青蛙）

一条牛，有翅膀，
两根辫子在身旁，
危害果木罪恶大，
人们称它“锯树郎”。

（天牛）

头小颈长四脚短，
硬壳壳里把身安，
别看胆小又怕事，
要论寿命大无边。

（乌龟）

尊我是人主，
夸我是海王，
画我怕点睛，
其实是荒唐。

（龙）

长脖点丹顶，
卓卓立鸡群，
昔人乘它去，
千古留美名。

（鹤）

小货郎，不挑担，
背着针，满地蹿。

（刺猬）

有个怪物本领高，
走路不直横着跑，
随身工具有十件，
两把钳子八把刀。

（螃蟹）

红花头上戴，
彩衣不用裁，
清早歌一曲，

千门万户开。

（公鸡）

嘴像小铲，
走路摇晃，
脚像小扇，
水上游荡。

（鸭）

一个白胡老头，
带了一袋黑豆，
一边走，一边漏。

（羊）

身穿白绫袍，
头戴黄纱帽，
走路慢腾腾，
游泳像船摇。

（鹅）

走起路来落梅花，
从早到晚守着家，
看见生人就想咬，
看见主人摇尾巴。

（狗）

脚穿钉鞋走无声，
不爱吃素爱吃腥，
白天无事打瞌睡，
半夜觅食不点灯。

（猫）

尖嘴尾巴大，
偷油又偷粮，
白天洞里躲，
夜里咬衣箱。

（鼠）

前腿短，后腿长，
两眼好似红葡萄，
鱼肉虾蛋都不碰，
青菜萝卜吃个饱。

（兔）

生来四只脚，
爱攀又爱跳，
站坐都像人，
无衣满身毛。

（猴子）

有头没有颈，
有气冷冰冰，
有翅不能飞，
没脚千里行。

（鱼）

一条潜艇不靠岸，
海里沉浮遂心愿，
不烧煤来不用油，
只见冒水不见烟。

（鲸鱼）

有枪不能放，
有腿不能走，

天天弯着腰，
总在水里游。

（虾）

不辞辛苦衔泥草，
高高树上筑新巢，
飞到东来飞到西，
站在枝头把喜报。

（喜鹊）

排队远征，
纪律严明，
春到北方，
深秋南行。

（大雁）

身披黑缎袍，
尾巴像剪刀，
秋寒南方去，
春暖它又到。

（燕子）

身体花绿，
走路弯曲，
河里出进，
开口恶毒。

（蛇）

甲字错，由也错，
我的名字易写错，
黑的皮肤胖胖身，
厨房沟渠都走过。

（蟑螂）

前有毒夹，
后有尾巴，
全身二十一节，
千万不要碰它。

（蜈蚣）

一物生来强，
有爹又有娘，
不同爹的姓，
不像娘的样。

（骡）

坐也坐，卧也坐，
立也坐，走也坐。

（青蛙）

东墙站个黑大汉，
身上背着两把扇，
走一走来扇一扇，
哇啦哇啦乱叫唤。

（乌鸦）

长得老气又横秋，
两撇胡子八字收，
何堪浸在浅水中，
跃出池塘耀半空。

（鲤鱼）

身上雪雪白，

肚里墨墨黑，
从不偷东西，
硬说它是贼。

（乌贼鱼）

圆圆房子，
弯弯门楼，
姑娘出门，
扇子盖头。

（螺）

尾巴翘，吱吱叫，
不会走，却会飞。
还会跳。

（麻雀）

口儿虽小，
喝尽海水，
轻轻打开，
明月在腔。

（蚌）

千根木头，
造座高楼，
不用锯子，
不用斧头。

（鸟窝）

有枝有叶不是树，
没花没果是动物，
色彩绚丽海中长，
可当材料造房屋。

（珊瑚）

身体扁又圆，
爱住黑房间，
有光见不到，
人睡来捣乱。

（臭虫）

身体半球形，
背上七颗星，
棉花喜爱它，
捕虫最著名。

（七星瓢虫）

头戴大红帽，
身披五彩衣，
好像小闹钟，
清早催人起。

（公鸡）

肚大眼明头儿小，
胸前有对大砍刀，
别看样子有点笨，
捕杀害虫可灵巧。

（螳螂）

翅膀一层亮晶晶，
整天飞舞花丛中，
手足不闲爱劳动，
酿造蜜糖好过冬。

（蜜蜂）

一个小虫它会飞，
嘴含毒汁细长腿，
专喝人血传疾病，
快来消灭吸血鬼。

（蚊子）

周身银甲耀眼明，
浑身上下冷冰冰，
有翅寸步不能飞，
没脚五湖四海行。

（鱼）

两块瓦片盖间房，
一个胖子住中央，
水里生来水里长，
就怕拖他到岸上。

（蚌）

生在大海岩石旁，
身体柔软甲似钢，
没头没脑没心脏，
肚里却把珠宝藏。

（海蚌）

两头尖尖相貌丑，
耳目手脚都没有，
整日工作在地下，
一到下雨才露头，
要问到底是什么，
庄稼人的好朋友。

（蚯蚓）

长个乌龟相，
披件红外衣，
专门吸人血，
装进大肚皮。

（臭虫）

一头小牛黑溜溜，
无角无尾不拉耧，
日夜躲在仓库里，
钻在小麦心里头。

（麦牛）

全身都是宝，
爱吃百样草，
吃饱就睡觉，
走路哼哼叫。

（猪）

长着两只角，
反穿大皮袄，
吃的绿草草，
拉的黑枣枣。

（羊）

小飞艇，大眼睛，
两只翅膀大又明，
飞东飞西忙不歇，
消灭害虫有本领。

（蜻蜓）

从不离水，

摇头摆尾，
鳞光闪闪，
满身珠翠。

（鱼）

挥动钳子一双，
玩弄尖刀八把，
一生霸道横行，
总爱胡抓乱爬。

（蟹）

尖刀四对，
钳子两把，
身披铠甲，
横行天下。

（螃蟹）

小飞虫，尾巴明，
夜黑闪闪像盏灯，
古代有人曾借用，
刻苦读书当明灯。

（萤火虫）

小姑娘，穿花袍，
棉花田里逞英豪，
保护庄稼不用药，
专治蚜虫本领高。

（花大姐）

身穿紫花白战袍，
海里将军只一招，
每遇敌人来袭击，
急放墨汁当法宝。

（墨鱼）

两腿短短脖子长，
穿了一身白衣裳，
头上有个红疙瘩，
游水本领高又强。

（鹅）

脑袋像猫不是猫，
身穿一件豹花袄，
白天睡觉夜里叫，
看到田鼠就吃掉。

（猫头鹰）

生来粗笨黑又大，
长个狗样爱玩耍，
吃得浑身肥又壮，
家家户户不喂它。

（狗熊）

有个聪明小工匠，
盖房不用砖和梁，
墙壁雪白没窗户，
拆开便可做衣裳。

（蚕茧）

有位纺织娘，
老来忙又忙，
会纺银丝线，
能造丝棉房。

（蚕）

黑褂子，白前襟，
站在枝头报喜讯。

（喜鹊）

身穿梅花袍，
头上顶双角，
蹿山又越岭，
全身都是宝。

（鹿）

似鼠不是鼠，
没羽能飞舞，
眼睛看不见，
睡觉倒挂屋。

（蝙蝠）

脸上长鼻子，
头上挂扇子，
四根粗柱子，
一条小辫子。

（象）

鹿马驴牛它都像，
很难肯定像哪样，
四种相貌集一体，
说像又都不太像。

（麋）

凸眼睛，阔嘴巴，
尾巴比身体还大，
碧绿水草衬着它，
好像一朵大红花。

（金鱼）

八字须，往上翘，
说话好像娃娃叫，
只洗脸，不梳头，
夜行不用灯光照。

（猫）

粽子头，梅花脚，
屁股挂把指挥刀，
坐着反比立着高。

（狗）

不是狐，不是狗，
前面架铡刀，
后面拖扫帚。

（狼）

小伙子，长得愣，
生下来，就会蹦，
不像他妈的样，
不姓他爹的姓。

（骡子）

有个懒家伙，
只吃不干活，
戴顶帽子帽边大，
穿件褂子纽扣多。

（猪）

蒲扇脚跟，

木瓢嘴唇，
赛跑不行，
游泳有名。

（鸭子）

金箍桶，银箍桶，
打开来，箍不拢。

（蛇）

头有毛栗大，
尾巴像钢叉，
睡觉在泥里，
离地一丈八。

（燕子）

年纪并不大，
胡子一大把，
不论遇见谁，
总爱喊妈妈。

（羊）

一个黑大汉，
腰插两把扇，
走一步，扇几扇。

（鸵鸟）

身上乌里乌，
赤脚走江湖，
别人看他吃饱，
其实天天饿肚。

（鱼鹰）

大将军披头散发，
二将军黄袍花甲，
三将军肥头腮脑，
四将军瘦瘦刮刮。

（狮、虎、熊、狼）

一把刀，水里漂，
有眼睛，没眉毛。

（鱼）

船底硬，船面高，
四把桨，慢慢摇。

（鱼）

小小瓶，小小盖，
小小瓶里好荤菜。

（螺蛳）

胖子大娘，
背个大筐，
剪刀两把，
筷子四双。

（螃蟹）

头戴绿帽，
身穿绿袍，
腰细肚大，
手拿双刀。

（螳螂）

红船头，黑篷子，
二十四把快篙子，

撑到人家大门前，
吓坏多少小孩子。

（蜈蚣）

一个白发老妈妈，
走起路来四边爬，
不用铁犁，不用锄，
种下一片好芝麻。

（蚕蛾）

一条牛，真厉害，
猛兽见它也避开，
它的皮厚毛稀少，
长出角来当药材。

（犀牛）

山上的马儿骑不得，
草里的棍儿拾不得，
花边的草鞋穿不得。

（老虎、毒蛇、蜈蚣）

双脚跳跳，
吵吵闹闹，
吃虫吃粮，
功大过小。

（麻雀）

小小东西武艺高，
筋斗翻过洛阳桥，
拳打脚踢都不怕，
只怕按住指甲拗。

（跳蚤）

红头红脚披红衣，
躲在厨房偷油吃。

（蟑螂）

家住山下溪，
龟师称兄弟，
人家皮包骨，
我是骨包皮。

（鳖）

弯弯曲曲一座楼，
姑娘梳的盘龙头，
踱着慢步出门来，
还把团扇半遮头。

（田螺）

头戴红缨帽，
身穿绿战袍，
说话像人语，
你说它就学。

（鹦鹉）

两撇小胡子，
尖嘴尖牙齿，
贼头又贼脑，
夜晚干坏事。

（老鼠）

眼睛不大，
细长尾巴，
以偷为生，

谁见谁打。

（老鼠）

耳朵大，脚儿小，
身体肥胖爱睡觉，
浑身上下都有用，
粮食增产不可少。

（猪）

腿长胳膊短，
眉毛盖住眼，
有人不吱声，
无人大声喊。

（蝈蝈）

眼如铜铃，
身像铁钉，
有翅无毛，
有脚难行。

（蜻蜓）

头插野鸡毛，
身穿滚龙袍，
一旦遇敌人，
作战呱呱叫。

（蟋蟀）

团结劳动是能手，
家家住着小门楼，
个个开着糖坊铺，
日日夜夜忙不休。

（蜜蜂）

身穿白袍子，
头戴红帽子，
走路像公子，
说话高嗓子。

（鹅）

圆头细眼睛，
迎风一身轻，
爱在枝上叫，
又响又好听。

（蝉）

身披一件大皮袄，
山坡上面吃青草，
为了别人穿得暖，
甘心脱下自己毛。

（绵羊）

一身毛，四只手，
坐着像人，
走着像狗。

（猴）

年纪不大，
胡子一把，
喜吃青草，
爱叫妈妈。

（羊）

有头无颈，
有眼无眉，

无脚能走，
有翅难飞。

（鱼）

豁嘴巴，红眼睛，
不见走，光见蹦。

（兔子）

说鸟不是鸟，
躲在树上叫，
自称啥都知，
其实全不晓。

（知了）

身穿黑缎袍，
尾巴像剪刀，
冬天向南飞，
春天回来早。

（燕子）

叫鱼不是鱼，
终生海里居，
远看像喷泉，
近看似岛屿。

（鲸鱼）

树上有个歌唱家，
娶个“媳妇”是哑巴。
生下孩儿命运苦，
地牢里面渡生涯。

（蝉）

团结模范，
劳动英雄，
飞来飞去在花中，
采下粮食好过冬。

（蜜蜂）

一条大船不靠岸，
海里沉浮随心愿，
不烧煤来不用油，
烟筒冒水不见烟。

（鲸鱼）

头插雉尾毛，
身穿铁青袍，
走进汤家庄，
改换大红袍。

（虾）

鼻子粗又长，
两牙赛门杠，
双耳如蒲扇，
身子似面墙。

（象）

头长两棵树，
身开白梅花，
性情最温顺，
跑路赛过马。

（梅花鹿）

脊背突起似山峰，
“沙漠之舟”能载重，

风沙干旱何所惧，
戈壁滩上一英雄。

（骆驼）

一物像人又像狗，
爬竿上树是能手，
擅长模仿人动作，
家里没有山中有。

（猴）

有种动物长得棒，
拉车善走有力量，
一生不生儿和女，
不像爹来不像娘。

（骡）

身穿皮袄黄又黄，
呼啸一声万兽慌，
虽然没率兵和将，
也称山中一大王。

（虎）

空中排队飞行，
组织纪律严明，
初春来到北方，
深秋南方过冬。

（大雁）

嘴像小铲子，
脚像小扇子，
走路左右摆，
不是摆架子。

（鸭子）

远看是颗星，
近看像灯笼，
到底是什么，
原来是只虫。

（萤火虫）

小小一条龙，
胡须硬似棕，
活着没有血，
死了满身红。

（虾）

一只顺风船，
白篷红船头，
划起两只桨，
湖上四处游。

（鹅）

有个小姑娘，
穿件黄衣裳，
你要欺侮她，
她就戳一枪。

（马蜂）

小时穿黑衣，
大时换白袍，
造一间小屋，
在里面睡觉。

（蚕）

说它是虎它不像，
金钱印在黄袄上，
站在山上吼一声，
吓跑猴子吓跑狼。

（金钱豹）

形状像耗子，
生活像猴子，
爬在树枝上，
忙着摘果子。

（松鼠）

生在田野中，
昼藏夜里行，
背了一身刺，
遇敌呈球形。

（刺猬）

会飞不是鸟，
两翅没有毛，
白天休息晚活动，
捕捉害虫本领高。

（蝙蝠）

铁嘴弯弯眼雪亮，
海阔天空任飞翔，
捕捉鼠蛇除虫害，
不怕虎豹和豺狼。

（鹰）

体形像狗样，
喜欢山里藏，
耳小尾巴大，
常把人畜伤。

（狼）

身体虽不大，
钢针满身插，
遇敌蜷一团，
老虎也无法。

（刺猬）

芙蓉冠，头上戴，
锦衣不用剪刀裁，
果然是个英雄汉，
一唱千户万门开。

（雄鸡）

一生勤劳忙，
专去百花乡，
回来献一物，
香甜胜过糖。

（蜜蜂）

小飞贼，水里生，
干坏事，狠又凶，
偷偷摸摸吸人血，
还要嗡嗡唱一通。

（蚊子）

耳朵长，尾巴短，
红眼睛，白毛衫，
三瓣嘴儿胆子小，

蹦蹦跳跳人喜欢。

（小白兔）

细细长长一条龙，
天天躲在沃土中，
没手没脚会劳动，
钻来钻去把土松。

（蚯蚓）

两个大瓦片，
盖个小房间，
有个胖娃娃，
乖乖睡里边。

（海蚌）

林海之中一医生，
保护树林立大功，
不打针来不给药，
一口叼出肚里虫。

（啄木鸟）

头戴花冠鸟中少，
身穿锦袍好夸耀，
尾巴似扇能收展，
展开尾巴却爱瞧。

（孔雀）

有种鸟，本领高，
尖嘴爱给树开刀，
树木害虫被啄掉，
绿化祖国立功劳。

（啄木鸟）

一只鸟儿真奇怪，
不会飞来跑得快，
遇事总把脑袋藏，
却把屁股露在外。

（鸵鸟）

脚穿钉鞋行无声，
不爱吃素专吃腥，
白天无事打瞌睡，
夜晚捕鼠逞英雄。

（猫）

胡子不多两边翘，
开口说是妙妙妙，
黑夜巡逻眼似灯，
厨房粮库它放哨。

（猫）

说它是马猜错了，
穿的衣服净道道，
把它放进动物园，
大人小孩都爱瞧。

（斑马）

坐下像只猫，
飞起像只鸟，
夜间捉田鼠，
眼亮嗅觉敏。

（猫头鹰）

身穿绿花袄，

爱唱又爱跳，
住在水晶宫，
陆地把食找。

（青蛙）

生来性暴躁，
身穿黄皮袄，
自称山中王，
别猜它是猫。

（虎）

嘴像小铲子，
脚像小扇子，
走路晃膀子，
水上划船子。

（鸭）

穿件硬壳袍，
缩头又缩脑，
水面四脚划，
岸上慢慢跑。

（乌龟）

身穿白袍子，
头戴红帽子，
走路像公子，
说话高嗓子。

（鹅）

驼背老公公，
头上一蓬葱，
杀了不见血。
见汤就变红。

（虾）

一条绳，软又软，
埋在土里会动弹。

（蚯蚓）

远看一把伞，
近看没有柄，
一拳打得破，
万人做不成。

（蜘蛛网）

是牛从来不耕田，
体矮毛密能耐寒，
爬冰卧雪善驮远，
“高原之舟”人人赞。

（牦牛）

为你打我，
为我打你，
打得你皮开，
打得我出血。

（蚊子）

夏前它来到，
秋后没处找，
催咱快播种，
年年来一遭。

（布谷鸟）

腿细长，脚瘦小，

戴红帽，穿白袍。

（鹤）

头黑肚白尾巴长，
传说娶妻忘了娘，
其实它受人喜爱，
因为常来报吉祥。

（喜鹊）

日里外面叫跳，
夜宿古堂佛庙，
等到三麦登场，
首先它要尝到。

（麻雀）

大姐天天逛花园，
二哥弹琴夜黑天，
三姐织布到天明，
四妹做饭香又甜。

（蝴蝶、蝈蝈、蜘蛛、蜜蜂）

嘴尖不长毛，
身穿大红袍，
走路蹦又跳，
晚上把人扰。

（跳蚤）

会吼的马儿骑不得。
会游的鞭子拿不得，
地上的琵琶弹不得，
倒挂的莲蓬吃不得。

（斑马、蛇、螳螂、马蜂窝）

大姐用针不用线，
二姐用线不用针，
三姐点灯不做活，
四姐做活不点灯。

（蜜蜂、蜘蛛、萤火虫、蝙蝠）

大姐上山滑溜溜，
二姐下山滚绣球，
三姐磕头梆梆响，
四姐洗脸不梳头。

（蛇、刺猬、啄木鸟、猫）

是鸡不长毛，
是牛不耕田，
是猫不捕鼠，
是虎不上山。

（田鸡、蜗牛、熊猫、壁虎）

一个叫姑姑，
一个叫妈妈，
一个叫哥哥，
一个叫娃娃。

（鸽、羊、鸡、乌鸦）

播种。

（布谷）

整容。

（画眉）

美的旋律。

（妙音鸟）

恍然大悟。

（知了）

兄长多。

（八哥）

视力赛。

（比目鱼）

北京零时。

（燕子）

墙上大虫。

（壁虎）

莺歌燕啭。

（唤春）

浣花草堂。

（杜宇）

赤道白条。

（热带）

花岗岩脑袋。

（石首）

抬头望北斗。

（瞻星）

浑身是尖针。

（刺猬）

路单没有字。

（白条）

样子差不多。

（象）

慈母手中线。

（络丝娘）

饱览千里云和月。

（宵行）

漫无边际信口吹。

（海牛）

看名字有点逞能。

（熊）

羽毛特异胜诸禽，
出谷堪听好声音，
只因别具有特色，
博得许多赞扬声。

（黄莺）

身穿鲜艳百花衣，
爱在山丘耍儿戏，
稍微有点情况紧，

只顾头来不顾尾。

（野鸡）

大姐会跳不会走，
二姐一叫天将晓，
三姐爱织百花扇，
四姐水中把船摇。

（麻雀、公鸡、孔雀、鸭子）

大姐飞行有规矩，
二姐总是成双对，
三姐人云它亦云，
四姐晚上寻粮食。

（雁、鸳鸯、鹦鹉、猫头鹰）

草原是老家，
苏武曾伴它，
皮毛骨肉乳，
支援搞“四化”。

（羊）

守夜受人夸，
优势遭人骂，
摇尾人不齿，
画虎怕像它。

（犬）

爬墙上壁是英雄，
身体扁平善捉虫，
尾巴断了能再生，
中医称它是“守宫”。

（壁虎）

我非六畜，
专吃五谷。
杀我无血，
吃我无肉。

（螟虫）

房上的灰，
树上的炭，
河里的木头泡不烂。

（鸽子、乌鸦、鱼）

行也是立，
立也是立，
坐也是立，
卧也是立。

（鹤）

捕捉民畜肥其身，
热带河域逞凶横，
貌似慈悲假流泪，
韩公对之有雄文。

（鳄鱼）

先修十字街，
后修月花台，
身子不用动，
口粮自送来。

（蜘蛛）

有位小姐黑又黑，
来时天公放春雷，

故居就在屋檐下，
为增春色满天飞。

（燕子）

小小鸟儿周身黑，
秋去江南春又归，
衔来泥草做新巢，
一生专吃害人虫。

（燕子）

性子像鸭水里游，
样子像鸟天上飞，
处处出现成双对，
夫妻恩爱总不离。

（鸳鸯）

像鼠却又尾巴大，
家里从来没有它，
山上安家它喜欢，
爬山上树本领大。

（松鼠）

号称上等鸟，
从未上天空。

（鸭）

身长近一丈，
鼻在头顶上，
腹白背青黑，
安家在海洋。

（海豚）

嘴长颈长脚也长，
爱穿一身白衣裳，
常在水边结伙伴，
田野沟渠寻食粮。

（白鹭）

展翅飞翔万里行，
双双慧眼识归程，
千载沧桑功犹在，
传递讯息献忠心。

（信鸽）

无头无脑无心脏，
体内柔软甲似钢，
别看泥里沙里住，
腹中却有珍珠宝。

（河蚌）

地下地面四处跑，
专把庄稼根子咬，
人们除害用农药，
我来翻地把它找。

（蝼蛄）

吃进草，挤出宝，
养分给人民，
功劳真不小。

（奶牛）

叫虎不是虎，
叫蚕不是蚕，
咬断植物茎，

专把坏事干。

（地蚕）

身体细长没脚手，
闻乐起舞有剧毒，
行动起来走曲线，
画它千万莫添足。

（眼镜蛇）

叫猫不是猫，
竹叶当食粮，
老家在中国，
美名传四方。

（熊猫）

身穿绿衣裳，
捉虫称健将，
谁说它当车，
真是冤枉它。

（螳螂）

暑夏枝头叫，
声声都知道，
大头又大嘴，
大吵还大闹。

（蝉）

身如大蚂蚁，
爱爬又会飞，
木头当粮食，
房屋被它毁。

（白蚁）

凶猛能爬树，
直立能行走，
手掌很珍贵，
不因它姓狗。

（狗熊）

穿皮衣，踏钉鞋，
只洗脸，不梳头，
日间无事梦周公，
半夜三更寻点心。

（猫）

纸糊灯笼纸糊炕，
生下娃娃颠倒放。

（马蜂）

老骥伏枥志千里，
纵身一跃过檀溪，
邀得伯乐王良顾，
一日千里不停蹄。

（马）

亲人盼我快些醒，
仇人怕我睡不熟，
百兽尊我为大王，
好汉怕我一声吼。

（狮子）

头大脚掌大，
像个笨冬瓜，
四肢短又粗，

大多穿黑褂。

（熊）

两弯新月长头上，
常常喜欢水中躺，
身体庞大毛灰黑，
劳动是个好闯将。

（水牛）

鼻子像钩子，
耳朵像扇子，
大腿像柱子，
尾巴像辫子。

（大象）

看似星星不在天，
可飞可落化万千，
尾巴挂上小灯笼，
秋夜郊野随处见。

（萤火虫）

比象还要大，
叫鱼不是鱼，
远看像喷泉，
近看像岛屿。

（鲸鱼）

稀奇真稀奇，
说话用肚皮。

（蝉）

小小诸葛亮，
独坐军中帐，
布下八卦阵，
要捉飞来将。

（蜘蛛）

一株荷花檐下种，
荷花未开先结蓬，
谁若去采莲蓬子，
蓬内将军齐出动。

（蜂窝）

有甲无盔，
有眼无眉，
无脚能行，
有翅不飞。

（鱼）

常用物谜

什么有头没有眼？
什么有眼没有头？
什么有腿家里坐？
什么没腿游四洲？

（凿子、石磨、板凳、船）

小白鸡，拖长尾，
走一步，啄一嘴。

（针）

一物三个门，
内装半拉人。

（裤子）

桥上有水桥下空，
桥脚建成四边形，
虽说身体没人高，
人人见了要鞠躬。

（脸盆架）

不论谁进来，
不论谁出去，
都要和它握握手。

（门把手）

长长一弄堂，
弄口一条缸，
缸里火烧旺，
喷出一阵香。

（旱烟袋）

怀抱一棵竹，
竹子呜呜哭，
问它哭什么？
它说马尾磨屁股。

（胡琴）

掐着它尾巴，
嘴儿才开张，
只要一松手，
咬住死不放。

（纸夹子）

一只雀子，
跳上桌子，
你提它尾巴，
它打你嘴巴。

（调羹）

生在深山长在林，
进了洞中烟火熏，
好汉不怕火来炼，
燃烧自己暖了身。

（木炭）

无论喝多少，
永远不知足。

（漏斗）

以为在前面，
其实在后面，
以为在里面，
其实在外面。

（镜子）

我非绘画家，
来者被我画，
绘画不用笔，
胜过绘画家。

（镜子）

十加十等于十，
十减十等于二十，
天暖变二十，
天寒得一十。

（手指、手套）

两只小船没有帆，
十个旅客撑船走，
江河湖海过不去，
常常只在陆地游，
白天到处把船行，
晚上船只空悠悠。

（鞋）

小小旅行家，
本领可真大，
喝上一滴水，
千里脚下滑，
起程把帽脱，
休息戴上它。

（钢笔）

我不穿戴它穿戴，
它不穿戴我穿戴。

（挂衣架）

弯弯嘴巴，
脊背花花，
嘴巴一吊，
尾巴一翘。

（秤）

圆得像只碗，
深得如水桶，
平时不作声，
抓住尾巴吼不停。

（铃）

上圆下也圆，
请客它向前，
腰上捏一把，

肚里水吐干。

（酒瓶）

身体玲珑，
头毛几丛，
进嘴不吃，
洁齿有功。

（牙刷）

有长也有方，
五味它都尝，
只要别人净，
不怕自己脏。

（抹布）

头戴塑料帽，
身穿锡花袍，
用手挤一挤，
入口变成泡。

（牙膏）

嘴巴里吃进去，
肚子里掏出来，
连着东南西北，
通向五洲四海。

（邮筒）

银光壁，水晶宫，
夹层玻璃不透风，
火热心肠为人民，
专把温暖给群众。

（暖水瓶）

长颈大肚皮，
有嘴没有腿，
吃的是白汤，
吐的是黄水。

（茶壶）

形状不一有圆方，
背穿红衣脸光亮，
人们要想常整洁，
随时请它来帮忙。

（镜子）

看着像块糕，
不能用嘴咬，
洗衣和洗澡，
浑身出白泡。

（肥皂）

兄弟俩，俩兄弟，
出出进进不分离，
起床肚子饱，
睡觉肚子饥。

（鞋）

一对大草包，
外穿绣花袍，
爱在床上卧，
从不地下跑。

（枕头）

心直口快，

满嘴铁牙，
叽里咕噜，
替人分家。

（锯）

田里地里来回走，
只有牙齿没有口。

（耙）

身弯嘴快尾巴翘，
夏吃麦子秋吃稻，
农民个个喜欢它，
收割庄稼立功劳。

（镰刀）

有个小儿童，
整天坐木城，
不管别的事，
爱打抱不平。

（刨子）

两只耳朵供人提，
弯弯嘴儿挂东西，
还有一个硬拳头，
铁面无私大力气，
身上金星会说话，
公平合理做交易。

（秤）

身穿红衣裳，
常年把哨放，
遇到紧急事，
敢向火海闯。

（灭火器）

小小身材随身带，
加减乘除样样快。

（计算器）

一头粗，一头细，
浑身上下是玻璃，
细的倒比粗的粗，
粗的反比细的细。

（注射器）

一对小船，
实在能干，
白天运人，
晚上靠岸。

（鞋）

弟兄十个肚里空，
有皮无骨爱过冬，
不怕风雪不怕寒。
越冷它就越有用。

（手套）

大肚哥哥没骨头，
有时胖来有时瘦，
空着肚子不会站，
吃饱让人扛着走。

（口袋）

哥俩一样高，

都穿红衣裳，
专爱站门边，
喜庆话儿讲。

（对联）

两排牙齿一般多，
互相交叉紧配合，
开关随意最方便，
一只舌头往来梭。

（拉链）

嘴儿扁，脑袋方，
上下飞舞忙又忙，
修桌椅，造门窗，
整整齐齐多漂亮。

（斧子）

一个小怪物，
像会变魔术，
相隔万里路，
说话很清楚。

（电话）

一块油糕真稀奇，
不咸不甜不能吃，
帮助大家搞清洁，
除污去垢最得力。

（肥皂）

头上亮光光，
出来凑成双，
背上缚绳子，
驮人走四方。

（皮鞋）

脸儿亮光光，
坐在桌子上，
妹妹跑过来，
请它照个相。

（镜子）

四四方方一座城，
夜晚关门不点灯，
贼在城外乱嚷嚷，
主人安心起鼾声。

（蚊帐）

岁数越来越大，
身体越来越小，
面貌日新月异，
家家不可缺少。

（日历）

只有腿来无胳膊，
只有脊梁无脑壳，
爱摆架子盘腿坐，
横跨鼻梁勾耳朵。

（眼镜）

打开半个月亮，
收起兜里可装，
来时荷花初放，
去时菊花正黄。

（折扇）

小小圆形运动场，
三个选手比赛忙，
跑的路程分长短，
最后时间一个样。

（钟表）

没眼有眼力，
不问东和西。
带它走四海，
方向永不迷。

（指南针）

肩挑担子坐台中，
待人接物出以公，
偏心事情不会做，
大家夸它最公平。

（台秤）

是灯不叫灯，
有电不伤人，
天亮就收起，
暗处伴人行。

（手电筒）

三间房子两架梁，
一头摇辘轳，
一边开染坊。

（墨斗）

扁扁身子一面牙，
鲁班爷爷发明它，
不论是夏还是冬，
走路伴着雪衣下。

（锯子）

当中有眼两头尖，
一根木棒眼中穿，
劈山开渠全不怕，
战天斗地腰不弯。

（铁镐）

身材虽小意志坚，
越硬越要往里钻，
凿山开渠建水库，
打眼放炮它领先。

（钢钎）

像似蟠龙不是龙，
朱砂一点染头红，
云雾缭绕缠飞虎，
夜夜为咱除害虫。

（蚊香）

小小东西有奇能，
细长身体圆头顶，
沙墙上边擦一下，
能使人间放光明。

（火柴）

人家脱衣它穿衣，
人家脱帽它戴帽。

（衣架）

两个兄弟一样高，
一天三餐不见长。

（筷子）

小小纸卷一寸半，
头冒青烟亮光闪，
你要真的爱上它，
从此染上坏习惯。

（纸烟）

玻璃房，水银墙，
屋里热，外面凉。

（暖水瓶胆）

生在高山，
住在平地，
从不读书，
一身文气。

（石碑）

生在树上，
落在肩上，
干活躺下，
休息靠墙。

（扁担）

大口朝天，
小口朝地，
吃啥出啥，
全部出光。

（漏斗）

一只小铁狗，
守在大门口，
客人来串门，
见了它就走。

（锁）

一家三代环城赛，
赛跑规则颇奇怪，
虽然速度不一样，
谁也不比谁的快。

（钟表）

一只雀，飞上桌，
捏尾巴，跳下河。

（汤匙）

白白珍珠不发光，
家家户户都收藏，
散出奇香自身灭，
除虫防蚀保衣裳。

（樟脑丸）

密密麻麻尽是眼，
有目无珠看不见，
纲举目张下水去。
捕捞鱼儿本领显。

（渔网）

远看似红霞，
近看像团火，
前进它引路，

高唱胜利歌。

（红旗）

弯腰翘尾铁嘴巴，
有头无脚地面滑，
牛在前面拉它走，
田野开出泥浪花。

（犁）

本身铁嘴巴，
一手把它抓，
为了挖洞眼，
乐于被人打。

（凿）

玻璃瓶，
插根藤，
藤上开花明又明。

（煤油灯）

少年清秀老年黄，
十指搓编凑成双，
日行万里终须别，
最后把它抛路旁。

（草鞋）

一对黑母鸡，
吃泥不吃米，
下雨吃个饱，
晴天饿肚皮。

（胶鞋）

两块饼，一样大，

嘴里吃，腰里撒。

（石磨）

一把刀，真不坏，
不削水果不切菜，
厨房里面找不到，
经常辛苦在室外。

（瓦刀）

皮老虎，铁嘴巴，
只吃衣服不吃人。

（皮箱）

身体不大容量大，
亿万雄兵腹为家，
古今中外来聚会，
乾坤宇宙都收下。

（书架）

长脖子，小小口。
一肚清水坐高楼，
数它爱打扮，
红绿插满头。

（花瓶）

两头尖尖一条鱼，
顺着直线来回移，
问它整天忙什么，
为着人人穿新衣。

（梭子）

上圆下方，

有顶无底，
晚上放下，
天亮挂起。

（圆帐）

四面无窗门半开，
摆好点心等贼来，
贼人吃完回头走，
房门紧闭出不来。

（捕鼠笼）

头戴玻璃平顶帽，
身穿银白铁长袍，
夜里睁开一只眼，
东看看来西瞧瞧。

（手电筒）

圆东西，两个头，
一个在里头，
一个在外头。

（线团）

空肚子上街，
满肚子回来，
又吃鱼肉，
又吃青菜。

（菜篮）

一对弯背汉，
天天在门前，
日里开门挑起担，
夜里关门荡秋千。

（帐钩）

一只黑狗，
两头开口，
一头咬柴，
一头咬手。

（火钳）

本在山上青又青，
走下山来就改名，
红绿衣裳都穿过，
太阳一落脱干净。

（晒衣架）

有字又有画，
常在墙上挂，
千金买不到，
谁见谁都夸。

（奖状）

千层褥子千层被，
黑色小孩里边睡，
一个红孩来推门，
“咚”的一声蹬破被。

（爆竹）

生来青又黄，
好似水一样，
不能下水去，
只能浮水上。

（油）

长的少，短的多，
脚去踩，手去摸。

（梯子）

泥来做，火来烧，
有红有青像块糕，
高楼靠它平地起，
建设祖国立功劳。

（砖）

方方一木屋，
四周没有窗，
开门看一看，
全部是衣裳。

（衣柜）

生在水中，
就怕水冲，
一到水里，
无影无踪。

（盐）

兄弟全是瘦长个，
长着一色小脑壳，
平时挤着不吭声，
出门办事就发火。

（火柴）

一张网儿四方方，
从不捕鱼撒入江。
噼噼啪啪一阵响，
打得飞贼一命丧。

（蝇拍）

洞里一条红蚯蚓，
冷时收缩热时伸，
增产粮食搞科研，
请它当个小顾问。

（温度计）

不用似根棍，
用时半个球，
人在底下走，
水在上边流。

（雨伞）

铁打汉，脚底光，
头戴扁平帽，
会挤又会钻。

（钉子）

靠墙一条道，
好像上山路，
有人向上走，
两脚不着土。

（楼梯）

家住大海，
走上岸来，
太阳一晒。
全身变白。

（盐）

用加法，
等于十个，
用减法，
等于二十。

（手套）

有臂没有手，
有颈没有头，
夜间它休息，
白天随人走。

（上衣）

像糖不是糖，
能用不能尝，
见水能起白泡泡，
能去油来又去脏。

（洗衣粉）

样子像糖又像盐，
尝尝不甜又不咸，
烧菜做汤放上它，
味道显得格外鲜。

（味精）

生在鸡家湾，
嫁到竹家滩，
向来爱干净，
常逛灰家山。

（鸡毛掸）

一物不成材，
请客它先来，
客来它就走，
客去它又来。

（抹布）

远看是点心，
近看是点心，
虽说是点心，
充饥可不行。

（蜡烛）

有个矮人，
有名有姓，
出门办事，
请它做证。

（图章）

一只马儿四条腿，
没有脑袋没有尾。
一生只会供人骑，
永远不用草和水。

（长板凳）

说它手枪没子弹，
说它风扇没有扇，
为人性格不老实，
大吹大擂不害臊。

（风筒）

无头无脚又无手，
生来一张小铁口，
张开铁口不咬人，

人却找它来咬口。

（指甲钳）

生来铁胆热肠，
爱管不平之事。

（熨斗）

一只绵羊四个角，
白天床上静静坐，
夏天没它还能过，
冬天没它睡不着。

（棉被）

有树不能爬，
有果不能拿，
有花不能采，
有鸟不能抓。

（画）

一幅图画，
四边长牙，
漂洋过海，
走遍天下。

（邮票）

姐妹一般长，
结伴爱成双，
酸甜和苦辣，
俩人都共尝。

（筷子）

一屋藏千家，
贤愚各自夸，
一朝开门去，
各自寻亲家。

（邮筒）

又圆又扁腹中空，
有面镜子在当中，
老少用它都低头，
搓手摸脸又鞠躬。

（脸盆）

圆筒白糨糊，
早晚挤一股，
兄弟三十二，
都说有好处。

（牙膏）

小小玻璃房，
外面有围墙，
屋里热烘烘，
墙外冰冰凉。

（热水瓶）

小小扫帚，
一手拿牢，
白石缝里，
天天打扫。

（牙刷）

一只无脚鸡，
立着永不啼，
喝水不吃米，

客来敬个礼。

（茶壶）

用它喝水，
小心碰碎。

（杯）

不是姐俩即哥俩，
脸庞身体全不差，
对面打量难分辨，
一个说唱一个哑。

（镜子）

驼背哥哥，
牙齿真多，
从你头上，
慢慢走过。

（梳子）

一朵花儿怪，
花枝绕干排，
晴天家里栽，
雨天开门外。

（伞）

墙上一条河，
刮风不扬波，
冬天河水少，
夏天河水多。

（温度计）

老公公，胖墩墩，
歪歪斜斜站不稳，
不吃不喝不睡觉，
一天到晚好精神。

（不倒翁）

默默守夜孤影单，
眼泪汪汪流不断，
待到更深主人睡，
气绝身亡泪已干。

（蜡烛）

弯弯曲曲一条龙，
整整齐齐一队兵，
人人头上插根针，
竹竿挑起战火急，
硝烟幕里都牺牲。

（鞭炮）

身高一寸兵，
通体亮晶晶，
打仗用头颈，
尾巴生眼睛。

（针）

像块蛋糕盒中装，
能看能用不能尝。

（肥皂）

口抹胭脂一点红，
腾云驾雾在房中，
气死许多小飞虫。

（蚊香）

兄弟俩弯腰，
个子一样高，
一旦舞大刀，
哥俩互相咬。

（剪刀）

一物生得怪，
人来两分开，
夜晚碰上头，
谁也进不来。

（门）

大四方来小四方，
家家都有不用藏，
关它有时心发闷，
打开它来空气爽。

（窗）

铁打心肠一枝花，
我是主人好管家，
主人一来我开心，
不是主人不理它。

（锁）

一家五口人，
各有各的门，
谁要进错屋，
定会招人笑。

（纽扣）

四边四个小瘦子，
合戴一顶大帽子。

（桌）

有只小船真稀奇，
把我送到梦海里。

（床）

背上还有一个背，
腿边还有四条腿，
走路睡觉用不着，
写字画画要它陪。

（椅）

勤恳服务心里红，
待人接物暖烘烘，
天热外面去度夏，
天冷屋里来过冬。

（炉子）

不扁不圆不四方，
能倒垃圾能扬糠，
忽闪忽闪簸几下，
尘土糠皮全飞光。

（簸箕）

不怕身上脏，
墙角把身藏，
出来走一走，
地面光又光。

（扫帚）

铁打一只船，

不推不开船，
飞阵蒙蒙雨，
船过水就干。

（熨斗）

汽油肚里藏，
铁袍身上裹，
捻它手指头，
红花开一朵。

（打火机）

一物生得巧，
地位比人高，
白天一肚毛，
夜间空煎熬。

（帽子）

架子上面安圆盘，
旁边接个大铁罐，
开关一扭就有气，
火柴一点熊熊燃。

（煤气灶）

环绕玉柱一条龙，
冰天雪地不怕风，
冬天到来人人爱，
天暖以后没影踪。

（围巾）

两井一样深，
模样很对称，
双腿探下去，
正好齐腰深。

（裤子）

一对乌鸦真稀奇，
白天饱来夜晚饥，
没有翅膀没有腿，
走路总是挨着地。

（鞋）

姐妹两个一般大，
收拾打扮随姑嫁，
擦了多少油和粉，
听了多少私房话。

（枕头）

两只小口袋，
天天随身带，
要是少一个，
就把人笑坏。

（袜子）

四角方方，
跟我来往，
伤风咳嗽，
数它最忙。

（手帕）

颜色白如雪，
身子硬似铁，
一日洗三遍，
夜晚柜里歇。

（碗）

哥俩一般高，
一天三出操，
廉洁数第一，
团结互助好。

（筷子）

上不怕水，
下不怕火，
家家厨房，
都有一个。

（锅）

一只小船尾巴翘，
船头常湿船尾燥，
五湖四海它常走，
南北口味都尝到。

（勺）

楼台接楼台，
层层摞起来，
上面云雾起，
下面红花开。

（蒸笼）

木尾巴，铁脑袋，
大板牙齿真叫快，
从来不见它喝水，
经常吃肉又吃菜。

（菜刀）

出生在工厂，
号称兽中王，
牙齿利又快，
咬铁又断钢。

（老虎钳）

从不切菜也叫刀，
颈长嘴扁有大小，
木把穿着红衣服，
干活打转嘴铁槽。

（螺丝刀）

小小铁娃娃，
身矮力量大，
如果论举重，
本领数着它。

（千斤顶）

背直成排，
铁牙成排，
两头一走，
把家分开。

（锯）

硬硬四方头，
阔阔大扁嘴，
腰里生只眼，
眼里长条腿。

（斧）

两只翅膀一颗牙，
不会飞来只会爬，
生来好管不平事，

口吞朵朵白云花。

（刨子）

铁头像月牙，
木身当尾巴，
收稻又收麦，
用处可真大。

（镰刀）

在家常常站墙边，
腿长头重嘴儿扁，
出门工作嘴啃泥，
除草松土它领先。

（锄头）

一排牙齿生得齐，
腰身细长头挨地，
专给田地来梳头，
越梳土壤越松细。

（耙）

两层楼房十三幢，
竹做椽子木头墙，
弟兄七人住一门，
下层五人上层俩。

（算盘）

脑子真灵便，
是数都会算，
算盘比不上，
人人都称赞。

（电子计算机）

一个老汉，
肩上挑担，
为人公平，
偏心不干。

（天平）

有丸又有片，
有苦又有酸，
大人小孩得了病，
饭前饭后吃一点。

（药品）

圆圆身体尖尖头，
挤它尾巴口水流，
你若打它人先痛，
专往人的肉上叮。

（注射器）

橡皮管，挂耳旁，
小圆块，贴心房，
它对医生把话说，
心脏跳得怎么样。

（听诊器）

生来模样像圆筒，
浑身上下一片红，
一见火焰就生气，
口吐白沫倒栽葱。

（灭火器）

三餐饭菜都不吃，

四季衣衫都不换，
一年到头堂中坐，
代代留给子孙看。

（肖像）

驼背一只鸭，
颈长肚子大，
只要流水滴，
害虫就惧怕。

（喷雾器）

小小一床被，
只盖鼻和嘴，
防毒讲卫生，
人人必须备。

（口罩）

绿衣大汉肚空空，
满装喜讯荡春风，
绿衣叔叔背着它，
穿街过巷传佳音。

（邮袋）

小孩长得真奇妙，
万千色彩好娇娆，
姐儿谁个不爱俏，
吻他千遍也嫌少。

（唇膏）

四脚朝天肚皮走，
尾巴上前头落后。

（鞋）

两个兄弟一样长，
两个兄弟各样生。

（对联）

小朋友们要登天，
何须借用小飞毯，
有此轮儿来乘坐，
高高低低乐不完。

（摩天轮）

铁轨整齐有两行，
两行路程一样长，
只见一辆小车过，
两条铁轨变一行。

（拉链）

四四方方，
自信心强，
交朋结友，
它能帮忙。

（名片）

一鞠躬，二鞠躬，
咬住对头不放松，
一定要它分东西。

（斧）

明月当空，
屋内起火，
屋外人来，

一把提起。

（灯笼）

有座小小城，
从未有人住，
全城都是水，
能吃又能用。

（井）

无嘴会说话，
无手会摇铃，
相隔许多路，
声音听得清。

（电话）

细杆杆，三寸长，
一头有毛一头光，
每天早晚洗个澡，
大家学它保健康。

（牙刷）

说它肥并不肥，
说它糟并不糟，
虽然日渐消瘦，
依然无忧无愁。

（肥皂）

有风身不动，
一动就生风，
人间不用我，
要等起秋风。

（扇）

不是点心不是糖，
洁白芳香袋里装，
不能吃来不能喝，
每天你都要尝尝。

（牙膏）

有面无口。
有脚无手，
听人讲话，
陪人吃酒。

（桌子）

人人有个袋，
不高也不矮，
夜里肩上扛，
白天放下来。

（枕头）

两个口袋里，
不装麦和米，
十个小兄弟，
五个住一起。

（袜子）

我对你哭，
你对我笑，
我要寻你，
你不见了。

（镜子）

一对小小船，

载客各五员，
无水到处走，
有水不开船。

（布鞋）

四四方方一座城，
城墙上边尽是洞，
城门不上锁，
有翅飞不进。

（蚊帐）

说来真稀奇，
天天脱层皮，
到了大年夜，
全身光秃秃。

（日历）

不怕雪来不怕风，
用手摸它软松松，
冬天见它满街走，
夏天请它住冷宫。

（棉衣）

指着你的脸，
按住你的心，
请你通知主人公，
快快开门接客人。

（电铃）

十个加十个，
数字不增多，
冬天人人爱，
夏天箱里锁。

（手套）

钢铁骏马不停蹄，
日夜前进不休息，
蹄声嘀嗒似战鼓，
声声催人争朝夕。

（钟表）

又圆又明亮，
左右配成双，
脚蹬两只耳，
腰跨高鼻梁。

（眼镜）

大似西瓜，
轻似鹅毛，
不生翅膀，
飞行老高。

（气球）

一个大肚子，
一股怪脾气，
不打不作声，
打它倒高兴。

（鼓）

头戴玻璃平顶帽，
身似圆柱披长袍，
生来只有一只眼，
专往黑暗地方瞄。

（手电筒）

似表不是表，
不报分和秒，
东西南北走，
它是好向导。

（指南针）

一只花鸡站桌上，
穿针引线头点忙，
嘴里咬过五彩布，
吐出各式花衣裳。

（缝纫机）

黑黑一间房，
轻易不开窗，
窗户一打开，
捉你里面藏。

（照相机）

看看没有，
摸摸倒有，
似冰不化，
似水不流。

（玻璃）

脑袋生就莲蓬相，
辫子长长胜姑娘，
上台从来不说话，
专替他人来帮腔。

（麦克风）

一对圆眼黑娃娃，
眼睛能够变戏法，
万物被他瞧一瞧，
远变近来小变大。

（望远镜）

像我没我大，
有嘴不说话，
可以桌上摆，
还能墙上挂。

（照片）

十指尖尖肚中空，
有皮无骨不怕风。

（手套）

墙上挂，桌上蹲，
不走不动没声音，
只要铃声一阵响，
说起话来千里闻。

（电话）

合起像把尺，
展开像半月，
人家笑它冷，
它笑大家热。

（折扇）

像块蛋糕盒中装，
能看能用不能尝，
它和清水是朋友，
卫生模范人赞扬。

（肥皂）

一座军营百个兵，
列好队伍等命令，
一旦需要就出去，
牺牲自己换光亮。

（火柴）

青色糕，红色糕，
不能吃来不能咬，
糕点商店买不到，
基本建设少不了。

（砖）

一间房，两家住，
没房机来缺窗户，
一家开的黑染房，
一家开的麻绳铺。

（墨尺）

铁嘴唇，木下巴，
嘴里含块猪油渣，
只等小偷上门来，
大吼一声捉住它。

（老鼠夹）

大铁汉，脚儿尖，
腰杆硬，头平扁，
又会挤，又会钻，
入木头，最灵便。

（钉子）

回。

（空心砖）

钡。

（小挂锁）

锢。

（回形针）

石。

（抽水泵）

朵。

（分机）

米。

（折叠伞）

竹林错落映秋波。

（木箱）

一天到晚双手洗脸。

（钟表）

鸦片战争。

（烟斗）

松绑。

（松紧带）

浪打浪。

（水斗）

密林中的伐木机器。

（理发推子）

不吃素，不吃荤，
只吃灰尘来充饥，
环境卫生它保护，
清洁工人都爱它。

（吸尘器）

一个箱子肚里凉，
食物药品它储藏，
保证不坏不变质，
使用起来真便当。

（电冰箱）

大哥姓罗团团转，
二哥姓罗土里长，
三哥姓罗要人抬，
四哥姓罗响叮当。

（面罗、萝卜、箩筐、锣）

下圆上四方，
家家好几双，
外圆里四方，
古有今少藏。

（筷子、古铜钱）

大屋套小屋，
小屋没窗户，
我说你不信，
你还在里住。

（床帐）

鸡蛋大的头，
磨盘大的嘴，
三十六根骨，
只有一条腿。

（竹伞）

有皮没肉，
有角无骨，
张开大口，
要吞衣服。

（衣箱）

借得无边东风力，
鸟雀飞到半天空，
用根丝线来相连，
只怕下雨不怕风。

（风筝）

一物嘴很长，
爱坐火中央，
头上冒白气，
帽子乱晃荡。

（开水壶）

铁大哥，是硬汉，
钻火井，烧不烂。

（火通条）

大口进，小口出。
小口进，大口出。

（水壶、广播筒）

看起来似乎没有，

一抚摸却能触手，
洁如冰从不融化，
清如水永不漫流。

（玻璃）

一张圆脸小嘴巴，
嘴外露着一颗牙，
你若用它它不干，
抠住牙齿往外拉。

（盒尺）

一半进，一半出，
一半晒，一半阴。

（瓦）

一块木牌五寸长，
一条红蛇在中央，
天热抬头往上走，
天冷缩头往下降。

（温度针）

一条腿的挨雨淋，
两条腿的催人勤，
三条腿的火烧肚，
四条腿的举客人。

（伞、公鸡、香炉、凳子）

头小尾巴大，
常在炕上爬，
帮你驱灰尘，
天天需要它。

（炕笤帚）

直着腰杆子，
提着大盘子，
公平多点子，
不怕揪辫子。

（秤）

大哥做活用牙齿，
二哥做活用头点，
三哥做活团团转，
四哥做活舌头舔。

（锯、锤、钻、刨）

有腿没有手，
有腰没有头，
腿上再加腿，
立刻就能走。

（裤子）

看我小小年纪，
出门会做生意，
主人拉我耳朵，
问我到底是几。

（秤）

没人时，用到它，
有人时，不用它，
出门时，不带它，
回来时，打开它。

（锁）

绒球球，两个头，

只有顺着外头找，
才能找到另一头。

（毛线团）

哥哥倒比弟弟短，
天天竞走大家看，
弟弟走了十二遍，
哥哥刚好跑一圈。

（钟）

矮子走一步，
高个走一圈，
矮子走一圈，
高个走半天。

（钟）

天天不休息，
一圈十二里，
有人用着我，
只看我的脸。

（钟）

此物不停休，
只知使劲走，
要问路多远，
永远没有头。

（钟）

浑身毛，一条腿，
不怕灰尘只怕水。

（鸡毛掸）

好似一双手，
十个手指头，
看看光是皮，
摸摸没骨头。

（手套）

我有一只小铁狗，
专咬人的脚和手，
养成卫生好习惯，
偏要让它咬个够。

（指甲剪）

两个老头一般高，
一到吃饭就摔跤。

（筷子）

一物生来两面光，
都爱用它装门窗，
能挡狂风和暴雨，
就是不遮光和亮。

（玻璃）

头像鸡蛋大，
腰像磨盘粗，
伸着一条腿，
露着肋巴骨。

（伞）

身上一把尺，
肚里一条线，
夏天线儿长，
冬天线儿短。

（温度计）

一圈一圈摆好阵，
浓烟滚滚击敌人，
敌人见它绕着走，
昏昏迷迷丧命魂。

（蚊香）

一根藤儿结满果，
颗颗果子红衣裹，
藤儿着火往上蹿，
果子噼啪往下落。

（鞭炮）

有眼无珠一身光，
穿红穿绿又穿黄，
跟着懒人它就睡，
跟着勤人它就忙。

（针）

伸一只腿，
缩一只脚。
鼓鼓眼睛，
瘪瘪大嘴。

（裁剪刀）

铁大哥，把门守，
客人来，看着走，
主人来，才开门。

（锁）

四面大海绕火山，
海里物产味儿鲜。

（火锅）

一个公公精神好，
从早到晚不睡觉，
身体虽小力气大，
千人万人推不倒。

（不倒翁）

铁皮身上裹，
汽油肚里喝，
按它小脑壳，
嘴上冒团火。

（打火机）

金色辫子长又长，
不分男女盘头上，
不用梳来不用洗，
只等晴天晒太阳。

（草帽）

故事谜

一字露真情

唐朝大历年间，有个姓崔的俊逸书生，早负逸才，磊落清奇。他书籍无所不窥，诗才挺秀，援笔立就。他的父亲是朝廷中的文官，和功勋盖世的一品宰相交谊甚笃，亲如兄弟。

一天，崔生奉老父之命，前往相府探望宰相的病情。

情窦初开的宰相之女见他面如冠玉，举止温文，谈吐风雅，顿起爱慕之心。于是，她回到闺房，取出一纸香笺，挥毫写了一个娟秀的“您”字，笑面嫣然地要贴身丫鬟在无人注意时悄悄递给那白面书生。

崔生回到自家书房，放下门帘，然后从衣袖中取出那伶俐丫鬟递给他的香笺，只见宰相女儿那香笺本是一纸著名的薛涛笺，上面绘有《梅花图》，并有一首小诗印在右上角：“横斜玉枝，著花甚繁。寒葩冻萼，雪梅交香。”崔生读罢，不禁暗自惊叹：“行文飘忽，妙语顿品！”

崔生虽然赞美香笺，但对宰相的千金只在笺上写个“您”字却百思不得其解，踱步寻思，口中唠絮聒叨。

崔公子的此等情景被贴身书童看得一清二楚，他细细沉思，陡然大笑道：“公子走桃花运了，恭喜恭喜！”

谜底：“您”字，意思是“有心与你配”。

老夫子与小孩

南朝梁有个文学家王筠，性情善良、为人和善，喜欢和儿童交朋友。有一次，一个小孩问他：“王老夫子，我出个谜语，猜四个字，你能猜得出来吗？”王筠很感兴趣地说：“你说说看。”

小孩说：“一点一点分一点，一点一点合一点，一点一点留一点，一点一点去一点。”

这个谜出得很巧，王筠一边暗赞小孩的聪明，一边笑眯眯地对他说：“你来看，看我猜得对不对？”说完，他捡起一根树枝一边念道“一点一点……”一边在地上写出“汾”“洽”“溜”“法”四个字。小孩一见拍手大叫：“对了，对了！”王筠说：“我也出个字谜给你猜，你看好吗？”接着，说道：“一横一横又一横，一竖一竖又一竖，一撇一撇又一撇，一捺一捺又一捺。”

小孩在地上画来画去也未画出个形来，挠挠头说：“老夫子，请告诉我吧，我猜不出来。”

谜底：“森”字。

曹操咏鸟试才

曹操不但是位政治家、军事家，而且是建安时期杰出的文学家。他的诗气魄雄伟，感情浓郁，散文清峻质朴，文笔简洁。他常吟诗作赋抒发自己的政治抱负，考问手下官吏和家庭成员。

一年秋天，已晋爵为魏王的曹操，领着次子曹丕、幼子曹植策马郊游，观赏金菊丹枫。曹操仰望蓝色的天空，忽见燕、雁纷纷南飞，他灵机一动，想以鸟为题出个字谜考考两个儿子。他沉思了片刻，便随口编了四句，吟曰：

一对候鸟晴空飞，
公的瘦来母的肥。
一年四季来一次，
月月见君啼三回。

曹丕想了许久，终未悟出是个什么字。文思敏捷的曹植一句一句仔细推敲，破了此谜。曹操大喜。从此，曹植深得父王宠爱。曹操曾一度欲立其为太子。

你能猜出是个什么字吗？

谜底：八。

曹操选女婿

据传，曹操有个俊俏的女儿，因无如意郎君而迟迟未嫁。当时曹操以“相王之尊”“挟天子以令诸侯”，位高权重，谁不想高攀这门亲事呢？上门求婚者皆为王孙公子，可是曹操一个也看不中。后来，他听说沛人丁仪从小勤奋好学，饱读诗书，是个名士，便派人去请丁仪来官邸一会。

儿子曹丕劝谏父王：“听说丁仪虽有才学，但其貌不扬……妹妹的终身大事非同一般，请父王三思。”

曹操听后严肃地说：“用人唯才是举，择婿也应德才兼备，为父只看真才实学，不重外貌，不求十全十美。”

是日，丁仪应召而来。宾主相互寒暄礼毕，曹操便开始试他学问。

曹操先捋须吟哦了四句：“一字九横六竖，问遍天下不知。有人去问孔子，孔子想了三天。”问丁仪是个什么字。

文思敏捷的丁仪立即答出来了。

曹操微微一笑，取出早已写好的纸条，只见上面又是四句：“道士腰间两柄锤，和尚肋下一条巾。就是平常两个字，难倒不少读书人。”

丁仪略一沉吟，含笑在纸上点了两点。曹操见他才思敏捷，对答如流，于是把他留在相府，择日完婚。

你知道前后二谜的谜底各是什么吗？

谜底：晶、平常。

陶渊明破谜

一日，东晋诗人陶渊明在郊外散步，遇一少女在河边掩面啼哭，陶渊明急忙上前问明缘由，那少女抽泣着说道：适才遇一算卦先生，说俺：

风流女，河边站，
杨柳身子桃花面。
算命打卦她没子，
儿子生时娘不见。

陶渊明听罢，不禁拍手大笑，连说：“不要啼哭，算卦先生说的乃是一个谜语，是称赞你长得漂亮。”接着，陶渊明说出了谜底，少女果然破涕为笑。你能猜出谜底吗？

谜底：荷花。

观景猜谜

王勃是初唐时期的杰出诗人，他多才多艺，相传六岁时就能诗善画，并且爱猜谜语。

一年冬天，大雪纷飞。王勃的一位远房叔叔辅导他作完画后，一起围着火炉取暖，王勃说：“叔叔，您出个谜语给我猜猜。”叔叔思索片刻，抬头望着窗外，脱口吟道：“此花自古无人栽，每到隆冬它会开，无根无叶真奇怪，春风一吹回天外。”王勃听了后眼睛一眨，并没有立即揭开谜底，却大声说道：“只织白布不纺纱，铺天盖地压庄稼，鸡在上面画竹叶，狗在上面印梅花。”说完叔侄俩会心地笑了起来，原来他们所说的谜语是同一谜底。你知道他们说的是什么吗？

谜底：雪。

唐玄宗谜考孟浩然

唐朝时，诗人孟浩然与王维是好友，两人都擅长以五言诗吟咏自然景物，在唐代诗坛上独树一帜，世称王孟诗派。但孟浩然这样一位享有盛名的诗人，在科场却累遭失败，年过四十，还是一介布衣。

有一次，王维邀他到翰苑读诗论文，恰逢玄宗皇帝驾到，孟浩然一时来不及回避，便躲藏于床侧。王维见了玄宗，不敢隐瞒，便将孟浩然来访之事相告，玄宗微微一笑：“朕早就听说他的名字了，愿赐一见。”

玄宗当即召见了孟浩然，并要他当面吟诗，孟浩然于是以悠扬缓慢的声调吟咏了自己的一首近作《岁暮归南山》。玄宗听后冷笑不语，未置可否。

时值盛夏，玄宗略一沉吟，揶揄道：“孟才子在诗中自伤不遇，朕倒想当面试才。”说罢，笑吟诗谜两句：“荷花露面才相识，梧桐落叶又离别。”

孟浩然寻思片刻，以诗作答：“一户没有墙，好汉内中藏。人说像关公，吾云是霸王。”玄宗点头称是，一笑而去。

你知道二人所咏何物吗？

谜底：扇。

李太白天资巧慧

李白，字太白，号青莲居士，生于长安元年（公元701年），五岁随家从西域回到四川青莲定居。

博学广识的父亲见儿子勤奋好学，便亲自教他习文练武。在父亲的严格要求下，十岁的少年李白便能吟诗作对，击剑弹琴。

一年初春，有位隐居岷山的学者前来拜访李父，不巧未遇，李白礼貌相待，恭敬叩问：“贤翁尊姓大名，以便转告家父？”

那银须如雪的学者眯眼笑道：“吾号东岩子，平生爱养奇禽异鸟。要问老夫的姓和名吗？”说到这儿，那位年长的学者又诙谐一笑，风趣地说：“老朽本姓‘人有偷’，名曰‘鸟落山头不见脚’。”

天资聪慧的少年李白，只细想了片刻，便拱手回答道：“小人知道了，知道了，一定向家父禀报。”并当即说出了那个隐士的姓名。

老人一听，惊赞李白的聪明颖悟，拍着他的头连说：“童才可喜，童慧可贺。”

你能猜出那位学者的姓名吗？

谜底：俞岛。

苏小妹制谜

苏小妹与秦少游这一对才女才子结为夫妻后，两人除了吟诗作赋、填词外，猜谜也是经常进行的闺房乐事。

一天，小妹对少游说：“为妻作了一则字谜，您可愿一猜？”少游一听，兴致勃勃地说：“快快说来。”苏小妹抿着嘴笑道：“倘若猜不出，可要到门外罚站啊！”接着苏小妹说出谜面：“两日齐相投，四山环一周，两王住一国，一口吞四口。”

秦少游从早上猜到傍晚，还没猜出谜底。不由得打心眼里佩服妻子的才华，但也暗暗叫起苦来。如果到晚上仍猜不出，可要吃“闭门羹”

了，这如何是好呢？忽然，少游笑了，心想："对了，去求教妻兄苏轼，没有能难倒他的问题！新婚之夜，就多亏这位妻兄暗中相助，才免遭拒之于门外之苦。"

想到此，少游快步向苏轼住所走去。此时苏轼正准备吃晚饭，见少游到，忙请他一块儿吃饭。少游正一门心思在猜谜上，哪里顾得上吃饭，赶忙说出相求之事。

苏轼一听，哈哈大笑："别急，先吃饭，愚兄再救你一次就是了。"随后命厨子赶做一盘"西湖醋鱼"。一会儿，鱼端了上来。苏轼用筷子将醋鱼的头和尾夹出，留下中段，笑着用筷子指指盘中："少游请看，这就是谜底。"少游顿时醒悟。

你能猜出谜底吗？

谜底："鱼"字去头、去尾，乃是一个"田"字。

醉客点菜

唐朝天宝年间，李白从西蜀来到京城，满腹诗文没人赏识。有人劝他去找秘书监贺知章。他抱着试试看的态度，带上自己的诗稿，登上了长安紫极宫。

贺知章不但是位翰苑名贤，而且是个热情好客的学士。他招呼李白坐下，随后翻阅起了诗稿。贺知章读着读着，不由得站起身子吟哦起来："噫吁嚱，危乎高哉！蜀道之难，难于上青天！"吟罢暗叹道："竟有如此雄奇瑰丽之句！"于是，拉着李白上街喝酒。

二人来到临河的一家酒楼，一边喝酒一边谈诗论文，大有相见恨晚之感。

谁知，二人来得匆忙，贺知章忘了带钱，于是解下随身佩带的金龟，对店小二说："再换些好酒菜！"

店小二知道这金龟乃是皇上所赐之物，怎么也不肯收，无奈贺知章执意要押，只好暂且收下，笑曰："小店今早刚宰了口猪，二位大人要点什么下酒？"贺知章要李白点菜。已有半醉的李白，豪放大笑，用手指蘸了点酒，先在桌上画了个大圆圈，接着在其中写了个"千"字。

你知道李白要什么菜下酒吗？

谜底：一盘猪舌头。

杜甫猜谜

唐睿宗太极元年（公元 712 年），杜甫出生于河南一户文官家庭，祖父杜审言是初唐著名诗人。幼年的杜甫，聪明伶俐，七岁就能以“凤凰”为题作诗，九岁时便写得一手好字。由于他学习勤奋，祖父对他十分喜爱，饭后常带他去郊外散步。

金秋的一天黄昏，祖孙二人又漫步在稻浪飘香的田野，杜审言见农夫正在忙着收割，触景生情，吟了四句诗考孙儿：“四个‘不’字颠倒颠，四个‘八’字紧相连；四个‘人’字不相见，一个‘十’字立中间。”

聪明的杜甫略加思索就说出了答案。慈祥的祖父甚是高兴，乐得直捋银须。

你知道祖父杜审言所咏何字？

谜底：米。

刘禹锡巧出匠心

中唐大诗人刘禹锡，是王叔文改革集团的重要人物，他主张打击权贵、削弱藩镇，反对疯狂的土地兼并和苛税残酷的剥削，后因改革失败，他与柳宗元等八人同时被贬谪为朗州司马。十年后，刘禹锡才被召回长安。

一年元宵，他仰望夜空明月，不禁对天长叹：“月儿呀，你徒然长一株香桂，枉自清辉；吴刚呀，你的斧头该砍却人间的不平；嫦娥呀，你的长袖该拂尽人间的污秽，和黎民共忧乐，和百姓共呼吸！”刘禹锡正在对月长叹，诗友约他同往街市观灯。刘禹锡为排解胸中的郁闷，便同好友一道来到了街上。

来至闹市街头，见一清瘦老者正在悬榜征射。刘禹锡和好友近前一看，见挂着两张白纸条，下面写着：“此无字谜应以诗句作答。”

刘禹锡见老者所制之谜如此巧妙，动了破谜之心，他细细沉吟，赋诗一句，结果射中。

那清瘦老者微微一笑，撕开一张白纸条，只留一张白纸条，捋须笑曰："猜成语一句，请才子再试一试。"

刘禹锡十分敬佩老者的匠心，他思索片刻，又猜中了，围观者无不拊掌称赞。

结果，刘禹锡满载而归。

你能猜出这两则巧妙佳谜的谜底吗？

谜底：两处茫茫皆不见、一纸空文。

明珠出海

唐朝时，著作郎顾况有一天正在书房批阅文稿，家童又送进来一册诗稿。他见封面上署名"太原白居易"五字，遂笑道："如今长安米贵，居之本来不易，何况白居？"顾况顺手翻阅诗卷，读着读着，顿觉清新淡雅，春风扑面，不由得笑逐颜开，当读到《赋得古原草送别》一首时，拍案叫绝，连声赞叹："倘胸中无秀气，腹内欠才识，岂能写出如此神韵盈溢、妙语惊人的佳作？有如此才华，居天下也易矣！"

当得知白居易是一位进京求学的贫困少年时，老学士不胜惊异，挥毫批下"明珠出海"四字，并要约见白居易。家童问："大人何日赐见？"顾况写了个"期"字说："你交给白居易，他自会明白。"白居易果然按"期"来访。

你知道是哪一天？

谜底：八月二十三。

细雨洒轻舟

年清明，晚唐诗人皮日休和好友陆龟蒙在郊野散步，恰巧下起了雨，便在村头小酒店落座，皮日休见细雨霏霏，他临风而立，笑指眼前小舟，随口吟出了一首五言绝句。诗云：

细雨洒轻舟，
一点落舟前，
一点落舟中，
一点落舟后。

吟罢，问诗友陆龟蒙是个什么字。幼有盛才之誉的陆龟蒙，本是位天资聪颖的才子，岂能不知，但他并未直言相答，而是笑曰：“请仁兄也听我赋一联句。”旋即吟道：

月伴三星如弯镰，
浪花点点过船舷。

皮日休一听，连连拊掌，当即敬其一杯，二人直喝了个酣畅淋漓，方离村头酒店，回城而去。

你知道皮日休与诗友陆龟蒙所吟联句为何字吗？

谜底：心。

面试“神童”

宋朝时，江西临川有个才子名叫晏殊，七岁便能吟诗作对，被人誉为“神童”。十四岁那年，有个叫张知白的朝廷大官巡视江南，他听说临川有个神童，便召见面试。经面试，他发现晏殊文思敏捷，才华非凡，于是推荐晏殊进京应考。

那年春天，晏殊与来自各地的千名举人同试。他虽年幼，却从容沉着，出口成章。真宗皇帝见了他写的文章，大加赞赏，于是召见他，并赋诗一首考其智力。诗云：

古月照水水长流，
水伴古月度春秋。
留得水光映古月，
碧波荡漾见泛舟。

晏殊听后略一思忖，拱手以答：“敬禀万岁，此乃是个字谜，汴梁城里举目可见！”接着说出了谜底。

宋真宗赵恒拊掌称赞，当即御笔一挥，赐尚未到弱冠之年的晏殊为“同进士”。

你知道这首诗的谜是个什么字吗？

谜底：湖。

巧撵秦桧

南宋时，大将韩世忠和夫人梁红玉驻守黄天荡。奸臣秦桧时常来到韩府，挑拨韩、岳两家的关系。韩、梁看穿了他的诡计，心里十分恼怒，但又不便直说。一天傍晚，他俩正在一起对弈，看到秦桧前来，便装作议论军事。秦桧以为他们没有发现自己，便躲在一旁偷听。这时，韩世忠愤愤地说道："兖州无儿去，下着无头衣，泪水一边流啊！"梁红玉一听，深知其意，忙接口道："是呀！虫子钻进布匹里。"秦桧听后只觉十分没趣，只好灰溜溜地走了。

请你说说，韩、梁说的是什么意思。

谜底：滚蛋。

尚文咏宝

元代顺帝时，有位大臣名叫尚文，掌管财政。

一天，西域商人带来一颗珍珠，要价六十万两银子。素以古玩癖著称的宰相对此爱不释手，对尚文说："这颗'押忽大珠'确是稀世珍宝！这个要价不算贵，就让朝廷买下来吧。"

尚文笑问："老大人，买下这颗珠子有何用处？"

那宰相捋须回道："如果把它含在口里，人就不会口渴；放在脸上触摸，可以使眼睛更有神采。"

尚文听了摇了摇头，意味深长地说："这算不得天下奇宝。我认为天下还有一种更为珍贵之物，有了它，百姓可以安居乐业；没有它，天下就会大乱。它的价值，比起这颗'押忽大珠'，不知要高出几万倍！"

宰相忙问："那是何物？"

尚文含笑不语，挥笔写了两句：黄布袋包珍珠，秋天一到满地铺。

你知道这位财政大臣所咏何物吗？

谜底：稻谷。

墨客拜寿

宋朝仁宗年间，有位正直清廉的官员张升，曾任御史中丞和参知政事，当他告老还乡时，皇帝赏赐了许多金银珠宝、珍贵器皿，并派了许多仆婢，以便随身服侍，让他安享晚年。可他认为名利、荣禄是烦恼之根，人生百年，应以清静为上。因此，他对皇上的赏赐一概婉言拒绝了。

张升还乡后，在嵩阳紫虚谷筑一草堂，应四时之变，荷锄阡陌间，种瓜点豆，春种秋收，素食淡饭，布衣草履，怡然自乐，过着世外桃源一样的闲适生活。

张升八十岁的时候，当地文人墨客和亲朋好友来为他祝寿。一位书法家亲笔写了一个斗大的字送给老寿星，老寿星边看边念：“王司徒走去说亲，吕布将高兴十分；貂蝉女横目一笑，董卓相怀恨在心。这个字好！好！好！”

另一位丹青妙手也呈上自己的贺礼，老寿星又云：“竖画三寸，当千仞之高；横墨数尺，体百里之回。妙！妙！妙！”

于是，相互击杯而饮，笑声满堂。

你知道二人的赠品各是什么吗？

谜底：“德”字、山水画。

罗贯中以谜猜谜

元朝至顺四年（1333年），三十七岁的施耐庵因不愿让权贵欺压百姓，毅然辞去了杭州钱塘县尹的官职，回到了老家苏州。他一面教学谋生，一面根据梁山泊故事的话本写作《水浒传》。

一年春天，有位常来往于苏杭的商人，因久闻施耐庵博学多才，精通诗词文史，特从家乡山西太原带了儿子罗贯中来拜师求学。

施耐庵见罗贯中年仅十四五岁，长得眉清目秀，文质彬彬，但不知是否聪明好学，于是咏词一阕考之：“云落不因春雨，吹残岂藉东风。结成一朵自然红，费尽功夫怎种？有蕊难藏粉蝶，生花不惹游蜂。夜阑人静画常中，曾伴玉人春梦。”

熟读唐诗宋词的罗贯中岂能不知，他不假思索，拊手笑曰："敬禀尊师，待学生也吟诗一句作答。"说罢吟曰："白蛇游过清水塘，一朵莲花开岸上。"

施耐庵一听，赞不绝口，当即收他做了徒弟。

你知道二人所咏为何物？

谜底：油灯。

赏　花

祝枝山是明代有名的才子，他的家中有一个花园，种了各色品种的牡丹，每到春天，牡丹盛开，争奇斗艳，五色俱全。

一年花期，祝枝山邀请了许多朋友来到花园赏花观景，并请前来赏花的人在牡丹丛中各选一株，作为自己评点的花中之魁。一时间，你挑黄的，他选紫的，众说纷纭，争得十分热闹。只有唐伯虎默默无闻地站在一边微微发笑。大家知道他是评花高手，就来问他，他微笑着说："百无一是。"大家一听全愣了，心想，这姹紫嫣红之中，难道没有一种他看得上眼的花吗？未免太狂了吧，这也太伤祝枝山的面子了！但谁也没想到，祝枝山却哈哈大笑，捋着胡须说："百无一是，百无一是！"大家听了，更加摸不着头脑了。

聪明的读者，你能帮助这些人解开这个谜吗？

谜底：白。

顽童考郑板桥

一日，清朝著名文学家郑板桥路经一山村，听见私塾学堂里传出打闹声，便走了进去，劝道："孩子们，要珍惜光阴勤奋读书，不可乱来。"

一顽童见来者身着布衣，脚穿草鞋，便对其嗤之以鼻，眯眼讥问："穷汉你也知圣贤之书吗？"

郑板桥笑曰："略知一二。"

那顽童又问："那一定会吟诗作赋咯？"

郑板桥诙谐一笑："偶尔作作。"

“那好！”顽童听后，指了指学堂厨房中的一物，“你以它为题，作一首诗我们听听。”

郑板桥顺着顽童所指，瞥了一眼，笑曰：“好吧，孩儿们听着。”旋即而吟：

嘴尖肚大个不高，放在火上受煎熬。

量小不能容万物，二三寸水起波涛。

顽童一听，顿生敬意，连忙搬来先生的太师椅请郑板桥坐，围在他身边问这问那。

你知道此诗所咏何物吗？

谜底：水壶。

隐士收慧童

孔明幼时勤奋好学，读书过目不忘。其父诸葛珪肚里的学问倒了个干干净净，还是不能满足儿子的求知欲望。正犯愁之际，诸葛珪听说百里之外的深山有个隐士博学多识，便决定带着儿子去拜师。

十岁的孔明像出窝的小鸟，跟着父亲飞进了山林，飞到了一座依山傍水的茅舍。小孔明见一塘碧水托出几丛荷莲，一群游鱼振鳍摆尾，在碧水中上下腾跃，鼓浪翻花，高兴得直跳：“真有趣，真有趣！”

诸葛珪进门施礼，向老隐士说明了来意。那童颜鹤发、仙风飘逸的老隐士对着小孔明端详了半天，捋须微笑，突然屈下一指，伸到小孔明面前。小孔明心里明白，这是老先生在问他：将来做了一品宰相，应当如何作为？小孔明略一思考，只见他向隐士深鞠二躬，后退三步，默站在一旁。这意思就是“鞠躬尽瘁，死而后已”。隐士暗暗点了点头。

正好，此时有位落第秀才前来拜访老隐士，老人笑问：“这位儒生本姓‘千里草青青’，单名‘日高花影重’。小孩儿，你可知道我这位朋友的尊姓大名？”

聪明的小孔明略一沉思，马上答了出来。

老隐士拍拍他的头：“我收下你这个学生！”

你知道那位落第秀才姓甚名谁吗？

谜底：姓董，名昆。

才子比智

据《史记·滑稽列传》记载，西汉时有位好古传书且爱经术的幽默文学家东方朔，平原厌次（今山东德州）人，字曼倩。汉武帝时，为太中大夫。他秉性诙谐滑稽，才华横溢，压倒群儒。

相传，东方朔不仅聪明绝顶、精通诗文，而且还是一位制谜、猜谜的高手。有位郭舍人是个儒雅之士，他见东方朔平日放荡不羁，常奚落取笑他人，很看不惯，想用难题考倒东方朔，让他当众出丑。于是呕心制了一首歌谜让他猜。歌云：

客从东方，且歌且行。
不从门入，逾我垣墙。
游戏中庭，上我殿堂。
击击拍拍，死者攘攘。
格斗而死，主人被创。

才思敏捷的东方朔听后哈哈大笑："老夫子，这有何难。你且听着！"说罢，以谜猜谜，也吟了四句：

长喙细身，
昼匿夜行。
嗜肉恶烟，
常所拍扪。

郭舍人一听，连连点头，赞叹道："真乃善辩奇才也！"原来二人同咏一物。

你知是何物吗？

谜底：蚊子。

包公讲古考幼子

包拯世称包公，庐州合肥（今安徽合肥）人，宋仁宗天圣五年（1027年）进士。由于他善于审理疑难案件，为官清正廉明，被百姓誉为"包青天"。

包公中年喜得一子，包氏夫妻视其为掌上明珠，倍加疼爱。

一日，任工部员外郎的包拯散朝回到官邸，领着儿子来到后花园游玩。他一边走一边给儿子讲古代名人的故事：“孔子原是鲁国大贵族手下一名主管仓库的小官吏，他每日守在库房里数着数，画着记号，监督财物出入。后来，齐景公向孔子请教治理国家的办法，孔子答曰‘理在节财’。”

故事讲完后，包拯为了考考儿子，编了四句诗谜：“一宅分成两院，五男二女当家。两家打得乱如麻，打到清明方罢！”并对儿子说明，“孔老夫子在世之日，尚无此物，现在到处可见！”

聪明的儿子并未直接回答父亲的考问，而是天真一笑，也吟诗一首：“古人留下一座桥，一边多来一边少，少的要比多的多，多的反比少的少。”

包拯一听，乐得直捋胡须。

你知道父子所吟为何物吗？

谜底：算盘。

抢物一空

马蹬镇来了个卖醋人，他沿街高声叫卖，嗓子都快喊哑了也无人来买。

流落在马蹬镇龙巢寺读书的欧阳修信步走到醋桶前，闻了闻醋味，顺口吟出一首诗来：

一人一口一星丁。
竹林有寺却无僧。
巧妇怀中抱娇子，
二十一日酉时生。

众人听了，都不解其意。这时，一位教书先生悟出诗意，说出四个字来。于是，两桶醋立刻被抢购一空。

聪明的读者，你能悟出是哪四个字吗？

谜底：何等好醋。

草堂联句

唐代著名诗人杜甫，因口蜜腹剑的奸臣李林甫耍弄阴谋，科考连连落第。在“朱门酒肉臭，路有冻死骨”的封建社会里，他屡遭挫折、穷困潦倒，三十八岁时靠亲戚朋友的资助，在成都浣花溪畔筑一草堂，靠种草药谋生，过着清贫的生活。

一日，当地三位年轻秀才相约前来拜访“诗圣”，杜甫用自酿的黄酒招待了他们。

席间，老诗人为助雅兴，提议以字制谜，联句成诗。

杜甫先云：“无风荷叶动。”

秀才甲云：“骑牛过板桥。”

秀才乙云：“日月分西东。”

秀才丙云：“江水往下流。”

杜甫捋须大笑：“妙哉！妙哉！”

你知道这四句诗各隐什么字吗？

谜底：衡、生、明、汞。

朝拜“诗圣”

唐肃宗乾元年间，一日，重庆有三位举人相约，同到成都杜甫草堂拜访“诗圣”。

杜甫先给每个举人端了一杯茶，然后笑问：“三位孝廉尊姓？”

一彬彬书生首先起身，朝杜甫拱了拱手，然后自我介绍曰：“在下姓‘两画大，两画小’。”

另一雄躯阔面、相貌堂堂的中年举人接着离座而起，笑曰：“不才乃姓‘明月依稀云脚下，残花零落马蹄前’。”

“那这一位才子……”杜甫捋须含笑，又问尚未报姓的那个年轻举人。

坐在右下手的那年轻举人文质彬彬。一表人才，他见二位同伴以谜报姓，也将自家姓氏编成一首七绝报之：

“小生鄙姓‘凝翠挂金垂络丝，临风摇曳舞芳姿。异株吐絮漫香雾，正是归棹系缆时’。”

杜甫见他们如此卖弄，揶揄道：“三位尊姓，老夫皆知。以诗报姓，足见‘高才’！佩服，佩服。”随即道出了三人的姓氏。

举人们一听，暗自惊叹：“不愧为‘诗圣’，不愧为‘诗圣’。”

你知道三位爱卖弄学问的举人各姓什么吗？

谜底：秦、熊、柳。

帐中凑趣

晚唐诗人皮日休，能诗善赋，博学多识，是咸通年间进士，曾任太常博士。这位倜傥不羁、爱憎分明的诗人，面对统治阶级的昏庸腐败和百姓所受的压迫剥削，常借古讽今，抒发心中的愤慨。

后来，皮日休因同情贫苦农民，毅然投身绿林，参加了一支强大的农民起义军，任翰林学士。

一年元宵节，军帐中官兵争猜灯谜，气氛十分热闹。皮日休为了凑趣，借用起义军首领的名字，当众赋诗一首。诗云：

欲知圣人姓，
田八二十一；
欲知圣人名，
果头三曲律。

帐中有位军师当即破了此谜，并拍手赞曰：“一语双关，妙不可言！”

你能猜出这支农民起义军首领的姓名吗？

谜底：黄巢。

智叟指路

唐朝诗人雍陶，高中进士之后，步入仕途，曾任雅州（今四川雅安）刺史。

雍陶体察民情，勤政之余，兴趣广泛，诸如琴棋诗画、花鸟鱼犬以及曲艺二簧，无不精通，尤对诗歌、灯谜，更是偏爱。

雍陶赴任不久，听说城外有一座“情尽桥”，是当地百姓送客远行，依依惜别的地方。雍陶听了好生奇怪，心想："从来只有情难尽，何事呼为'情尽桥'？"于是决定去看个究竟。

一日，骤雨初歇，雍陶换了便服独自出了城门，走不多远，见前面一户人家门前贴着"百代兴亡朝复暮，功名富贵如粪土"的楹联，与众不同，便上前叩门，躬身施礼："请问此地离'情尽桥'还有几里地，祈盼赐教。"

开门者是个白发皤然的老者，他见雍陶长身玉立、面色和悦，是个风韵非凡的才子，于是诡秘一笑，取来笔墨和纸，以诗代答：

左有孔明屈指能算，
右有关公青龙大刀。
上有苏秦说服六国，
下有霸王力举千斤。

精于谜道的雍陶看后，拱手称谢，告辞而去。

你知道那老者家离"情尽桥"还有几里路吗？

谜底：尚距八里之遥。

刺史赠物

唐穆宗长庆二年（公元822年）深冬，一场大雪覆盖了江南，天气骤然变得异常寒冷。这时，白居易到杭州担任刺史刚刚一月有余。

他听说有姓肖和姓殷的两位协律郎还寄宿在城外山寺之中，在这"北风吹雁雪纷纷"的严冬里，竟然"天寒身上犹衣葛，日高甑中未拂尘"，忍受着饥寒的折磨。对此，白居易心里深感惭愧和不安，立即叫人准备了两件大衣和一些酒饭，又从自家书房取出一盒精巧玲珑之物，幽然地附了首小诗：

两国打仗，
兵强马壮；
马不吃草，
兵不征粮。

写毕，派人冒雪送往山寺里去。二位协律郎一见大喜，连忙穿上厚厚的棉大衣，边吃边乐呵呵地摆开阵势，相互"斗"了起来。

你知道这是为什么吗？

谜底：白居易叫人将自己的一副象棋送往山寺，让二位协律郎娱乐。

词牌对射

宋代大词人柳永出身仕宦之家，原本准备进身仕途，济民用世，但因为作了一首《鹤冲天》，内有“才子佳人，自是白衣卿相”“忍把浮名，换了浅斟低唱”，皇帝见其如此狂放不羁、蔑视功名，便不给他官做，他只有潦倒一生。

一日，柳永与词友聚宴。为助酒兴，他提议各以词牌为底，制一谜面，并起身先咏：“东君负我春三月，我负东君三月春。”

词友甲听后拍手称赞，接曰：“孤舟蓑笠翁，独钓寒江雪。”

词友乙雅兴大发，指歌女诙谐续云：“盈盈秋水，淡淡春山。”

主人哈哈大笑：“高朋满座，胜友如云！”

众人齐声喝彩，举杯同饮。

主客所赋，各为一词牌名，你能猜得出来吗？

谜底：《字字双》《渔家傲》《眼儿媚》《集贤宾》。

名不虚传

黄庭坚是“苏门四学士”之一，幼年聪慧过人，勤奋好学。七岁作诗“骑牛远远过村前，吹笛风斜隔岸闻，多少长安名利客，机关用尽不如人”。由于他埋头苦学，文采风流，二十二岁获乡试第一名，二十八岁会试又高中，官授国子监教授。

一年初夏，好游名山大川的黄庭坚来到长江岸边的江州（今九江）。

这一日，当地才子邀黄庭坚同舟共游，观赏水色风光。船离码头不久，其中一个才子便拱手笑道：“久闻大名，如雷贯耳，今日幸会，愿当面领教，以开眼界。”说罢摇头晃脑而吟：“远树两行山倒映，轻舟一叶水横流。”另一江州诗人接云：“请问才子这是个什么字？”

黄庭坚淡淡一笑，取笔写了个字。

众江州才子一看，连连拱手称赞：“果然才思敏捷，名不虚传，名不虚传！”

你知道是个什么字吗？

谜底：慧。

才女试新郎

南宋女词人李清照，不仅芳姿绰约，而且才貌并秀，且谙熟瘦辞、善制佳谜。

洞房花烛之夜，李清照想试试新郎解诗破谜之才，于是双眸含情地对赵明诚说："素闻官人抱玉怀珠，才华横溢，乃佼佼俊彦，奴愿当面领教。"说罢娇声而吟："三面有墙一面空，妙龄裙钗住其中，有心和她说句话，可恼墙外有人听。"接着掩面戏嗔："郎君倘射不中此'虎'，今晚请往厅堂独度良宵。"

才思敏捷的赵明诚思忖片刻，嘻嘻一笑，当即取过文房四宝，挥笔写了个字，然后双手捧上："娘子，不才交卷了。"

李清照看罢，嫣然一笑，让新郎进了洞房。

你知道赵明诚在纸上写了个什么字吗？

谜底：偃。

逢场作戏

一天，秦观和苏东坡、苏小妹在一起饮酒吟诗，忽听远处传来一阵树木敲击之声，不由得触动了这位高邮才子的谜兴，便放声吟了一谜：

我有一间房，
半间租与转轮王。
有时射出一线光，
天下邪魔不敢当。

东坡学士本是个猜谜行家，但佯装不解，笑问小妹，小妹即兴，吟了一谜：

我有一只船，
一人摇橹一人牵。
去时拉纤去，
归时摇橹还。

苏学士听后风趣地说："小夫妻有房有船，愚兄较之甚为寒酸。"说罢，也口占一谜：

我有一张琴，
一根琴弦腹中藏。
为君马上弹，
弹尽天下曲。

三人齐声大笑，举杯而饮。

你能猜出这异曲同工的三个谜语的谜底吗？

谜底：墨斗。

巧猜谜

一日，王安石去拜访苏东坡，恰巧，东坡的好友陈季常也在，闲谈时，东坡说了这样一个谜让他俩猜："脸儿亮光光，放在桌子上，你俩跑过来，照见你俩样。"季常听后笑道："你对我笑，我对你笑，我要寻你，你不见了。"王安石也笑道："我哭你也哭，我笑你也笑，要问它是谁，咱仨都知道。"于是，三人哈哈大笑。

聪明的读者，你知道他们三人猜的是什么常用物吗？

谜底：镜子。

王安石与友巧对诗

王安石是北宋著名的政治家、文学家，他博学多才，不但能诗善文，而且还是个创作谜语的高手。关于他的猜谜故事，民间广为流传，至今还为人津津乐道。

王安石有个好朋友叫王吉甫，两人经常在一起谈论诗文。有一天，他们在书房里谈过诗文后，就兴致勃勃地猜起谜语来了。

王安石说："昨夜难以入睡，作了一条字谜，请你猜。"王吉甫笑着说："好极了，我洗耳恭听。"接着，王安石用吟诗的调子说道：

画时圆，写时方，
冬时短，夏时长。

王吉甫听了，沉思片刻就猜破此谜。但他不直接说出谜底，却也吟起诗来：

　　东海有条鱼，
　　无头也无尾。
　　更除脊梁骨，
　　便是你的谜。

他俩人的谜是个什么字呢？

谜底：日。

李清照用谜猜谜

宋代有位出名的女词人叫李清照。一天，她与丈夫赵明诚正在家中研究古籍，忽来一位友人，说是要借一件用具。李清照问她要借什么？友人指了指窗外笑着说："我借一朵花，又能闭来又能发；不知花叶在何方，却见花根手中拿。"

李清照听了，随口答道："我去拿座亭，没安窗和门；水在亭上流，人在亭下行。"

赵明诚不明白妻子同友人打什么谜，待妻子把用具拿出来后，他才恍然大悟。

你知道她们说的是什么用具吗？

谜底：伞。

吕蒙正智贴对联谜

吕蒙正是宋代的大臣，他曾三次任宰相，主张"弭兵省财"，以敢言著称。据说，有一出戏叫《彩楼配》，戏中说他沦为乞丐，但因文采好，在王宰相的女儿彩楼抛绣球招亲时，被这位千金小姐看中，两人结为秦晋之好，住在寒窑。春节时，缺衣无食的吕蒙正对贫富不均的世道产生了愤恨之情，便别出心裁地写了这样一副对联：

　　二三四五
　　六七八九

横额只有两个字：南北

这副对联一贴出来，便招来许多人围观，大家七嘴八舌地议论。等大家领悟了这副“怪”对联的含义后，都夸赞它构思精巧、修辞奇妙。这幅谜联是什么意思呢？

谜底：谐音隐“缺衣”“少食”“没有东西”。

唐伯虎问路

唐伯虎是明代有名的画家、书法家。一次，他为了寻找一位画友，历尽千辛万苦，好不容易才打听到画友在离杭州东三十里外的某镇隐居。那天，他走到一处岔路口，有左、中、右三条路，不知往哪条路走。适逢前面来了一位打着小花伞的姑娘，唐伯虎想问又不好意思开口。但见四周又没有第二个人可问，只好硬着头皮向她问路。姑娘面带娇羞之态，也不回话，只在地上写了一个“句”字就走了。唐伯虎思索了一会儿之后，沿着姑娘指的路到某镇找到了画友。

你知道这位姑娘叫唐伯虎走哪条路呢？

谜底：向左一直去。

方丈难举人

南宋时期，浙江有位能诗善文的举人王十朋。

一年春初，王十朋前往京都临安赶考，行至中川寺天色已黑，便叩门借宿。

寺里的方丈见他衣衫破烂不整，冷声冷气地问：“你是何人，敲门作甚？”

王十朋作揖道：“晚生乃乐清举子王十朋，想乞求一宿。”

这方丈有些不信，佯笑曰：“老僧极爱隐语，愿当面请教。”说罢，摇头晃脑地吟了一句“竹林深处留僧处”，问王十朋是个什么字。

才思敏捷的王十朋略做思考，拱手答了出来，老方丈一听，心中服了八分。但还不甘心，便道：“才子真乃满腹经纶，老僧深感佩服，只不过佛家虽以仁慈为怀，然而还是诗书为重。”旋即挥手指了指佛堂上直写的“天心”二字，笑曰：“先生若能一笔写成另外两个字，老僧便下‘陈蕃之榻’，如若不能，那就请便了。”

王十朋拱手谦道：“晚生虽才疏学浅，但愿一试。”说罢大笔一挥。

老方丈连声称道："才子果有文墨功夫，请先往禅房品茗。"

就这样，王十朋在中川寺借宿了一夜。

你知道："竹林深处留僧处"是个什么字？王才子只一笔便将"天心"改成了哪两个字？

谜底：等，未必。

登门显才

明朝时，河南洛阳有位才子名叫文必正，他能诗善赋，其文章笔墨清新，且蕴委婉之情、洒落之韵，为文人墨客所赞叹。

为了向天官霍荣之女霍定金倾吐爱慕之情，文必正一日登访霍府，伺机显才，他见客厅摆设，潇洒一笑："老大人，你这厅堂陈设古朴典雅，琳琅满目，可谓古色古香。但依晚生看来，似乎还缺一物。"

"噢？"霍荣一听，疑惑不解。他想，我这厅堂之上，古玩玉器价值连城，书画墨宝谁家能比！还会缺少什么呢？于是佯笑而问："依才子看，老夫这厅堂尚缺何物，不妨直言而教。"

文必正并不直说，只是笑道："依不才之见，这厅堂之上如若再添一字，便可突出您老贵重之身份，又能增添烘云托月的气氛。"

"噢？此字竟有如此之妙，你且说来。"

文必正拱了拱手："恕晚生吟诗四句，老大人自会明白。"旋即吟曰：

初下江南不用刀，
大朝江山没人保；
中原危难无心坐，
思念君王把心操。

从此，文必正深得霍大人赏识，终被招为女婿。

你知道文才子这首诗谜说的是什么字吗？

谜底：福。

郑成功招贤

据说，郑成功在厦门募兵起义时，想出一个办法。他吩咐手下的亲兵在招贤馆门前摆了一张桌子，旁边高挂一幅"招志士"的标语。桌上分别放有一个盛满清水的玻璃缸，一盏未点燃的油灯，并散放着火石、火刀、火绳等几样物品。

当时，有数百名百姓前来围观，看热闹的人们都感到新奇。这样的摆设是什么意思呢？连续三天也无人猜中。

到了第四天，来了一位浓眉大眼、虎背熊腰的黑大汉。只见他大步跨到桌前，用眼扫视了一下桌上的东西以后，便伸手把一缸清水泼翻在地，接着拿起火石、火刀，打着了，燃着火绳，然后从容不迫地将油灯点亮。守在两旁的士兵看得清楚，急忙派人向郑成功禀报。郑成功异常喜悦地说："快请这位壮士来相见。"

原来，郑成功的摆设是一则哑谜，谜底是四个字。猜一猜是什么字？

谜底：翻清复明。

手势巧对

明朝时，杭州有个知府，因爱舞弄诗文，便常以才子自誉，十分骄傲。

一日，徐文长在西湖吟诗作画，文人雅士观之，皆啧啧称赞："笔精墨妙，栩栩如生，真乃'天下才子'也！"

这信息传到那骄傲的知府耳中，他气得胡子翘起，愤愤地说："徐文长不过一介布衣，小小百姓，岂能比我多'天下'二字！"于是，派师爷将徐文长请来饮酒赋诗。

席间，那知府笑曰："古有'以文会友'之雅。今因素闻徐老弟才高学饱，骨神秀逸，特置酒相交。"说罢，又佯笑，"本官有一上联，久不能续，还望徐老弟成全。"旋即指着窗外的保俶塔，摇头晃脑而吟："保俶塔，塔顶尖，尖如笔，笔写五湖四海！"

徐文长嘻嘻一笑，只是指指锦带桥，向知府拱拱手，然后又两手平摊，向上一举。

知府以为他答不出，于是奚落道："天下才子，腹内空空，笑煞人也。"

徐文长冷冷一笑："徐某已对出下联，大人何以不解？"接着解释了一番。

那知府一听，顿时哑口无言，从此，再也不敢在才子面前卖弄学问了。

你知道徐文长为什么说已对出了下联了吗？他对的下联内容是什么呢？

谜底：徐文长指指锦带桥，拱拱手，就是说："锦带桥，桥洞圆，圆似镜。"再两手平摊，向上一举，则为"镜照万国九州"。

但愿如此

一年新岁，杭州西湖总宜园举行灯谜盛会，吸引了许多文人墨客。

适逢江南才子徐文长路过，他见一群人拥挤在大门口，在仰首观看高高悬挂的一首诗谜。又见一群文人墨客在旁抓耳挠腮，苦苦思索。徐文长上前一看，只见上面写着这样四句：

二人抬头不见天，
一女之中半口田；
八王问我田多少，
土字上面一千田。

徐文长读罢微微一笑："不难，不难。"

文人墨客一听，立刻围了上来，纷纷说道："请讲，请讲。"

徐才子却未道破谜底，只说了句："但愿人间家家如此。"便笑着而去。

有个诗人细细品味徐文长的话，顿悟，拍手赞曰："不愧为才子，不愧为才子！"

你知道这首诗谜的谜底吗？徐文长为何要说"但愿人间家家如此"？

谜底：每句各蕴一字，连起来即为"夫妻义（義）重"四字，所以徐文长说"但愿人间家家如此"。

老夫人评画

傅山，山西人，明末清初著名画家。

据说，有位从京师来山西太原府任职的雷太守，临行前老母再三叮嘱道："你从山西回京时，什么东西都不用带，只请傅山先生画两幅画就行了。"儿子笑问："这好办，但不知母亲大人喜欢两幅什么画？"

老太太思索了一会儿，说："就画一盆火和一串葡萄吧。"

雷太守到任不久，便专门来到阳曲拜访傅山先生，并说明了来意。傅山满口答应，即席挥毫，画了一盆火和一串葡萄。雷太守连声称谢，告辞而去。

两幅画送到了京城。雷老夫人十分高兴，将其挂在墙上，细细端详、欣赏。但她觉得那盆火看上去虽然画得像真的一样，但有火无焰；那串葡萄虽晶莹剔透，含水欲滴，但无白霜，于是取来笔墨，写了个“关”字，要儿子带给画师，并转告她的看法。

傅山接过一字评语，连说：“令堂很懂画！她指出的两点，我自己事后也有察觉，但画已送往京城，悔之晚矣。”接着诺诺连声：“一语中的！一语中的！”

你知道雷老夫人写的那个“关”字，蕴含何意？

谜底：美中不足。

诗谜评文

明朝时有个县令，他将儿子那狗屁不通的文章给祝枝山看，硬要他挥笔题诗。祝枝山推辞不过，只得提笔作书。

写罢，县令一看，是两句唐诗：“两个黄鹂鸣翠柳，一行白鹭上青天。”旁边还写着：打两句成语。底下人七嘴八舌地奉承道：“上一句是‘有声有色’，指公子文章精彩；下一句是‘青云直上’，指公子的前途无量。”说得县官晕头转向，乐不可支。祝枝山听后哈哈大笑道：“谜底我已写在令郎大作的右下角了。”说罢，拂袖离去。

县令急忙仔细寻找，发觉右下角果然有两行小字。一看，气得半晌说不出话来。

你知道是哪两个成语吗？

谜底：不知所云，离题万里。

汤显祖躲雨

明代的汤显祖，秉性耿直，不媚权贵，先后四次进京参加科考连连落第，只好在外设馆授学，以此谋生。

一次，汤显祖从丰城回家，途中遇雨，经过一户豪门。这富户有七个儿孙，请了一位教书先生在家授课。那老学究见汤显祖突然进屋避雨，便有礼貌地问："君从何来?"汤显祖随即拱手施礼，口占四句："细撒一阵雨，行两脚泥，临川汤若士，丰城教书归。"老学究见是同行，欲试其才，便起身让座，出联求对："牡丹花开，七子满堂皆春色。"汤显祖当即应对："梧桐叶落，一根光棍打秋风。"此时，这家主人从屏风后出来，见汤显祖人才一表，对答如流，捋须笑曰："客官，看来你能诗善对，才学广博，我再出四句诗谜你猜，倘能猜中，就在我家歇宿，明日再走。"旋即吟了四句：

黄鹤楼，鲁班修，
灵芝草，被人偷，
骑龙跨虎由自去，
八仙飘海各自休。

文思敏捷的汤显祖思忖不久，拱手笑曰："此乃仓颉所造最容易写的一个字。"说罢出手做了个动作作答。

那主人见汤显祖解谜如洪炉点雪，大赞其才，于是热情款留了数日。临别时，还赠了他一份厚礼。

你知道这诗谜是个什么字吗?

谜底：一。

乾隆放"虎"

相传，清朝的乾隆皇帝酷爱瘦辞隐语，经常要一些文人墨客编制灯谜给他猜，他自己也曾即兴作过一些谜语给宫廷里的人猜，射中谜底者当众赐赏。

一日黄昏，用罢御膳，乾隆谜兴大发，放出一条"文虎"，让陪同他进餐的太监、宫女试射，言明"猜中者赏白银五十两"。

乾隆皇帝所制谜面为四句诗，曰：

腹内香甜如蜜，
心中花红柳绿。
白沙滩上打滚，
清水河中沐浴。

众人眉头紧皱思考了许久也未猜出，有位长相俊俏的太监忽然想起刚才御膳所食之物，笑道："万岁，给银子吧！我猜中了！"接着道出了谜底。

乾隆捋须一笑，当即行赏。

你知道皇帝所吟何物？

谜底：元宵。

冯梦龙出谜考才子

冯梦龙是明代的文学家，被人誉为"天才狂士"。他不仅能诗善文，以编小说集《三言》闻名于世，而且是位制谜妙手。

一天，冯梦龙漫游吴江，与当地才子叶仲韶一同在街头行走，见一算命测字摊前围满了人，冯梦龙灵机一动，笑道："素闻才子文思敏捷，解诗谜胜洪炉点雪，我出个谜当面领教！"说罢就吟道：

上无半片之瓦，
下无立锥之地。
腰间挂个葫芦，
口吐阴阳怪气。

叶仲韶略一沉思，拱拱手说："学士大人触景生情，妙哉妙哉。"说罢挥手一指，哈哈大笑，随即道出了谜底。

冯梦龙点头称是，并拊掌称赞道："君有此才，必中金榜！"事后，冯梦龙将自己这一即兴之作，编进了《黄山谜》一书中，流传至今。

你知道这谜底吗？

谜底：卜。

断桥邂逅袁枚

一日，袁枚游西湖，在断桥附近散步，碰到一个书生，见他愁容满面，便上前询问原因，那书生拱手一拜，述说曰："晚生乃平湖人氏，前来州府参加选拔举人的科考，经钱塘门时，不慎书箱、行囊被窃，现身无分文，无法投宿。"

袁笑曰："汝既是秀才，一定能赋诗吧？"

书生又拱了拱手："愿献丑。"

袁枚接道："那好，先吟一首咏物诗试试。"旋即报了一个字。

那书生略做思考，咏了四句：

有石不是山，
有路走不完。
雷声隆隆不见雨，
雪花飘飘不觉寒。

袁枚点了点头，又指着行人手中一物，要书生再赋一首，那秀才沉思不久，又云：

独木造高楼，
无瓦无砖头。
人在水中走，
水在人上流。

袁枚夸曰："捷才，捷才！"当即资助了那书生，并让他在自己书房读书，那书生最终考中了举人。

你知道那书生所咏二物各是什么？

谜底：磨、伞。

酒楼凑趣

有一天，明朝的嘉靖皇帝微服外出访贤。他来到金陵梅春园酒楼，见几位俊逸书生正举杯行令，便凑上前去，笑道："为助诸位才子的酒兴，鄙人献诗一首，敬请试猜。"说罢，这装成教书先生模样的嘉靖皇帝，便故作姿态，摇头晃脑地吟道：

岭上青松如虎啸，
河边柳丝似雨飘；
池内荷花齐作揖，
园中牡丹把头摇。

吟罢，眯眼而笑，不停地摇动着手中那把画有乾坤太极图的折扇。

书生中有个叫唐伦的秀才连声称赞，他向店老板借来文房四宝，悬肘挥毫写了"长江一掀起波涛"七个字，然后拱手笑曰："先生隐语，蕴在其中。"

嘉靖皇帝俯身一看，拍手叫绝。回到皇宫之后，他立即召见了这个才思敏捷的俊逸书生，并授予官职。你知道二人同赋何物？

谜底：风。

背后大笑

明朝末年有位著名书画家名叫黄道周，他的书法遒劲有力，别具一格，其所绘山水、松石，更是独具风格。

当时，漳州有个黄梧，因为献海澄城投降了清廷，清朝统治者封他为“海澄公”。

这家伙不但权势盛极一时，而且好附庸风雅。他听说黄道周的书画出众，于是派人前去索取中堂条幅。

那被派来的幕僚来到黄家时，黄道周正在与朋友对弈。他听那人说了来意之后，笑曰：“你家主人权大势大，黄某敢不从命？请稍等片刻。”旋即收了棋盘，令书童取来文房四宝。

黄道周沉思片刻，挥毫便画，须臾便在一张纸上画了日、月、牛、桥四物，并题了十二个字：

日头下，
月亮旁，
一头牛，
站桥上！

那幕僚连声称谢，卷轴而去。黄道周见那人走后，将题字含义说与棋友，二人顿时哈哈大笑，捧腹不已。

你知道黄道周与棋友为何大笑吗？

谜底：腥。

乾隆帝写条幅

据说清朝乾隆皇帝巡视江南，中途路过一个村庄，只见全村人都喜气洋洋地奔忙，一打听，原来是村里有位老寿星当天过生日。乾隆便率随从人员一同到了老寿星家中。只见这位老寿星鹤发童颜，两眼炯炯有神，正乐呵呵地和五六代重孙喜享天伦之乐。老寿星的孙子过来告诉了老人的年龄，乾隆帝啧啧称奇，便命随从人员给老人留下一份厚礼，并挥毫写一条幅赠送给老人。

条幅是这样写的："花甲重开，外加三七岁月；古稀双庆，内多一个春秋。"

老寿星到底多大年龄呢？

谜底：一百四十一岁。花甲，是六十岁的代称。"花甲重开"，是一百二十岁；"外加三七"，三七是二十一，合起来正是一百四十一岁。"古稀双庆"是两个古稀之年，一个古稀之年是七十岁，两个古稀之年是一百四十岁。"内多一个春秋"，加起来也是一百四十一岁。

痛骂奴才

清代有位"写鬼写妖高人一等，刺贪刺虐入骨三分"的讽喻大师蒲松龄，因怀才不遇，在乡里私塾教学谋生。

当时，蒲老夫子的家乡山东淄川县有个王大官人，家中养了一大帮狗腿子，其中有个叫金彪的独眼管家，为虎作伥，常对黎民百姓张牙舞爪，为非作歹。这家伙虽作恶多端，但又偏爱舞文弄墨，自诩文人。他听说蒲松龄诗才出众，便托人上门求赠一首《七绝》。

爱憎分明、疾恶如仇的蒲松龄冷冷一笑，挥笔写了四句：

一头尖尖一头扁，
扁头只有一个眼。
独眼只把衣衫领，
任凭主人来使唤。

这首骂狗腿子金彪的打油诗隐含一物，你能猜出是件什么东西吗？

谜底：针。

才子求渡

清朝嘉庆年间，湖北浠水县出了一名秀才名叫陈沆，他文思敏捷，才华出众。

一年八月，他要赶赴省城参加乡试，不料刚刚走到河边，渡船已经离岸。陈沆心急如焚，连声呼唤，求艄公拨转船头，搭他同去，以免误了考期。

那艄公眯着眼朝岸边细瞧，见是位清秀俊逸的文弱书生，便笑道：“岸上那位相公听了，你要上省城参加科举考试，想必有满腹诗文。老汉出个谜儿试试你，倘能猜出，就渡你过河。”说罢，大声咏歌一首：“在娘家，绿影婆娑；到婆家，青少黄多，经过几多风波，受尽几番折磨。莫提起，提起泪珠洒江河。”

才思敏捷的陈沆，当即拱手回云：“贤翁适才所言，乃你我求助之物也。”接着说出了谜底。

老艄公侧耳一听，点头称是，于是拨转船头返回岸边，把秀才迎上船去。

你可知艄公所咏为何物？

谜底：撑篙。

嘲笑“蠢猪”

清朝著名文学家蒲松龄，自幼勤奋好学，学识广博，才华出众，但因怀才不遇，只好靠教书为生。

一年春天，一位土财主望子成龙，慕名请蒲松龄教家馆。不到三个月，蒲松龄拱手告辞，说：“令郎学有所成，老夫要另谋去处。”财主一听欣喜万分，忙设宴为先生饯行。

酒过三巡，财主笑问：“吾儿的文章如何？”蒲松龄回曰：“高山响鼓，闻声百里。”财主大悦，捋须又问：“吾儿在易、礼、诗诸方面想必都通了吧？”蒲松龄诙谐一笑，接道：“八窍已通七窍。”说罢道声“多谢”，便挑起书箱启程。

蒲松龄前脚刚走，财主后脚赶到衙门，将这喜讯告诉当师爷的胞弟，要其为侄儿报名参加科考，先捞个“秀才”当当。

那师爷听罢叙述，哭笑不得，说：“大哥，你让那教书匠戏弄了。”接着解释了一番。

财主一听，气得直骂儿子：“蠢猪！”

你知道蒲松龄的话是何含意？

谜底：“高山响鼓，闻声百里”乃“不通！不通”！“八窍已通七窍”则为“一窍不通”。

书生遇皇帝

明朝时，有位刻苦读书，准备跻身仕途的文弱书生名叫白简。

一年元宵灯市，到处火焰喷薄，爆竹轰鸣。彩灯百种千样：有的是飞鸿狡兔、虎豹虫鱼，有的是天孙织锦、龙女踏青。坐在表兄开的“玉龙酒店”饮酒观灯的白简，见此情景，不禁诗兴大发，脱口而吟：“一到上元相庆赏，家家灯火乐春情。”

微服私访的永乐皇帝，此时恰也在这家店里喝酒，听此书生所吟，语言率真明朗、秀美天然，神来之笔似从胸臆间流淌而出，觉得这书生胸有才华、不同凡俗，便再出一谜试其才思：

骨头零零星星，
皮肤薄薄轻轻。
问得什么顽疾，
佳人热火烧心。

白简朝这“算命先生”拱了拱手，道出了谜底。

永乐皇帝见白简才思敏捷，甚是喜爱。临别，故意向白简借用胭脂宝褶。白简欣然同意。

永乐皇帝回到宫中，即封俊逸书生白简为招宝状元，巡案河南。

你知道皇帝所吟诗谜，是为何物？

谜底：灯笼。

冯梦龙取物

冯梦龙是明代著名文学家，他才情跌宕，风流蕴藉，自号“墨憨斋主人”，后世人称之为“天才狂士”。他不仅善诗文、通经学，著有《三言》《二拍》和《春秋衡库》等书，而且对瘦辞隐语颇有研究，专门用民间歌谣的调子写了一部谜语专著，谓之《黄山谜》。

冯梦龙喜欢读书但不热衷功名利禄，视高官显宦如浮云流水，视荣华富贵为过眼烟云，文字倜傥而大胆，且诙谐风趣。

一天，有位姓李的雅士前来找他品评诗赋文章，时值桃花、杏花吐艳含丹，冯梦龙笑云：“老兄，常言道‘桃李杏春风一家’，何不同吾去后花园会会你的本家。”说罢，挽起李雅士出了客厅，就往后面而去。

冯梦龙走着走着，忽然传贴身书童，说：“敏儿，快代我取件东西送到后花园来。”

那名叫敏儿的书童拱手叩问：“大人要小人取何物送往花园？”

冯梦龙嘻嘻一笑：“你听着！”接着吟了四句：

有面无口，
有脚无手。
又好吃肉，
又好喝酒。

敏儿本是个聪明孩子，马上就取了送去。

你知道书童送往后花园的是什么东西吗？

谜底：桌子。

各斗巧思

清朝乾隆某年，春灯初上，文人墨客为斗巧思，纷纷悬挂灯谜，供人猜赏，中者有赏。当时，有位风流才子王文治，不仅自创中锋侧使之法，独步书林，且爱舞弄笔墨，奇制佳谜。这年元宵灯节，王文治又在自家门上挂出一条“文磊”，谜面为五言诗四句：“珍珠白小姐，许配竹叶郎，穿衣去洗澡，脱衣上牙床。”

他的老师柳大年先生是位饱学老儒。一日，路过学生家门，见此灯谜，捋须笑曰：“我这弟子嘴馋，嘴馋。”旋即道出了谜底，并要过文房四宝，和诗一首，贴于其旁，诗云：“长脚小儿郎，吹箫入华堂；爱喝米红酒，拍手见玉皇。”题毕嬉笑而去。

王文治闻讯而出，细细品读，拊掌赞曰：“妙极，妙极！”

你知道师徒二人各咏何物？

谜底：粽子、蚊子。

以花喻人

清朝乾隆年间，扬州有位诗人兼画家名叫金农。他为人光明磊落，生性浪漫，爱怡情山水。

一日，某雅士在扬州瘦西湖旁的平山堂宴请文朋诗友，金农也在受邀之列。

金农在去往雅士家的途中，见从湖旁小角亭中走下一位俏丽女子，只见她腰不束而自细，唇不点而艳红，眉目清秀，明眸顾盼生姿，金农不禁暗自赞叹曰："脂粉不施，天然素雅，真乃绝代佳人也！"

金农一步入那雅士客厅，风趣笑曰："酒与文人素有不解之缘，低吟浅酌有利笔耕，快快拿酒来！"他先喝了几口酒，然后要来文房四宝，嘻嘻笑曰："适才路上，遇一天仙般的绝色女子，待我们以花喻之。"旋即挥毫作画一幅。画毕，在左上角题诗四句。

诗云：

纤小淡白气味芳，
不及芍药上红妆。
花茶待客成新赏，
更觉口泽一缕香！

你能猜出画家金农将那美女比作哪种花吗？

谜底：茉莉花。

《怨妇词》巧隐数字谜

我国民间有许多流传很广的谜语，构思精巧，耐人寻味。特别是以诗词为谜面的谜，更是有意有情。《怨妇词》就是这类谜语中的优秀代表。它以一个被遗弃的妇人愤怨之情为词，哀婉感人。底面扣合巧妙，使人读后回味无穷。其词曰：

与子别了，
天涯人不到，
盼春归日落行人少。

欲罢不能罢，

你叫吾有口难分晓。

好相交你抛得我有上梢无有下梢。

皂然难分白。

分手不用刀。

无人不为仇，

千相思还是撇去了好。

该词谜连扣十个数字，谜面又相连成文，十分巧妙，也很有趣味，流传较广。它的原形可能是宋代女诗人朱淑真的一则谜语，当然，也可能是朱淑真将民间流传的前述词谜改编成了新体。今将朱淑真《断肠集》中的谜语抄录如下：

下楼来，拿钱卜落；

问苍天，人在何方？

恨王孙，一直去了；

詈冤家，言去难留。

恨当初，吾错失口；

有上交，无下交。

皂白何须问；

分开不用刀。

从今莫把仇人靠；

千里相思一撇消。

请猜谜底。

附：另一首怨情郎词：

下午去卜家，

半天无人答话。

恨玉郎全无一点真心话！

叫奴欲罢不能罢，

这事儿气得吾口哑。

想交情也不差，

现在一刀切成两段，

分明是撇下刀一把。

无力把手抛，

细思量心和口都是假！

谜底：一、二、三、四、五、六、七、八、九、十。

“年终将我抛一边”

从前，有个女子无缘无故被丈夫抛弃了，年终时被赶出家门。临行前，她含恨给丈夫写了一封信，谴责了他的薄情，诉说了她受的虐待，希望丈夫能回心转意。信的内容如下：

小女自入君家，便与我翻脸，个中是寒是暖，我心中自然清楚。纵然有时节气满胸间，也强忍得五天十天。眼见得光阴似箭，年终将近。我在你的心目中，难比从前。忆郎君薄情，喜新厌旧，将我抛在一边。郎君啊，如今只盼你能回心转意，来年能与我团圆。

此信的内容正好隐射了一件文化用品，请读者猜上一猜。

谜底：日历。

郊外风光

一日，春光明媚，暖风习习。赵、钱、孙、李、周、吴、郑、王八位爱好猜谜的画家一起到郊外去写生。

他们互相约定，把一路上见到的景色，每人选画一张画作为谜面，打一中国现代作家名字，彼此猜射增加途中的乐趣。

于是，一场颇有趣味的猜谜开始了。归途的车上，画家们取出了他们的作品。

赵：一条依偎着县城的护城河。

钱：春风吹皱了一泓池水。

孙：绽芽吐绿的纤纤垂杨。

李：一望无际的葱绿麦田。

周：一位劳动的男农民。

吴：一架转个不停的风车。

郑：一间古色古香的旧屋。

王：一行展翅飞翔的大雁。

大家一一过目，互相都猜出来了，十分高兴。不知你是否也能猜出来。

谜底：郭小川、曲波、柳青、碧野、田汉、周而复、老舍、张天翼。

李白醋店暗斥县官

唐肃宗乾元年间，年过花甲的诗人李白骑着毛驴浪迹天涯。一日，他正行走在金陵途中，七月炎热的天气使他大汗淋漓，口渴难受，忽见前面一家门前挑出一面小旗，上书“佳醋”两字。李白走近一看，是一处醋店。他想，没有酒喝，喝点醋解解渴也不错。

于是，李白将毛驴拴在树上，缓步走进店门，一看，店内坐着一个人，看穿戴像个七品芝麻官。李白没理他，直奔柜台，对店家说：“一人一口又一丁，竹林有寺没有僧，女人怀中抱一子，二十一日酉时生。”店家本是个落魄文人，听了李白的话就琢磨起来，须臾，便弄清了这首诗谜的谜底，并断定来人绝非等闲人物。于是，他忙拱手笑答：“你问这是‘何等好醋’？此乃山西陈醋，北国佳品，客官尽可品尝！”

李白醋店遇知音，便和店家攀谈起来。一会儿，把醋饮完，把醋壶还给店家后说：“鹅山一鸟鸟不在，西下一女人人爱，大口一张吞小口，法去三点水不来。”店家马上解出这首诗谜是“我要回去”，便对李白告别：“客官，祝你一路平安！”李白拱手笑道：“谢谢！”

李白刚转身要走，那个县官站起来叫道：“且慢，你是何许人也，竟敢在本官面前咬文嚼字！”原来，他看李白同店家你来我往说得亲亲密密，而自己却没听明白他们的话，在旁受到了冷落，感到被怠慢了。

李白根本没把这无真才识学的县令放在眼里，便不慌不忙地说：“豆在山根下，月亮半空挂，打柴不见木，王里是一家！”说完，走出门外跨上毛驴扬长而去。县官还愣在那里琢磨这首诗呢，李白早就走得无影无踪了。店家最后虽然解得此谜，也假装不明白。

你知道谜底是什么吗？

谜底：岂有此理。

大惭而去

唐朝贞元年间，吉州有三个举人，同赴京城参加科考，由于一路疾行，累得口干舌燥、精疲力竭。走着走着，他们来到一座傍山临水的小村庄，向一位老农夫讨茶解渴。那瘦骨嶙峋的山野老者见是三位赶考的书生，嘻嘻笑曰："看来三位才子是既受祖庭之教诲，复得严师之诱导，方敢前往京城参加会试，夺那进士之冠，甚好，甚好。"原来，那老者并非农夫，而是位门前垂杨排列，绿荫满阶的隐士，平日翰墨生情、笔端传意，以落落华意、飞扬文采而著称。他接着笑曰："三位才子想品老夫家的香茗说难不难，说易不易……"

一年轻举人拱手相问："贤翁此话怎讲？"

那隐士笑云："我制一谜请三位才子试射，若能猜中，香茗尽管畅饮，否则……"

另一举人应道："不才愿洗耳恭听。"

那隐士嘻嘻一笑："请先猜猜老朽的姓名。"旋即吟哦曰："有水有田有米，添人添口添丁。"

三举人面面相觑，抓耳挠腮。

隐士见状又嘻嘻一笑，复又咏成语两句："求之不得，不足为凭。"问他们各隐哪个典故。三举人更是目光茫然，大惭而去。

你知道那位隐士的姓名和两句成语中各隐的典故吗？

谜底：潘何，刻舟求剑、郑人买履。

咬倒吕洞宾

唐穆宗长庆二年（公元 822 年），白居易担任杭州刺史。

一日，元稹、刘禹锡等人聚于白居易的官邸，饮酒赋诗。

刘禹锡酒酣之时，举杯笑曰："我想行个酒令，不知诸位仁兄意下如何？"

才子元稹忙问："你的酒令是否有趣？可不能又是联诗、填字，老生常谈。"

刘禹锡答道："我今日行的是新令——猜字谜！既新鲜又有趣，还能彰显诸位的才智。猜着的请喝酒，猜不着的不许喝酒!”大家含笑点头，欣然应允。

刘禹锡诙谐一笑，口占字谜一句：“恶狗咬倒吕洞宾。”

才思敏捷的元稹当即破了此谜。他喝了一杯酒之后，接着又制了一个字谜：

千字不像千，
八字排两边。
有个风流女，
却被鬼来缠。

大家一听，面面相觑，直到太阳西沉也未猜出是个什么字。

你能猜出这两个谜底吗?

谜底：哭，魏。

教谕赏花

北宋文学家曾巩，幼时天资聪慧，被人称为神童。一日，他随父前往教谕晁怀德家做客。晁公见他聪明伶俐，甚是喜欢，便留他在家与自己的千金晁文柔同窗读书。

阳春三月，晁公领着曾巩和女儿去春游，三人沿着蜿蜒曲折、淙淙流淌的桃花溪，顺着那连绵起伏的桃花山漫步而行。那千树万树竞相开放，鲜红、艳红、粉红，各显姿态，妖艳动人，一树挨着一树，一朵挨着一朵，就像是九重云天落下了一片片绯红的云霞，又像是铺展了一块鲜艳的锦缎。

文思开阔的老教谕晁怀德，见此美景，顿时雅兴大发，捋须而吟：“红树青山，斜阳古道；桃花流水，福地洞天！好一处新桃花源!”

老教谕又灵机一动，吟了四句诗考问曾巩和女儿文柔，只听他吟道：

头上草帽戴，
帽下有人在，
短刀握在手，
但却人人爱。

曾巩和文柔沉思片刻，便异口同声地道出了谜底，乐得老教谕直捋胡须。

你知道这四句诗是暗射一个什么字吗？

谜底："花"字。

樵夫画圈

据说，欧阳修在写完《醉翁亭记》之后，亲手抄了六份，叫差役分别贴到滁县的六个城门墙上，向过往行人征求修改意见。

一天，有个樵夫路过东城门口，听读书人念文章开头是："滁州四面皆山也。东有乌龙山，西有大丰山，南有花山，北有白米山。"便要求面见太守欧阳修，帮他修改文章。

欧阳修听罢小吏报告，策马赶至东城门口，接见了那樵夫，向他求教修改意见。

那樵夫见太守虚心、诚恳，便拱手笑道："大人的文章，写得倒是蛮好，就是开头太啰唆了一些。小民天天上山砍柴，熟知琅玡一山一脉。每当站在南天门上一看，那乌龙山、大丰山、花山、白米山尽在眼底，只觉得四面都是山。"樵夫说到这，用手臂一挥，画了个大圆圈。

欧阳修一听，顿悟，连声称赞。送走那位樵夫后，他赶紧回到官邸，挥毫将原稿中的二十六个字一笔划去，改为五个字，使《醉翁亭记》更加精彩生动。

你知道改为哪五个字吗？

谜底：环滁皆山也。

眼花缭乱的灯谜

猜谜晚会快要接近尾声了，那些悬挂着的使人眼花缭乱的一条条谜语，都被人们一一猜中了，最后只剩下三张没有写字的白纸条。主持人说："这三张白纸条，是猜一句成语，看谁能猜中！"

人们立刻围过来，苦思冥想，可谁也答不上来。过了好一会儿，突然一个人走上去，伸手撕下这三张白纸条，转身到领奖处领奖品去了。主持人笑着说："他猜中了。"

请问这个人猜中的是哪一条成语？

谜底：三撕（思）而后行。

好友点菜

一次，小赵完成了一项改革设计，他的好友小马、小朱、小刘、小宋、小黄、小魏和小杨前来祝贺。赵大妈十分高兴，硬要留他们吃饭。小马风趣地说："若让我们在你家吃，得有个条件。"赵大妈说："啥条件？""我们每个人都用谜语说出自己喜欢吃的菜，大妈做对了，我们就吃，做错了我们就不吃。"赵大妈欣然答应了。

小马先说他喜欢吃："不是葱、不是蒜、一层一层裹紫锻，像葱比葱长得矮，像蒜却又不分瓣。"

小朱说要吃："生根不落地，有叶不开花，都说它是菜，菜园不种它。"

小刘要吃："身体瘦长，有青有黄，自从出世，遍体生疮。"

小宋要吃："土里生、水里捞，石头缝里走一遭，摇身一变白又净，没有骨头营养高。"

小黄要吃："圆圆脸儿像苹果，又酸又甜营养多，既能做菜吃，又可当水果。"

小魏要吃："身体白又胖，常在泥中藏，浑身是蜂窝，生熟都能尝。"

小杨要吃："绿的叶，绿的枝，白马生个绿马驹，秋天变成红马驹。"

最后，大家要求小赵也点个菜，小赵沉思片刻说："我要吃生来像大桃，无核又无毛，一颗黄金心，皮儿须扔掉。"

赵大妈一一记下，就在厨房里忙起来，一会儿工夫，就按每人的要求，做了八个菜，大伙见了都满意地笑了。

你猜猜，大伙要的是什么菜？

谜底：洋葱、豆芽、黄瓜、豆腐、番茄、藕、辣椒、鸡蛋。

节日的礼品

一年一度的春节到了，大伙儿带着礼品去看望小学时的老师。当运动员的学生送的是一盒体育用品：“两个伤兵。”祝愿老师身体健康；当农艺师的学生送的是他所培养的经济作物：“袭人之子。”请老师细细品味；现在已是书法家的学生送上了一幅书法作品，写的是一篇古文：“学徒毕业证书。”表达对老师辛勤教学的感谢心情。成了翻译家的学生送了一本外国文学作品：“上穷碧落下黄泉，两处茫茫都不见。”老师十分高兴地收下了学生们所赠的礼物，并祝贺他们的成功。

朋友，你知道这是些什么礼物吗？其中，古代和外国文学作品的真正题目是什么？

谜底：乒乓、花生，《出师表》《在人间》。

聪明的服务员

一日，相声演员老李和大李来到一家小吃店。服务员小李热情地迎上去说：“两位幽默大师要吃点什么？”老李风趣地说：“来一盘小食品‘蓓蕾初放’和饮料‘石榴咧嘴笑’吧！”大李补充说：“还要两个‘不露脸’充充饥。”服务员小李一听，思索片刻，就说：“好，包你们两位满意。”

不一会儿，小李就把他们要的食品送到桌上。请大家猜一下，老李和大李他们要的是哪两种食品？什么饮料？

谜底：花生、果子露、面包。

敲鼓成谜

在一次灯谜晚会上，有一只制作很精巧的大鼓悬挂在大厅中央，鼓面是用白纸糊的，旁边有一鼓槌。主持人要求猜谜者做一动作，猜四字打一成语，猜中者有奖。

大家看了好久，无一人能够猜破。忽然有个调皮活泼的小孩跑过来，觉得很好玩，便拿起鼓槌用力向鼓面敲去，纸糊的鼓面马上被戳了一个大洞，小孩一看吓得回头就跑。但是主持人却连忙叫道："小朋友，不要跑，你猜中了，快来领奖。"

你知道这个哑谜的谜底是什么成语吗？

谜底：不堪一击。

机智的侦察员

一日，公安局侦查员小王在城郊公园发现一个形迹可疑的人，只见他鬼鬼祟祟地把一个小东西放进一棵老榕树的树洞里。那人走后，小王迅速上前搜查，结果从树洞里搜查出一个小纸团，打开一看，只见上面写着："日月同光，牛不出头，宋字无顶，校对一半，空中飞人，一人一口。"他迅速记下了这几句话，又把纸团放回原处。经过再三琢磨，小王终于识破了这封密信，立即向局领导汇报。接着局里做了周密部署，第二天，六名走私犯全部落网。

你知道这封信是什么意思吗？

谜底：明午李村会合。

有趣的信谜

一次猜谜晚会上，有一个哑谜很有趣：桌上放着一个信封，内藏空白信纸一张。要求猜谜的人做一动作，猜成语两句。

这谜被一位中学生猜中了。他走到桌前将那封信随手取来，拈出空白信纸。这时，兑奖的同志便将奖品给了他。

你知道这两句成语是什么？

谜底：信手拈来、一纸空文。

机智灵活免毒打

某家有三口人，哥哥、嫂子和一个小姑。一日，小姑在门口做活，过路的人问路，小姑热心地指点说："往前就是。"说完又低头做活。晚上哥哥回来了，嫂子就和他说："你不在家，你妹子总站在门外和过路的男人指指划划，说三道四。"哥哥一听大怒，一把拉过妹妹就打，妹妹边哭边说："你打我知晓，背后有人挑，为的是路一条。"

哥哥听了，顿时消了气，忙向妹妹道歉。妹妹也转悲为喜，调皮地问哥哥："刚才我说的是个谜语，打一用具，你知道是什么吗?"哥哥说："当然知道，不然的话，你早就挨了打了。"

你知道是什么用具吗?

谜底：灯笼。

四客唠家常

一个深秋的傍晚，微风习习，柳枝轻拂，空气中送来沁人心脾的果香。甲、乙、丙、丁四个干水果行的老客在一起唠家常。

客人甲说："我姓'宋字不戴帽'，家住'银河渡口'。今番来买的货物是'壳儿硬、壳儿脆，四个姐妹隔墙睡，从小到老背靠背，盖的一床疙瘩被'。"

客人乙说："我姓'每天一歌，'家住'久雨初晴'。运来的货物是'红木盒儿圆，四面封得严，打开盒儿看，内装黄蜡丸'。"

客人丙说："我姓'两大两小'，家住'刚建成的村庄'。这一次想购买'外面是红布，里面是白布，打开仔细看，好像是木梳'。"

客人丁说："我姓'九十九'，家住'湖南农村'。这次来想买两种鲜果。一种是'冬天蟠龙卧，夏天枝叶开，龙须往上长，珍珠往下排'；一种是'千姐妹，万姐妹，同床睡，各盖被'。"

四个人说罢，开怀大笑起来。

亲爱的读者，你能猜出他们的姓氏、籍贯及要买卖的果品是什么吗?

谜底：甲姓李，天津人，买山核桃；乙姓曹，贵阳人，卖栗子；丙姓秦，新乡人，买橘子；丁姓白，湘乡人，买葡萄、石榴。

诗谜记字

有一个字，学生们在学习时很难记住。李老师在教学生写这个字时，为了让学生写好这个字，就编了一首写法口诀，口诀同时又是一首

诗谜，让学生猜字记字，既有趣又有效。李老师编的口诀是：

一点一横长，口字在中央，
子字来报信，九点一起忙，
下点一把火，煮好一锅汤。

学生们根据李老师编的这个口诀，写起这个字来准确无误。你知道这是一个什么字吗？

谜底：熟。

猜猜他们姓什么？

夕阳西下，大道上驰来一辆两匹马拉的大车，车上坐着一个钓鱼的，一个挎着大弓的。车夫问道："您二位贵姓？"

钓鱼的随手抓起一条大鱼，站起身，对着夕阳高高举起说："我就姓这个！"

第二个乘客把肩上的大弓使劲儿拉开后回答："看，这就是我的姓！"

他俩接着询问那驾车人姓什么。驾车人乐呵呵地指着前面的两匹马说："喏，那就是！"

请你猜猜，他们三个人各姓什么？

谜底：鲁、张、冯。

夸张的商品

从前，有三个商人各带着一批货物，走南闯北做生意。

一日，三人同在一家旅店住宿。

老板笑问："三位先生靠什么发财呀？"

一瘦高个商人说："我卖的是'远看像座亭，近看没窗棂。上边直流水，下边有人行'。"

老板转身又问："您二位呢？"

一矮胖商人说："鄙人之货，乃是'又圆又扁肚里空，有面镜子在当中，老板用它要低头，摸脸搓手又鞠躬'。"

话音刚落，那第三个商人接着说：“我卖的是‘铁打一只船，不推不动弹。开船就起雾，船过水就干’。”

老板听后说：“三位的商品正合我用，我帮诸位推销一些吧！”

你猜，这三个商人各卖的什么货？

谜底：雨伞、脸盆、火熨斗。

“征婚启事”之谜

小李、小葛是一对恋人，星期日他俩一起来工人文化宫猜谜。谜室中，一张引人注目的“征婚启事”吸引了他们。小李想：这里怎么会有征婚启事？其中恐有谜意。“走，看看去。”小李和小葛来到了“征婚启事”前，只见上面写着：

奴家年方二六，生得美丽端庄。
任君撕破皮肤，绝无半点惆怅；
让你增长知识，还知时间短长；
使君从中娱乐，恩爱幸福共享；
对君别无他求，终生难有一望；
倘若小奴身亡，另娶相当姑娘。
试问青年朋友，可知奴家啥样？

妙哉，原来是一则赠物谜！“这样的好姑娘焉能不娶？”小李欣喜若狂地来到对奖处，报上谜底，领回了奖品。

谜底是什么呢？

谜底：知识趣味日历。

一张照片

农村姑娘小王的男朋友小李考上了大学。临别时，小李对小王说：“我永远爱你。”

小李到校后只给小王写了一封信，而小王一连写了三封情感热烈的长信，小李均无回信。正当姑娘焦急等待的时候，小李来信了。姑娘拆开一看，不禁愣住了：信里没一个字，只有一张小李的照片，更令人惊奇的是，照片上小李的嘴被小刀刮掉了。这是什么意思？小王的女友议论纷纷。小陈说："小李寄来一张照片，说明他学习忙，没时间写信，至于用小刀把嘴刮掉，这是表明小李心里还爱着小王，不必用嘴说，心有灵犀一点通嘛。"大家都认为小陈解释得对。小王只是仔细地瞧着照片，突然，她"哇"的一声，竟伤心地哭起来。

朋友，请你们猜猜，姑娘哭什么？

谜底：欠口，就是"吹"。

姑娘的心意

一对青年恋人在河边悠闲浪漫地散步。男的亲热地对女的说："我告诉你一个好消息，爸爸妈妈已经开始给我们准备结婚的东西了。""都准备些什么东西了？""有三十六条腿，还有四只'机'，凡是结婚时应该有的，他们都准备去买。"

女的一听，说："我不喜欢，这些东西代表不了我俩的爱情！"说完，两只眼睛直盯着男的。男的一听，急切地问："那你想要什么尽管说，只要你喜欢的我尽力办到。"

女的说："那好，明天给我去买'一网捕三虫，一只落网中，一只飞向西，一只飞向东'。"

男的一听："哎哟，这是什么呀？叫我上哪儿去买呀？我猜不着，你告诉我吧。"

女的便贴着男的耳朵一说，男的高兴地笑了。

你知道这是什么吗？

谜底：心。